막상막하
SPLAT
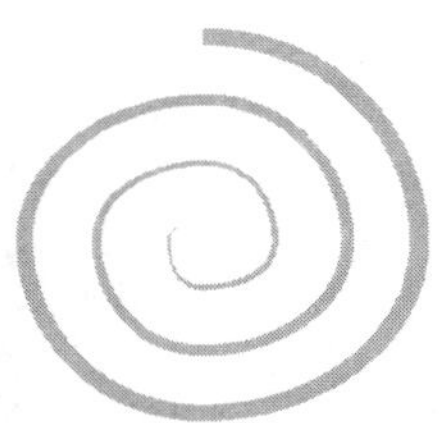

막상막하 1

초판 1쇄 찍은 날 § 2006년 5월 11일
초판 1쇄 펴낸 날 § 2006년 5월 21일

지은이 § 하늘엔슬픈비
펴낸이 § 서경석

편집장 § 문혜영
편집 책임 § 이종민
편집 § 한지윤

펴낸곳 § 도서출판 청어람
등록번호 § 제1081-1-89호
등록일자 § 1999. 5. 31
어람번호 § 제5-0048호

주소 § 경기도 부천시 원미구 심곡1동 350-1 남성B/D 3F (우) 420-011
전화 § 032-656-4452 팩스 § 032-656-4453
http://www.chungeoram.com
E-mail § chungeoram@chungeoram.com

© 하늘엔슬픈비, 2006

ISBN 89-251-0113-0 04810
ISBN 89-251-0112-2 (SET)

막상 막하 1

하늘엔슬픈비 지음

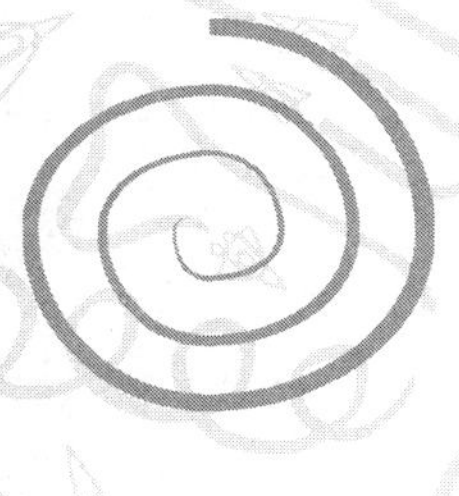

CONTENT

chapter. 1

전 쟁 은   시 작 되 었 다

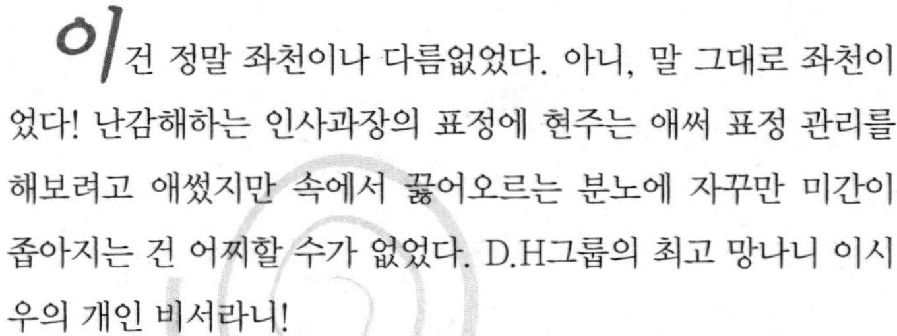

이건 정말 좌천이나 다름없었다. 아니, 말 그대로 좌천이었다! 난감해하는 인사과장의 표정에 현주는 애써 표정 관리를 해보려고 애썼지만 속에서 끓어오르는 분노에 자꾸만 미간이 좁아지는 건 어찌할 수가 없었다. D.H그룹의 최고 망나니 이시우의 개인 비서라니!

"현주 씨, 이게 다 회장님께서 현주 씨의 능력을 믿고 결정한 거니까……."

능력을 믿어? 그래서 자신같이 유능한 비서를 그런 개망나니한테 갖다 붙여?

"회장님께서 보수는 지금의 두 배를 주신다고 했어. 현주 씨한테도 좋은 기회야. 이 실장님 밑에서 현주 씨가 잘해낸다면 지금의 능력 이상을 인정받을 수도 있고…….”

“도저히 못하겠다면요?”

“……아마 회사를 나가야 될 거야.”

협박이나 다름없었다. 그 망나니를 돌보는 것 말고는 그 어떤 선택의 기회도 현주에겐 주어지지 않았다. 이러려고 몇 년간 이 회사에 몸 바쳐 일한 건 아니었는데……. 깔끔한 일 처리와 작업 능력을 인정받아 이 회장의 비서가 된 지 불과 일 년밖에 되지 않았다. 하지만 그 능력을 너무 인정받았나 보다. 뛰어난 능력이 이시우의 개인 비서로 발탁되는 원동력이 되었을 줄이야.

“현주 씨, 좋게 좋게 생각해. 이 실장님 밑에서 조금만 버텨주게. 회장님도 다 생각이 있어서 그러는 거겠지.”

“……다른 방법은 없단 말씀이시군요. 할 수 없죠. 저야 힘없는 비서일 뿐인데 위에서 하라는 대로 따라야죠.”

“그래그래, 잘 생각했어. 회장님도 아주 기뻐하실 거야.”

한시름 놓았다는 듯이 숨을 내쉬는 인사과장의 모습에 현주는 씁쓸한 미소를 지었다. 그만두겠다는 말이 목구멍까지 올라왔지만, 여기서 무너질 수 없는 그녀였다. 여태까지 어떻게 인정받은 능력인데…… D.H그룹 최고의 비서라는 명성을 어떻게 얻은 건데…… 그런 개망나니 하나 때문에 무너질 수 없었다. 억울하고, 또 억울해서 그럴 순 없었다.

"어머! 설마 설마 했는데 그 소문이 진짜였니? 네가 이시우 실장 개인 비서로 들어간다는 얘기 벌써 비서실에 쫙 퍼졌잖아. 기집애, 너 진짜 어떡하니? 이시우 실장 밑에서 버텨낼 수 있겠어?"

현주와 비서실 동기로 입사해 지금까지 친하게 지내온 신정이 호들갑스럽게 현주의 어깨를 치며 말했다.

"몰라. 그렇다고 회사에서 잘릴 순 없잖아. 아, 내일부터 그 인간 밑에서 일할 생각 하니까 머리가 지끈거려."

"그러게. 너 정말 조심해야겠다. 이시우 실장 손버릇도 나쁘잖아. 여태까지 안 건드린 비서가 없대. 아우! 처음엔 얼굴만 보고 백마 탄 왕자라고 생각했는데, 인간이 정말 왜 그러는지. 역시 남잔 얼굴이 전부가 아냐, 그렇지?"

"그럼! 당연하지! 지 얼굴만 믿고 이 여자 저 여자 건드리는 그런 인간은 싸그리 사라져야 해!"

"어쨌든 너 정말 조심해라. 너한테도 분명히 장난 아니게 집적댈 텐데……."

걱정스러운 표정으로 자신을 쳐다보는 신정의 말에 현주는 더더욱 한숨이 나왔다. 정말 그런 인간 밑에서 자신이 버틸 수 있을지 의문이 들기도 했고…….

"아, 신정아, 내 인생은 정말 왜 이렇게 꼬인다니."

"다 네가 잘나서 생긴 일이다. 이 회장이 너 장난 아니게 신임하잖아. 한마디로 너한테 자신의 망나니 아들 길들이기를 명한 거지. 쯧쯧…… 불쌍한 내 친구. 어쩌면 좋아!"

위로라도 받을까 해서 찾았건만 현주는 신정과 이야기를 나누면 나눌수록 더욱 깊은 절망감을 느꼈다. 정말 무언가 대책이 필요했다. 그 망나니에게서 최대한 빨리 벗어날 수 있는…….

하나로 틀어 올린 긴 생머리, 현주의 커다란 눈을 가려주는 뿔테 안경, 기숙사 사감을 연상케 하는 촌스러운 옷차림. 유능한 비서는 자신을 꾸밀 줄 알아야 한다는 게 여태껏 현주의 생각이었지만, 최고의 카사노바 이시우 밑에서 안전하게 지내려면 최대한 망가질 수 있을 만큼 망가져야 한다. 한심하리만치 촌스러운 자신의 모습을 마지막으로 점검한 현주는 숨을 크게 내쉬었다. 이렇게까지 하면서 이시우 밑에서 일을 해야 한다니…… 벌써 모든 직원의 출근 시간인 아홉 시가 훨씬 넘어가고 있는 이때까지 등장하지 않는 한심한 기획실장 이시우 밑에서 자신이 한동안 버텨야 한다니…… 현주가 고개를 설레설레 내저으며 밀린 서류들을 정리하고 있는데 느긋하게 열리는 실장실 문이 보였다. 그리고 거기에 아주 느긋한 표정으로 걸어 들어오는 이시우가 보였다.

"굿모닝. 내 방에 커피 한 잔!"

인사를 하기 위해 현주가 몸을 일으키기도 전에 자신의 말만 전한 채 실장실 안으로 들어가 버리는 이시우. 자신이 새로운 비서라는 사실을 아는지 모르는지 아무런 동요 없이 자신을 지나치는 이시우의 태도에 현주는 너무도 황당했다. 하지만 어쩌리요, 미우나 고우나. 현주의 상사라는 사실은 변함이 없는 것을……. 그저 한숨을 내쉬며 커피를 끓이는 게 현주가 할 수 있는 전부였다.

그렇게 한숨을 쉬면서 깔끔한 디자인의 커피 잔에 커피를 따르고 급하게 결재 받아야 할 서류 몇 개를 같이 챙겨 들었다. 조심스레 노크를 하고 방문을 열자 심각한 표정으로 컴퓨터를 쳐다보고 있는 이시우가 현주의 눈에 들어온다.

'흠…… 아예 일을 안 하는 건 아닌가 보군.'

조금 안도를 하며 커피 잔을 내려놓기 위해 이시우 실장 옆으로 걸어가던 현주는 깜짝 놀라 커피 잔을 쏟을 뻔했다. 컴퓨터 화면에 비치고 있는 건 반나체의 금발 미녀들 사진이었다.

정말 인간 말종인 줄은 알았지만 도가 지나친다. 아침에 회사에 출근하자마자 하고 있는 짓이 야한 여자들 사진 보는 거라니. 기가 막혀 죽을 것만 같은 현주였다. 이런 인간과 앞으로 어떻게 지낼지 생각만 해도 소름이 끼쳤다.

"실장님."

"어어? 아, 커피? 여기로 줘, 여기로."

현주가 보고 있든 말든 컴퓨터에서 시선을 떼지 않은 채 말하는 이시우.

"결재하실 서류도 있는데요."

"그래? 거기다 두고 나가. 이거 다 보고 사인할 테니까."

“……네.”

이를 꽉 물며 서류와 커피를 내려놓았다. 소름 끼치도록 끔찍한 인간 이시우. 회사를 그만두는 한이 있더라도 이시우 밑으로 들어오는 게 아니었는데 하는 후회가 현주의 머리 속에 가득 찼다. 그렇게 뒤늦은 후회만 되풀이하던 현주는 떨리는 몸을 애써 진정한 채 실장실에서 걸어나왔다. 아니, 걸어나오려고 했다. 갑자기 말을 거는 이시우 때문에 그 걸음이 멈춰지고 말았지만.

“새로 온 비서인가?”

오호! 그걸 이제야 알아채셨다 그거지?

“네, 실장님.”

“흠, 몸매는 그럭저럭 따라주는데 얼굴은 영 아니네? 괜찮아, 그나마 몸매라도 좋으니 다행이지. 나가봐.”

현주는 지금 이 순간 자신의 인내심에 감사했다. 당장 저 인간의 목을 비틀고 싶은 걸 이렇게 참아내고 있는 자신의 엄청난 인내심에.

“아악! 인간 말종! 변태! 쓰레기보다 못한 인간! 아악!”

“지, 진정해, 현주야. 흥분을 가라앉혀.”

“신정아, 난 오늘 나한테 정말 감탄했다. 내 인내심이 그 정도로 뛰어날 줄 몰랐거든.”

“도대체 어느 정도길래 그래?”

회사 옥상에 올라와 소리 지르는 현주를 말리는 신정은 항상 냉철함을 유지하던 자신의 친구를 이렇게까지 만든 이시우 실장에게 다시 한 번 놀랐다. 현주의 반응을 보아하니 아마 그는 소문보다 더하면 더했지 결코 덜한 인간은 아닌 듯했다.

"어느 정도냐구? 상상을 하지 마라. 그 상상을 훨씬 뛰어넘는 인간이니까."

비서 생활 삼 년 만에 현주가 맞이하는 최대의 강적 이시우. 그 어떤 사람 앞에서도 항시 유지해 오던 현주의 냉정함이 이시우 앞에선 결코 이루어질 것 같지 않았다.

"그 정도야? 점점 실망이네. 나 그래도 처음 이시우 실장이 우리 회사 왔을 땐 엄청 기대했었거든! 얼굴 잘생기고 능력 좋은 재벌 2세가 정말 현실에도 존재하는구나 하는 생각에……."

그런 생각은 결코 신정 혼자만의 생각은 아니었다. 이 년 전 이시우 실장이 D.H그룹 후계자로 소개되던 그날, 아마 모든 여직원들이 그런 꿈을 꿨을 것이다. 깔끔한 외모에 여자 여럿은 거뜬히 넉다운시킬 정도의 살인 미소, 게다가 부드러운 목소리까지. 하지만 불과 한 달 만에 이시우는 그런 여직원들의 환상을 산산조각 내뜨렸다. 그러면서 D.H그룹의 최고의 개망나니로 불리어지게 되었고.

"이야~ D.H의 최고 미녀 비서 둘이서 여기로 산책 나온 거야?"

옥상 문 쪽에서 들리는 반가운 목소리에 잔뜩 인상을 쓰고 있던 현주의 입가에 미소가 걸린다.

"주흥 선배!"

"김 대리님!"

현주와 신정이 거의 동시에 입을 열며 둘 쪽으로 걸어오는 주흥을 반겼다. 커다란 키에 부드러운 외모의 주흥은 회사 내에서도 엄청난 인기남이기도 했고, 현주와는 같은 대학 선배이기도 했다.

"두 미녀가 이렇게 환영해 주니까 너무 기분 좋은데? 둘 다 여기서 뭐 해?"

"현주 얘기 듣고 있었어요. 김 대리님도 아시죠, 현주 이번에 이시우 실장 밑으로 발령난 거?"

"아, 어때? 견딜 만해?"

주흥의 질문에 고개를 설레설레 내젓는 현주.

"선배 내 꼴 보면 모르겠어? 아주 끔찍해! 정말 그동안 경력이고 뭐고 간에 회사 때려치우고 싶어진다니까."

"음, 그래서 나쁘지도 않은 눈에 뿔테 안경까지 쓰고, 긴 머리는 그렇게 꽁꽁 묶었단 말이지. 그런데 어쩌냐, 현주 넌 너무 예뻐서 그런 걸로도 안 가려지는데."

장난기 어린 주흥의 칭찬에 현주의 얼굴은 금세 새빨개졌다. 사실 그녀가 D.H그룹을 그만두지 못하는 가장 큰 이유는 주흥에게 있었다. 대학 시절부터 남몰래 흠모해 오던 선배였기에, 같은 회사에 입사하기 위해 기를 쓰고 D.H그룹에 들어온 현주였다.

“선배 농담도, 참⋯⋯.”

“김 대리님, 아무래도 우리 현주한테 흑심 품은 거 아니에요? 아, 수상해, 수상해.”

“하하! 신정 씨, 그런 거 아닙니다. 워낙 대학 시절부터 예뻐하던 후배여서⋯⋯.”

“풉! 김 대리님도 하여튼! 농담이에요, 농담! 그렇게 버벅거리니까 더 의심스럽잖아요~”

발랄하게 웃으며 말하는 신정에게 어색한 웃음을 짓는 주홍. 현주는 그들을 보며 자신을 기분 좋게 만드는 두 사람과 함께 있으니 기분이 조금씩 풀려감을 느꼈다. 실장실에서 또다시 이시우 그 인간을 마주친다 생각하면 끔찍해졌지만⋯⋯.

정말 저 끔찍한 인간을 어찌하면 좋을지! 아침에 결재 부탁한 서류는 거들떠보지도 않은 채 이번엔 컴퓨터 고스톱에 열중해 있는 저 모습이라니⋯⋯. 참다 참다 인내심이 바닥나 버린 현주는 벌떡 일어나 실장실 문을 열었다.

“이시우 실장님!”

“아, 깜짝이야! 아, 왜? 무슨 일인데?”

“서류 결재 안 하실 겁니까?”

“좀 이따 할게. 지금 중요한 거 하고 있는 거 안 보여?”

고작 컴퓨터 고스톱이 중요한 일이라니! 당장 안 넘기면 안 될 시급한 서류를 앞에 두고 실장이란 사람이 하는 말에 기가 막힐 뿐이었다. 재벌 2세로 어쩌다 저런 능력도 없는 인간 말종이 태어나게 된 건지……. 쯧쯧!

"그 게임보다는 서류가 더 중요한 것 같은데요."

"아쒸. 거 참, 시끄럽게 하네. 사인만 하면 돼?"

신경질적으로 마우스를 던져 버리며 말을 내뱉은 시우가 거칠게 서류를 집어 들었다. 하지만 책상 위에 올려둔 자신의 핸드폰이 요란하게 울리자 시우는 서류는 대충 눈으로만 훑으면서 반가운 얼굴로 전화를 받았다.

"어? 그래, 당연히 보고 싶지! 뭐? 오늘 밤? 좋아, 좋아. 예쁘게 하고 와라."

느끼한 전화 통화를 하면서 서류는 읽어보지 않은 채 사인만 해대는 이시우의 모습에 현주는 고개를 설레설레 내저었다. 정말 저 인간의 뇌는 뭐로 이루어져 있는지 절실히 궁금해지는 순간이었다.

현주는 퇴근하기 전 갑자기 받은 이 회장의 호출에 회장실로 왔다. 일 년 이상 몸담았던 회장실이지만 그 안에 들어설 때면 여전히 긴장이 되었다.

"회장님, 강현주 씨 오셨습니다."

[들여보내.]

인터폰을 타고 들리는 이 회장의 목소리에 현주는 다시 한 번 옷매무새를 가다듬었다. 육중한 회장실 문을 열고 안으로 들어서자 느긋한 표정으로 소파에 앉아 있는 이 회장이 보였다.

"회장님."

"아, 강 비서, 여기 앉아. 그래, 오늘 하루 시우 녀석과 지내본 소감이 어떤가?"

현주는 이마에 핏줄이 서려는 걸 진정시키며 애써 웃음을 지어 보였다.

"글쎄요…… 참 독특하신 분이더라구요."

"독특하다…… 그냥 솔직히 말해도 괜찮아. 내 아들놈이지만 아주 형편없는 녀석인 거 잘 알고 있거든."

'그렇죠, 아주 형편없죠.'

이 말이 목구멍까지 치솟아오른 현주였지만 애써 사무적인 미소를 지었다.

"……회사 일에 거의 관심이 없는 분 같으세요."

"음…… 그렇지. 아들이라고 하나 있는 녀석이 그 모양이니, 원. 어때, 할 만하겠어?"

"네?"

"자네같이 능력있는 비서를 시우에게 보낸 건 나도 안타깝게 생각해. 하지만 그 녀석을 바로잡아 줄 수 있는 건 자네밖에 없다고 생각하네. 그 녀석 인간 좀 만들어줘."

그런 개망나니를 인간으로 만들라고? 현주는 순간 기가 막혀서 할 말을 잃었다. 하루 겪어본 것만으로도 끔찍한 이시우를 인간으로 만들라니…….

"회장님…… 제가 그걸 할 수 있을 거라 믿으세요?"

"난 내 직감을 믿지. D.H를 이만큼 키운 것도 다 내 직감 덕분이었어. 강 비서라면 충분히 가능하다고 보네. 그 녀석이 조금이라도 사업에 관심을 갖게 해준다면 그땐 강 비서가 바라는 게 어떤 것이든 내 들어주지."

엄청난 제안이었다. 그 누구보다 성공하고 싶다는 욕망을 가진 현주에겐 정말 군침 도는 제안이기도 했고. 하지만 결코 쉬운 일은 아니었다. 그 망나니 도련님을 사업에 관심 갖게 만든다는 것 자체가.

"노력은 해보겠습니다."

"부탁하네."

믿음이 가득한 눈으로 자신을 쳐다보는 이 회장의 시선에 현주는 알 수 없는 부담감을 느꼈다. 알 수 없는 덫에 걸린 느낌이 들었으니까.

또다시 전쟁의 시작이었다. 아침마다 회사에 출근하면서 전쟁이란 느낌을 받아야 한다니 현주는 정말 끔찍하게 느껴졌지만 이미 시작한 전쟁, 승리로 끝을 내야만 했다.

이시우 실장은 오늘도 어김없이 출근 시간 아홉 시를 넘기도록 회사에 나타나지 않고 있었다. 아무래도 그 인간한테는 출근 시간부터 교육을 시켜야 할 것 같았다. 무거운 한숨을 내쉬고 서류를 정리하던 현주는 요란하게 열리는 실장실 문에 재빨리 고개를 들었다. 등장한 시우는 정말 기가 막힌 모습이었다.

매지도 않은 넥타이를 목에 걸치고 와이셔츠엔 붉은 립스틱이 묻어 있는, 잔뜩 구겨진 양복의 이시우 실장은 거의 인간의 모습이라 할 수 없는 몰꼴로 현주 앞에 서 있었다.

"굿모닝! 아, 근데 이름이 뭐지?"

현주 앞에서 넥타이를 매며 이제야 현주의 이름을 묻는 시우였다.

"강현주입니다. 이제라도 이름을 물어봐 주니 고맙네요, 실장님."

살짝 비꼬는 말투로 말하는데도 시우는 뭐가 좋은지 실실 웃어댄다.

"뭐, 고마울 것까지야. 참! 이것 좀 부탁해."

시우가 잔뜩 구겨진 양복 주머니에서 꼬깃꼬깃한 종이 쪼가리 하나를 꺼내 현주 앞에 내밀었다.

"이게 뭐죠?"

"거기 써 있는 데로 꽃배달 좀 부탁할게. 아, 그리고 커피 한 잔도! 수고하라고!"

멍한 표정으로 종이를 지켜보는 현주에게 살짝 윙크를 하고 시우는 자신의 방으로 들어가 버렸다. 그제야 정신을 차리고 종이를 읽던 현주의 얼굴은 새파랗게 질려가고 있었다.

대략 열 명 정도 되는 여자들의 이름과 주소가 적혀 있었다.

그 여자들에게 전할 메세지는 '사랑을 담아. 이시우' 였고!! 엄청
난 카사노바인 건 알았지만 이건 정말 도가 지나쳤다. 정말 저
개망나니를 인간으로 어떻게 길들일지. 신경질적으로 꽃배달
서비스 집으로 전화를 걸던 현주의 머리 속엔 문뜩 좋은 생각이
스쳐 지나갔다. 저 인간을 골탕먹일 수 있는 아주 완벽한 계획
이.

"정말? 어떻게 감당하려고 그래?"
점심시간에 만난 신정이 현주의 얘기를 듣고 깜짝 놀란 표정
을 지었다. 하긴 이시우가 공들이는 여자들에게 그런 짓을 하다
니…… 성격 파탄으로 유명한 이시우가 알면 절대 가만있지 않
을 일이었다.
"그런 인간 하나도 안 무서워. 그리고 뭐라고 말해야 할지 생
각도 해놓았고."
"대단하다. 그 꽃 받은 여자들은 얼마나 황당할까?"
"그렇지? 생각만 해도 즐거워. 분명 이시우한테 온 꽃다발인
데 거기에 적힌 이름은 다른 여자의 이름이라…… 재밌지 않
아?"
그렇다. 바로 현주가 생각해 낸 계략은 각기 다른 여자 이름
으로 그 꽃을 여자들에게 배달시키는 거였다. 시우한테 온 꽃다
발이라 생각하고 좋아하며 받았던 여자들은 거기에 적힌 다른
여자 이름에 분명히 엄청난 분노를 할 테니까.

“하여튼 너도 참 대담해. 나라면 절대 그런 짓 생각도 못했을 거야.”

“이건 시작해 불과해. 이시우, 그 망나니를 인간으로 만들려면 더 많은 채찍이 필요하거든.”

주먹을 불끈 움켜쥐는 현주를 보며 왠지 모르게 불안해지는 신정이었다. 현주의 불같은 성격은 많이 겪어봐서 알지만 이시우 그 인간도 더하면 더했지 결코 덜한 인간이 아니었기에.

어쨌든 이 싸움에 승리자가 현주였음 하고 간절히 바랄 뿐이었다. 분명 자신의 친구라면 그 일을 해내고도 남을 것이다.

연속해서 울려대는 핸드폰에 생각보다 훨씬 극심한 분노를 느끼고 있는 시우였다. 감히 그 여자가! 내 비서 주제에! 이런 짓을 벌이다니! 여태까지 비서들은 단 한 번도 이런 실수를 한 적이 없었다. 자신의 공들여 꼬신 그 여자들을 일순간 나가떨어지게 만들다니…….

절대 용서 못할 실수였다. 능력있는 여자라더니 꽃배달 하나도 못하는 게 능력은 무슨 능력!

시우는 초조하게 실장실을 왔다 갔다 거리며 얼른 현주가 저 문을 열고 실장실 안으로 들어오길 기다렸다. 생긴 건 꼭 기숙사 사감같이 생겨 가지고, 옷은 유행에 뒤떨어진 촌스러운 옷만 입는 이름조차 가물가물한 그 비서를 절대 가만 놔두지 않으리라!!

탁!

시우의 분노가 극에 달하던 그 순간 천천히 실장실 문이 열리며 현주가 들어오는 게 보였다.

"이봐! 당장 내 방으로 따라들어 와!"

성질을 버럭 내는 자신의 모습에 잔뜩 긴장할 현주의 모습을 기대했지만 그녀는 긴장은커녕 너무나 편안한 표정으로 시우를 뒤따라 들어왔다. 그 모습에 시우의 분노는 더욱더 끌어 올랐다.

"도대체 지금 무슨 짓을 했는지 알아?"

"무슨 말씀 하시는 건지 모르겠습니다."

'그래, 저런 여유있는 표정을 짓는 건 자신이 한 엄청난 실수를 모르기 때문이군.'

현주의 여유만만한 표정에 더욱 기분이 나빠진 시우는 잔뜩 인상을 쓰며 현주를 쳐다봤다.

"정신을 어디다 팔고 사는 거야! 꽃배달 하나도 제대로 못하는 게 비서는 무슨 비서야!"

"꽃배달이요? 그런 건 비서가 하는 일이 아니죠. 그런 걸 비서에게 시키는 실장님 태도도 문제가 있다고 봅니다."

혈압이 잔뜩 올라서 쓰러질 것만 같았다. 소리를 질러대는 자신의 모습에도 조금의 동요조차 보이지 않는 여자.

"지금 누가 누구를 훈계하려고 들어! 난 당신 상사야!"

"상사면 상사답게 행동하시죠. 일단 그 상사된 본보기로 서류부터 결재해 주시구요. 그럼 나가서 서류 들고 올게요.”

보다 보다 저런 여자는 처음 보는 시우였다. 여태까지 비서들은 자신이 이렇게 소리치면 금방이라도 울 것 같은 얼굴로 죄송하단 말을 반복했었는데…… 어디서 저런 악질 비서가 들어온 건지. 자신의 말 한 마디면 당장 잘릴 위치에 있는 주제에 시우의 상사라도 되는 양 큰소리를 치다니!

안 되겠다. 아무리 능력있는 비서라도 당장 아버지한테 말해서 잘라야지. 서류를 잔뜩 챙겨가지고 들어오는 현주를 밀치고 시우는 그대로 실장실 밖으로 나가 버렸다. 못생긴 것까지는 용서해 주려고 했건만, 저 태도는 더 이상 받아들일 수가 없었다.

하지만 믿었던 아버지는 자식인 시우는 팽개친 채 비서만 감싸고 돌았다.

“도대체 무슨 말씀이세요, 아버지! 전 아버지 자식입니다! 그런데 지금 그 여자 편을 드시는 겁니까?”

시우는 정말 미치고 팔짝 뛸 노릇이었다.

“공과 사는 뚜렷히 구분해야 해. 강 비서 말 틀린 거 하나 없어. 상사가 상사답지 않으면 그건 이미 상사의 능력을 상실했다고 봐야 해.”

“아버지! 그 여자가 먼저 제 일을 방해했다고요!”

“그러니까 도대체 무슨 일을 방해했다는 거냐? 강 비서는 그럴 사람 아니다. 네가 쓸데없는 일 하고 다니는 거 막으면 막을 사람이지.”

말이 통하지 않았다. 그렇다고 자신이 공들인 여자 열 명과 모두 헤어지게 만들었다고 일러바칠 수도 없는 노릇이었고…….

“도대체 그 여자가 뭐길래 그렇게 감싸고 도시는 겁니까?”

“D.H그룹에서 최고로 능력이 뛰어난 여비서지.”

“하! 하긴 그 얼굴로 비서 해먹으려면 능력이라도 뛰어나야겠지요. 알았습니다, 아버지. 내 손으로 알아서 그 여자 밀어내겠습니다. 아버지가 못하겠다면 제가 그렇게 만들겠다구요!”

“쯧쯧…… 보물을 앞에 가져다줘도 사용할 줄 모르다니…… 정말 한심한 녀석이구나.”

이건 악몽이었다. 정말 끔찍한 악몽이었다. 그 끔찍한 여자로 인해 생긴 악몽! 자신의 말이라면 그래도 웬만큼 들어주었던 아버지마저 감싸고 도는 여비서, 시우는 점점 더 현주가 마음에 들지 않았다. 그리고 앞으로도 결코 마음에 들 것 같지 않았다.

현주는 애써 웃음을 참고 있었다. 자신의 상사면 상사답게 행동하라고 말을 했을 때 이시우의 표정이 잊혀지지 않아서 자꾸만 웃음이 새어나왔다.

‘좋아, 생각보다 다루기 쉬울 것 같단 말이야.’

흐뭇한 미소를 지으며 이시우 실장이 오면 건네줄 서류를 정리하고 있는데 짜증이 잔뜩 섞인 표정으로 실장실에 들어오는 시우가 보였다. 그 모습에 또다시 웃음이 나올 것 같아 손가락으로 허벅지를 꼬집어가며 웃음을 참았다.

"실장님."

"왜? 또 뭐?"

어린애가 심통 부리듯이 잔뜩 토라진 표정으로 현주를 쏘아보는 이시우 실장이었다.

"결재하실 서류들입니다. 시급한 거니까 일단 결재부터 해주시죠."

"나 바빠. 그렇게 급하면 네가 알아서 하든지!"

"강현주예요. 제 이름은."

"뭐?"

"너가 아니라 강현주라고요. 잊어버리신 거 같아서 말씀드리는 겁니다."

현주의 말에 시우의 하얀 얼굴은 더욱 하얗게 질려가고 있었다. 상대하기도 싫다는 듯이 고개를 휘휘 저으며 자신의 방으로 들어가 버리는 시우의 뒷모습에 현주는 또다시 터져 나오는 웃음을 참았다.

'자, 그나저나 저 망나니 도련님께 어떻게 결재를 받아낸다지? 단단히 삐쳐서 결재도 안 해줄 것 같은데 말이야.'

잠깐 자리에 앉아서 고민하던 현주는 무언가 아이디어가 떠오른 듯 회심의 미소를 지으며 실장실 안으로 들어갔다. 역시나 이시우 실장은 현주의 예상을 조금도 벗어나지 않고 열심히 컴퓨터 화면을 노려보며 고스톱을 치고 있었다.

"저랑 내기 하나 하실래요, 이시우 실장님?"

현주의 말에 잔뜩 인상을 쓰며 현주를 쳐다보는 시우였다.

"저도 고스톱 치는 거 좋아하거든요. 실장님도 꽤 열심히 치시는 것 같은데 저랑 대결해서 실장님이 지면 저 서류들 결재해 주시는 거구요, 제가 지면 실장님이 원하는 것 한 가지 들어드릴게요."

"내가 왜 그 내기에 응해야 하지? 강……."

"강현주요."

"흠…… 강현주 씨가 하는 말에 내가 따라야 할 이유라도 있나?"

"실장님이 이기면 절 당당하게 내쫓을 수 있으실 테니까요. 어때요? 꽤 괜찮은 내기 아니에요?"

살짝 덫을 놓는 현주. 그리고 그 덫엔 어김없이 이시우가 걸려들고 있었다. 절대 거절할 수 없는 내기라는 걸 현주는 잘 알고 있었으니까.

현주에게 고스톱이란 삶의 일부였다. 워낙 고스톱을 좋아하는 엄마 때문에 어릴 때부터 현주는 엄마의 맞고 상대로 고스톱을 쳐야 했다. 그러기를 벌써 십 년이 넘었기에 현주의 고스톱 실력은 상당 수준을 웃돌고 있었다. 머리를 쓰면서 하는 고스톱이기에 현주의 엄마도 쉽게 현주를 이길 수 없었다. 그러니!! 지금 이시우 실장이 현주를 상대로 고전하고 있는 건 당연한 결과였다. 피박의 광박, 그리고 벌써 5고까지 부른 현주. 벽 하나를 사이에 두고 오직 컴퓨터로만 치고 있는 고스톱이기에 이시우 실장의 얼굴은 보이지 않았지만 분명 거의 붉으락푸르락 난리가 아닐 것이다. 마지막으로 화려하고 6고를 외친 현주는 순식간에 엄청난 점수가 기록되고 이시우 실장의 돈은 순식간에 올인되고 말았다. 현주의 완벽한 승리라 할 수 있었다.

"아악!"

벽 너머로 짜증 섞인 이시우 실장의 절규가 들려왔다. 그와 반대로 현주는 얼굴 가득 미소를 띠며 서류를 챙기고 있었다. 현주가 조용히 노크를 하고 실장실 안으로 들어가자 시우는 거의 폐인의 모습으로 앉아 있었다. 마구 헝클어진 머리, 어느새 풀러서 던져 놓은 넥타이, 현주한테 진 게 억울한지 잔뜩 씩씩거리고 있는 시우의 모습은 현주를 참으로 뿌듯하게 만들었다.

"실장님, 약속하신 대로 결재해 주셔야죠. 오늘은 결재할 서류가 아주 많답니다."

"……고스톱 잘 친다는 얘긴 왜 안 했지?"

"실장님에게 그런 내기를 제안했다는 것만으로도 제 실력을 아셨셔야죠. 이왕 결재하시는 거 사인만 하지 마시고 기획안 한 번씩 점검해 보세요. 실장님께 많은 도움이 될 테니까. 그럼 수고하세요, 실장님.”

생글생글 웃으면서 산더미만큼 많은 서류를 내려놓고 나가는 현주의 모습에 시우는 격한 분노를 느꼈다.

‘여우 같은 계집애! 감히 날 가지고 놀다니!’

신경질적으로 서류를 붙잡고 사인을 하면서도 현주에 대한 생각이 머리에서 떠나지 않는 시우였다. 이대로 당하고 있을 순 없다. 무언가 대책이 필요했다. 저 여우 같은 여자를 단단히 골탕먹일 수 있는 계략이 시우에겐 그 무엇보다 간절하게 필요했다.

“지금 뭐라고 그러셨어요, 실.장.님?”

방금 이시우의 입에서 나온 말이 도저히 이해가 되지 않아 다시 한 번 반문하는 현주였다.

“같이 갈 여자가 없으니까…… 강…….”

“현주요.”

“현주 씨라도 나랑 같이 가야 하지 않겠어? 커플 모임이라 여자없인 절대 갈 수 없는 자리고, 물론 나도 현주 씨 같은 사람 데리고 가는 거 쪽팔리지만…….”

‘쪽팔리다고?’

시우의 그 어떤 말보다 쪽팔리다는 말이 현주의 귀에 크게 들렸다. 자신과 함께 가는 게 쪽팔린다는 말이.

“그렇게 쪽팔리시면 혼자 가시죠!”

“뭐, 대인 공포증 같은 거 있어? 하긴 그 얼굴에 대인들 앞에 당당히 나서는 건 좀 그렇겠지만…….”

“뭐라구요?”

“그게 아니라면 같이 가지. 상사의 공적인 모임 자리에 비서와 함께하는 건 당연한 거 아닌가?”

‘공적인 자리 좋아하시네! 커플로 모임을 가지는 공석이 어딨다고…….’

마음 같아선 절대 따라나서고 싶지 않은 자리였다. 하지만 여기서 현주가 거절하면 대인 공포증 환자로 이시우한테는 자리 잡히게 되는 것이다. 그 누구보다 약점 잡히기 싫은 이시우한테…….

“좋아요. 어쨌든 오늘 일 제 책임도 있으니 같이 가드리죠.”

“O.K! 그럼 준비하고 회사 앞으로 나와. 나는 차 가지고 나올 테니.”

오늘 처음으로 환하게 웃는 시우였다. 그 웃음을 보는 순간 무언가 일이 잘못되어 가고 있다는 걸 느낀 현주였고…… 왠지 이시우의 계략의 자신이 걸려든 느낌이었다.

“그래? 그럼 할 수 없지. 조심해. 이시우가 벼르고 있는 것 같으니까.”

모처럼 현주와 같이 저녁이나 먹을까 해서 전화했던 신정은 당부의 말을 하면서 전화를 끊었다. 이시우 실장이 현주를 데리고 모임에 나가고 싶어한다니 왠지 불안한 신정이었지만 현주라면 잘해낼 거란 생각에 걱정을 접기로 했다.

"신정 씨, 뭔 생각을 그렇게 골똘히 해요?"

갑자기 신정의 뒤쪽에서 익숙한 목소리 하나가 들렸다. 핸드폰을 들고 멍하니 서 있는 신정의 모습이 생각에 잠긴 것같이 보였나 보다.

"아, 김 대리님! 그냥요. 현주가 이 실장님이랑 모임에 나간다고 해서요."

"현주가요? 이 실장이랑 벌써 그렇게 친해졌대요?"

놀란 표정으로 반문하며 묻는 주홍에게 신정은 가볍게 고개를 저었다.

"친해진 게 아니라요…… 둘이 지금 전쟁이 났거든요."

"전쟁이요?"

"네. 얘기하자면 좀 복잡해요."

"그럼 저녁이라도 먹으면서 얘기할래요? 나 그 얘기 궁금한데……."

어차피 집에 일찍 들어가기 싫었을 뿐 아니라 주홍같이 매력적인 남자와의 저녁 식사는 거절하기 힘든 유혹이었다. 비록 주홍은 자신이 아닌 현주에게 관심있는 것 같았지만, 신정 역시 입사 때부터 은근히 주홍을 마음속으로 연모하고 있었다.

"네, 좋아요."

“하하! 이런 미인과 저녁 식사라니 좋은데요? 가시죠.”

부드럽게 자신의 어깨를 잡고 걸어가는 주홍. 신정은 두근거리는 가슴을 진정시킨 채 주홍 뒤를 따라 걸었다. 신정에겐 무척이나 설레는 밤이었다.

신정에겐 설레는 밤이었지만 현주에겐 정말 끔찍하도록 소름끼치는 밤이었다. 막 잡지에서 튀어나온 듯 화려한 사람들이 가득한 파티장. 커플 모임이라더니 이건 완전히 파티 수준이었다. 칵테일을 들고 걸어다니는 웨이터들, 우아한 클래식 음악. 서민적인 삶에 익숙해져 있는 현주에겐 이 모든 게 어색하기 그지없었다.

특히!! 자신은 완전히 내팽개쳐 두고 다른 여자와 히히덕거리느라고 정신없는 이시우 실장 때문에 더욱 짜증이 나고 있었다. 구석에 조용히 앉아 있는 자신을 기분 나쁘다는 듯한 시선으로 한 번씩 훑고 지나가는 사람들의 시선도 너무나 끔찍하게 여겨졌다. 현주 자신만이 이방인이 된 느낌. 이제야 알았다, 이시우 실장이 왜 그렇게 현주를 이곳에 데려오고 싶어했는지. 뒤늦게 후회해서 뭐 하리, 이미 이시우 실장의 계략에 빠져 버린 것을.

현주는 웨이터들이 들고 지나다니는 칵테일 하나를 신경질적으로 들어 단숨에 원샷한 후 이시우 쪽으로 거칠게 걸어갔다.

"실장님."

하지만 시우는 바로 그 앞에 서서 또박또박 말하는데 현주를 그대로 외면해 버렸다. 그런 시우의 행동으로 인해 분노가 극에 달한 현주였고.

"이시우 실장님!"

잔잔한 클래식 음악 사이에 유독 크게 울려 퍼지는 현주의 목소리. 파티장 안에 있던 사람들의 시선이 일제히 현주에게 쏠렸다.

"누구지?"

정말 극적인 반전. 오늘 하루 종일 현주에게 당하던 이시우가 현주에게 엄청난 일격을 가하는 순간이었다. 모든 사람들의 시선이 현주에게 쏠린 이 시점에 이시우가 현주를 아예 모.른. 척. 하고 있었다. 하지만 시우보다 더 현주를 기가 막히게 하는 사람은 바로 시우 옆에 서 있는 여자였다.

"시우 씨, 아는 사람이야? 아니지? 저런 촌스러운 여자랑 어울릴 사람이 아니잖아, 시우 씬."

저렇게 다 들리게 말할 거면서 왜 시우 귀에다 대고 쫑알거리는지. 상황이 현주에게 점점 더 불리하게 돌아가고 있었다.

"미안한데 난 그쪽을 모르거든? 괜한 아는 척은 삼가줬으면 좋겠어. 그리고 이 자리에 초대된 사람도 아닌 것 같은데 그만 가주지."

현주의 분노는 활화산처럼 타오르고 있었다. 이제야 자신이 이시우 실장의 계략에 완벽하게 넘어간 걸 알 수 있었다. 애초 이 안에 들어올 때부터 이시우는 주차장에 차를 세워두고 오겠다고 현주보고 먼저 들어가 있으라고 했다. 그 말에 아무 의심 없이 혼자 들어온 게 현주의 크나큰 실수였다. 졸지에 이시우 실장 따라다니는 골빈 여자 취급을 받게 되었으니…….

현주는 떨리는 몸을 진정시키며 천천히 몸을 돌렸다. 다리가 후들거려 걸음 떼는 것도 힘들었지만 최대한 빨리 이 끔찍한 파티장에서 벗어나고 싶었다. 따금거리는 사람들의 시선, 소곤소곤거리는 사람들의 속삭임. 그런 경멸의 시선을 벗어나 막 파티장에 빠져나가려는 순간 현주의 팔을 붙잡는 손이 하나 있었다.

"내가 너무 늦었지? 한참 찾았잖아. 그래, 시우랑은 인사했어?"

다정하게 현주의 어깨에 손을 올리며 말하는 이 남자. 결코 현주가 아는 남자가 아니었다. 아니, 물론 현주는 이 남자를 안다. 대한민국 사람 중에 이 남자를 모르는 사람은 아마 거의 없을 것이다. 요즘 최고의 주가를 올리고 있는 국민배우이자 엄청난 카리스마로 많은 여성 팬의 사랑을 받고 있는 한국 최고의 영화배우 임종화였기에…….

"네?"

"내가 늦어서 삐쳤구나? 잠깐 따라나와 봐. 우리 둘만의 오붓한 시간을 갖자.”

멀뚱멀뚱 서 있는 현주의 어깨를 부드럽게 이끌고 자연스럽게 파티장 밖으로 걸어나가는 임종화. 물론 그런 종화의 행동에 당황한 건 현주만이 아니었다. 자신에게 오늘 하루 지옥을 맛보게 해준 현주에게 완벽한 복수를 했다고 생각하며 좋아하던 시우도 지금 이 상황이 황당하긴 마찬가지였다. 시우의 오랜 친구인 종화. 종화의 여자관계라면 거의 다 알고 있는 시우였는데…… 도대체 언제 현주를 만난 것인지 알 수가 없었다.

“뭐, 뭐예요?”

시우보다 더 더욱 이 상황이 황당하게 느껴지는 현주였다. 항상 매스컴으로만 접하던 영화배우가 자신에게 다정하게 말을 걸고 있다니…….

“시우하고 아는 사이지?”

파티장에서 벗어나자마자 현주 어깨에 대고 있던 손을 떼며 묻는 종화.

“글쎄요…… 정말 모르면 좋겠는데 부득이하게 아는 사이는 맞네요.”

“오늘 파티도 시우랑 같이 온 건가?”

“안 믿을지도 모르겠지만…… 맞아요, 같이 왔어요. 제가 잠깐 돌아서 같이 온다고 했죠.”

이시우가 현주 자신에게 어떤 악한 마음을 품고 있는지 알았으면 절대 따라나서지 말았어야 하는 자리였다. 다루기 쉬울 거라 생각했던 부잣집 망나니가 이런 식으로 뒤통수를 칠지 몰랐기에 아무 의심 없이 따라나섰던 현주는 그 대가를 톡톡히 치르고 있었으니까…….

"시우…… 여자야?"

"네?"

"너, 이시우 여자 중 하나냐고?"

이제야 종화가 묻는 말이 무슨 뜻인지 안 현주는 눈을 커다랗게 치켜떴다.

"미쳤어요! 그런 개망나니랑 사귀게! 세상에 마지막 남은 남자가 이시우라고 해도 차라리 혼자 살망정 이시우랑은 절대 노(NO)예요!"

두 주먹을 꽉 쥐며 흥분한 채 말하는 현주의 말에 갑자기 임종화는 미친 사람마냥 웃어 젖히기 시작했다.

"왜 그렇게 웃어요?"

"아, 아니야. 너무 웃겨서…….'"

"남은 열받아 죽겠는데…… 어쨌든 오늘 고마워요. 종화 씨 아니었으면 정말 망신살 뻗칠 뻔했어요."

현주는 흥분을 가라앉히며 정중히 종화에게 감사 인사를 했다. 좀 이상한 사람 같지만 그래도 자신을 도와준 사람이니까…….

"정말 고마우면 나랑 데이트 한번 하는 건 어때?"

"뭐요?"

“음…… 언제가 좋을까? 난 너처럼 귀여운 여자가 좋더라고. 작고, 사랑스럽고…….”

마치 영화 대사처럼 느끼한 말들을 줄줄 내뱉는 임종화. 이시우 실장과 임종화가 친한 건 회사 내에서도 유명했다. 잠깐 종화는 좋은 남자라 생각했는데 말하는 것 보니 그것도 현주의 착각이었나 보다.

“나중에 회사로 찾아오면 차 한 잔은 대접해 드리겠어요. 단 제가 아닌 이시우 실장님과 같이 드셔야겠지만. 그럼 전 이만…….”

종화가 입을 열기도 전에 재빠르게 걸어가 버리는 현주였다. 그 모습에 종화는 다시 조용히 웃음을 터뜨렸다.

때마침 종화에게 상황을 물어보기 위해 파티장 밖으로 나온 시우는 혼자 실실 웃고 있는 종화를 보며 의아한 표정을 지었다.

“인마, 왜 혼자 실실 웃고 있어? 그리고 도대체 그 끔찍한 여자랑은 어떻게 아는 사이냐?”

“저 깜찍한 여자가 네 비서냐?”

종화 입에서 나온 깜찍이라는 말에 시우는 살짝 인상을 찌푸렸다.

“종화 너 눈 많이 낮아졌다. 어디 관심 보일 게 없어서 그런 여자한테 관심 보이냐?”

“왜? 이쁘구만. 눈이 나빠서 쓰는 건지, 어떤 건지는 모르겠

지만 그 촌스러운 뿔테 안경만 벗기면 아마 사람이 달라 보일
걸?"

"야야! 헛소리하지 마. 그런 저주받은 얼굴은 뿔테 안경으로
가려주는 게 미덕이다. 하여튼 네가 왜 그 여자한테 관심 갖는
지 정말 미스터리다."

고개를 설레설레 저으며 하는 시우의 말에 종화는 의미심장
한 미소를 짓는다. 다행히 시우는 아직 현주의 매력을 깨닫지
못했나 보다.

"이름이 뭐야, 저 여자?"

"강…… 현주랬나?"

"쿡쿡…… 이시우가 관심이 없긴 없구나. 여자 이름 하나만큼
은 귀신같이 외우는 녀석이."

"그럼! 세상에 여자가 딱 그 여자 하나뿐이라도 절대 관심 가
질 일 없다."

현주와 똑같은 말을 내뱉는 시우. 그 말에 종화는 더욱 안심
이 되었다. 간만에 관심이 생긴 여자인데 친구와 경쟁하고 싶은
마음은 눈곱만큼도 없었으니까.

"하하! 진짜요? 현주가 그랬단 말이에요?"

"네. 대단하죠? 저라면 절대 상상도 못했을 일인데 말이
죠."

후식으로 나온 커피 잔을 매만지며 말하는 신정의 말에 주홍

은 가만히 고개를 끄덕인다.

"학교 다닐 때부터 대단한 녀석이었어요, 현주는. 워낙 똑 소리 나게 말을 잘해서 선배들도 현주는 잘 안 건드렸죠."

"그런 성격 정말 부러워요. 당차고, 밝고, 주변 사람들까지 기분 좋게 만들어주잖아요."

"현주 성격도 매력있지만 신정 씨도 충분히 매력적이에요. 온화하고, 부드럽고, 무엇보다 여성스럽잖아요."

예의상 하는 주홍의 칭찬이란 걸 알았지만 그 말에 신정의 가슴은 또다시 뛰고 있었다. 마음속 깊이 흠모하던 사람의 칭찬이라 더 더욱 신정을 행복하게 만드나 보다.

"김 대리님도 참…… 과분한 칭찬이에요."

"음…… 계속 그렇게 부를 거예요?"

"네?"

"회사 밖인데 계속 그런 칭호로 부를 거냐구요. 그냥 편하게 제 이름 불러주면 안 돼요?"

주홍의 말에 신정의 얼굴은 붉게 달아오르기 시작했다.

"이, 이름이요?"

"네. 그냥 편하게 이름 불러줘요. 난 신정 씨랑 친하게 지내고 싶은데 자꾸 신정 씨가 거리를 두는 것 같아서 마음이 아프다구요."

정말 꿈을 꾸는 것 같았다. 현주 때문에 다른 여직원보다 쉽게 주홍과 친해지긴 했지만, 요즘 주홍은 여직원들 사이에 떠오르는 인기남이었다. 주홍에게 말 한 번 제대로 못 걸어보는 여직원이 허다했는데, 그런 사람이 자신과 친해지고 싶다고 얘기하는 것이었다. 이게 꿈이라면 결코 깨고 싶지않은 신정이었다.

"주, 주홍 씨."

"음, 앞으로도 계속 이름으로 불러주는 겁니다! 아셨죠?"

"네……."

신정의 수줍은 대답에 부드러운 미소를 짓는 주홍. 정말 신정에겐 너무나 행복한 밤이 깊어가고 있었다.

―시우 씨! 시우 씨! 이러지 말아요…… 시우 씨도 나 사랑하잖…….

탁!!

신경질적으로 TV를 꺼버리는 현주. 그런 현주의 행동에 의아한 눈으로 현주를 쳐다보는 현주의 엄마와 동생이었다.

"잘 보고 있는데 왜 꺼!"

"드라마 남자 주인공 이름이 짜증나잖아! 딴 거 봐, 딴 거."

엄마의 말에 인상을 잔뜩 찌푸리며 대답하는 현주였다.

"남자 주인공 이름이 왜! 멋지기만 한데!! 당장 TV 안 켤래?"

"엄마! 엄마는 딸내미보다 TV가 좋은 거유? 난 저 드라마 싫다고!"

"이 기집애가 미쳤나! 보기 싫으면 방에 들어가!"

현주를 확 밀치며 리모컨을 뺏는 엄마. 가뜩이나 짜증나 죽겠는데 엄마까지 신경을 박박 긁는다. 아니, TV 드라마까지 현주를 열받게 만든다. 남자 주인공 이름이 하필이면 시우일 게 뭐란 말인가! 엄마의 구박에 서러워진 현주는 잔뜩 인상을 찌푸린 채 자신의 방 안으로 들어가 버렸다. 그런 현주의 행동을 유심히 지켜보던 현주의 동생 현민이 쪼로록 엄마 옆에 가서 앉았다.

"누나 이상한데?"

"그러게, 니네 누나 오늘 왜 저런다니?"

"아무래도 노처녀 히스테리 아닐까? 하긴 누나가 시집갈 나이가 되긴 했어. 이번 기회에 누나 좀 치워 버리는 게 어떨까, 엄마?"

"뭐? 노처녀 히스테리?"

"응. 드라마에서 남녀의 애정 행각을 보며 열받아한다. 이게 노처녀 히스테리 아니고 뭐겠어. 중증 중에 중증이야."

현주의 속사정은 모른 채 노처녀 히스테리로 단정지어 버리는 현민. 그리고 그런 현민의 말에 깊게 공감하며 자신의 딸을 위한 대책이 필요하다 생각하는 현주 모. 현주는 현주 나름대로, 현주 식구들은 현주 식구들대로 깊은 고민에 휩싸였다. 그 고민이 각자들 다 달라서 문제였지만······.

"어젠 아주 운이 좋더라고······."

실장실에 들어오자마자 현주에게 시비를 걸기 시작하는 이시우 실장. 그야말로 또 다른 전쟁이 시작되고 있었다.

"그런 유치한 장난이 저에겐 안 통했을 뿐이에요."

"유치한?"

"네. 아주 유치했던 건 스스로도 잘 알죠, 실장님? 초등학생도 요즘은 그런 장난 안 칠 거예요."

너무나 담담한 현주의 말에 시우는 끓어오르는 흥분을 가라앉힐 수 없었다.

"도대체 뭘 믿고 그렇게 깡이 세?"

"무슨 말 하시는지 모르겠네요. 저한테 시비 걸 정도로 시간이 한가하시면 서류나 좀 읽으시죠. 오늘 오후에 회의 참석하셔야 하는 건 아시죠?"

"이봐! 강…… 현주 씨!"

"네?"

"보아하니 그쪽도 나에 대한 감정이 안 좋은 것 같은데 왜 내 비서로 왔어? 피차 피곤하게 말이야."

까만 머리를 신경질적으로 넘기는 시우에게 현주는 살짝 비웃음을 지어 보여줬다.

"회장님의 선택이셨어요. 실장님처럼 능력없는 사람에겐 저같이 능력있는 비서가 필요하다고 하셨죠. 제가 비서 하는 게 싫으시다면 사업에 대한 공부 좀 하시는 게 어때요? 저도 얼른 실장님 밑에서 벗어나고 싶거든요."

현주의 강력한 한마디에 이시우는 무너지고 말았다. 기가 막

혀서 아무 말도 못한 채 현주를 노려보고만 있었으니까. 아무래
도 아침에 일어난 이 전쟁의 승리는 이번에도 역시 현주인가 보
다.

"어제 거기 따라간 내가 바보였다니까! 네 말대로 이시우 실
장 나한테 칼 갈고 있는 거 알면서 말이야."

점심시간에 신정을 만나자마자 잔뜩 흥분하며 말하는 현주였
다. 현주에 얘기에 놀라서 입을 다물지 못하는 신정이었고…….

"정말? 이시우 실장 인간 말종인 건 알았는데 그 정도였니?
정말 너무한다."

"그렇지? 그냥 너랑 저녁이나 먹을 걸. 어제 그냥 집에 갔어?"

현주의 질문에 또다시 얼굴이 확 달아오르는 신정이었다.

"아, 아니. 사실 주홍 씨랑 같이 저녁 먹었어."

"뭐? 주홍 선배랑? 어떻게?"

"아, 어제 퇴근하다 만났거든……."

"정말? 좋았겠다! 주홍 선배 정말 매너있지 않니?"

흥분하는 현주를 보며 신정은 왠지 알 수 없는 불안감을 느꼈
다. 설마, 현주도 자신과 같은 감정인 걸까?

"응…… 그런데 현주야, 너 혹시 말이야."

"혹시? 혹시 뭐?"

"아, 아니야."

왠지 묻기 두려워지는 신정이었다. 현주도 주홍을 좋아하고

있다면, 자신과 현주가 한 남자를 동시에 좋아하게 된다면……
상상만으로도 끔찍했다. 현주도, 주홍도 신정에겐 너무나 소중
한 사람들이었기에…….

chapter. 2

시 우 , 첫 사 랑 을 만 나 다

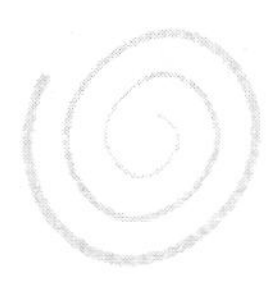

"**아**버지, 저 정말 그 여자 때문에 회사 나오기 싫습니다. 그 여자 아버지가 직접 보낸 거라면서요?"

점심식사를 같이하자는 이 회장의 말에 시우는 부리나케 회장실로 올라가 현주 얘기를 꺼냈다.

"그 얘긴 이미 끝난 걸로 안다. 다시는 꺼내지 말아라."

"아버지!!"

"그렇게 강 비서가 싫으냐?"

"네!! 정말 끔찍하게 싫어요—!!"

어린아이가 떼스듯 목청껏 소리 지르는 시우의 모습에 이 회장은 살짝 인상을 찌푸렸다. 자신의 아들이 큰 그릇이 못 되는 건 알고 있었지만 이렇게 사람 보는 눈이 없을 줄이야…….

"좋다, 그럼 내 너한테 한 가지 제안을 하마. 이번에 우리 회사가 의류 쪽으로 손을 뻗친 건 알고 있지?"

"압니다. 아버지께서 요즘 심혈을 기울이고 있는 사업이니까요."

"그럼 기획실장답게 괜찮은 기획안을 제출해 보도록 해라. 앞으로 한 달의 시간을 주마. 네 손으로 제출한 기획안이 임원진들의 동의를 얻고 통과하게 되면 내 너를 강 비서로부터 해방시켜 주겠다."

점점 더 상황이 시우에게 불리하게 돌아가고 있었다. 억지로 이 회장 손에 끌려 회사에 나오곤 있지만 사업 쪽엔 눈곱만큼도 관심없는 시우. 하지만 지금 시우에게 사업보다 더 싫은 게 있다면 바로 현주였다. 그런 현주를 쫓아낼 수 있다면 불이라도 뛰어들 자신이 있는 시우였고…….

"좋습니다. 나중에 딴소리하지 마십시오."

"강 비서 도움을 받으면 훨씬 쉬울 거다. 똑똑한 여자니까."

절대!! 현주의 도움을 받는 일은 없을 것이다. 현주의 잘난 척하는 모습은 상상조차 하기 싫은 시우였으니까.

해가 서쪽에서 뜨려나 보다. 이시우가 서류를 읽고 있다니!

점심시간이 끝나자마자 사무실로 돌아와 의류에 관한 서류를 모조리 가지고 들어가 심각한 표정으로 읽고 있는 시우의 모습을 직접 눈으로 보면서도 믿을 수가 없는 현주였다. 심지어 자신의 눈까지 의심할 정도였다. 시우가 자신 때문에 극심한 충격을 받아 정신적으로 문제가 생긴 게 아닐지 심히 걱정이 되었다.

그렇게 몰래몰래 실장실 분위기를 살피면서 초조한 표정을 짓고 있는데 정말 반갑지 않은 인간 하나가 실장실 안으로 들어왔다. 어제 현주를 위기에서 구해주었던 영화배우 임종화가 아주 느끼한 웃음을 날리며 현주를 향해 걸어오고 있었다.

"오~ 여기서 또 보니까 반가운데?"

자연스럽게 현주의 책상에 걸터앉으며 인사를 건네는 종화의 태도는 너무도 느끼했다.

"실장님 만나러 오셨어요?"

"아니, 우리 귀염둥이 보러 왔지~"

윙크도 빼먹지 않고 해주는 종화 때문에 현주의 팔엔 순식간에 닭살이 돋았다. 인간이 어떻게 이렇게까지 느끼할 수 있는지.

"전 근무 중이거든요. 실장님 보러 오신 거 아니면 그만 나가주시죠."

"일해. 난 널 바라보고 있는 것만으로도 좋으니까 편하게 일하라고, 저기로 차 한 잔만 가져다주고."

현주 바로 옆 책상을 가리키며 말하는 종화. 이시우에 이어서 임종화까지 현주의 속을 박박 긁고 있었다.

'도대체 인간들이 왜 이렇게 무대포인 거야?'

"전 그쪽이 가볍게 가지고 놀 수 있는 여자가 아니에요. 그쪽한테 눈곱만큼도 관심없다구요. 그러니까 저한테 보이는 관심 그만 거둬주시죠."

"싫은데? 네가 나한테 관심없어서 더 끌려. 도도한 게 아주 매력적이거든."

현주의 목을 손으로 살짝 건드리는 종화의 태도에 현주는 그대로 폭발하고 말았다.

"임종화 씨!"

"화내는 모습도 아주 섹시해."

그대로 종화를 내치고 싶은 마음에 주먹을 꽉 쥐는 현주. 아마 그때 실장실 문이 열리지 않았으면 그 주먹은 종화를 향해 날아갔을 것이다.

"뭐야? 왜 이렇게 시끄러워? 어? 종화 왔냐?"

"어. 오후 스케줄이 비어서 귀염둥이 아가씨 보러 왔다."

현주를 가리키며 하는 종화의 말에 시우의 얼굴은 현주보다 더 심각하게 찌푸려졌다. 저런 못생긴 여자에게 귀염둥이라니…… 친구의 비위에 다시 한 번 감탄했다.

"들어와라. 같이 차나 한 잔 마시자. 강 비서, 커피 두 잔."

현주는 처음으로 이시우가 예뻐 보였다. 뭐, 현주를 느끼남으로부터 구해주기 위해서 한 행동은 아니겠지만 이시우 실장 만만치 않게 끔찍한 인간이 종화였으므로……

"네……."

"그럼 맛있게 끓여줘."

시우를 따라 실장실 안으로 들어가면서까지 느끼한 윙크를 잊지 않는 종화의 태도에 현주의 몸엔 또다시 닭살이 돋았다.

'아, 느끼해, 느끼해. 인간이 어쩜 저렇게 느끼할 수 있지!'

잘생긴 남자들에 대한 환상이 한순간에 깨졌다. 잘생긴 성격 파탄남 이시우와 잘생겼지만 느끼한 임종화로 인하여.

"근데 너 진심이었냐?"

실장실 문을 닫으며 시우가 종화에게 물었다. 너무 잘난 여자들만 봐서 눈이 잠깐 어떻게 된 건지 하필이면 못생긴 자신의 비서에게 관심을 가지는 이유를 도통 모르겠다.

"글쎄, 솔직히 처음에는 재미 반 진심 반이었다. 근데 눈에 밟힌다. 저런 여자 처음이거든. 신선하지 않아?"

"신선은 개뿔! 하여튼 너 참 취향 독특해졌다."

"쿡쿡. 인마, 그래서 넌 나한테 아직 안 되는 거야. 여자 보는 눈이 그렇게 없으니."

'적반하장도 유분수지. 여자 보는 눈 낮은 게 누군데!'

시우는 아무래도 종화가 무리한 영화 촬영 스케줄로 인해 뇌에 이상이 왔단 생각밖에 들지 않았다. 종화에게 다시 한마디 받아치려고 입을 여는데 문이 열리며 차를 가지고 들어오는 현주가 보인다. 잔뜩 굳어져 있는 표정. 이 여자 웃을 줄은 알까?

사무적인 미소 짓는 건 많이 봤지만 사흘 동안 웃는 걸 한 번도 보지 못했다. 그래서 시우의 머리 속에 현주의 이미지는 찔러도 피 한 방울 안 나올 거 같은 마녀로 깊이 인식되어 있었다.

"향이 아주 좋은데? 얼굴만큼이나 커피도 잘 끓이나 봐?"

종화의 농담에 살짝 미간이 좁아지는 현주는 한마디 대꾸도 없이 쌀쌀맞게 실장실 밖으로 나가 버렸다.

"하하! 정말 귀엽지 않아? 특히 화가 날 때 저 표정 너무 깜찍해."

"종화야, 너 아무래도 병원 가봐라. 상태가 너무 심각하다, 너."

"그렇지? 나 저 여자 때문에 미칠 것 같은데 어떡하냐?"

종화에 말에 정말 돌아버릴 것 같은 시우였다. 아버지도, 종화도 저 여자의 무엇을 그렇게 높이 평가하는 걸까? 그래, 솔직히 똑똑해 보이긴 한다. 하지만 그것 말고는 정말 아무짝에도 쓸모없는 여자인데…… 점점 사람들이 이상해져 가는 것 같았다. 오직 시우 자신만이 정상인처럼 느껴질 뿐이었다.

정말 아주 커다란 대패가 필요할 것 같았다. 느끼로 똘똘 무장한 종화 때문에 현주의 온몸에 돋아난 닭살을 처리하려면 말이다. 급한 촬영 스케줄 때문에 서둘러 실장실 밖으로 나가면서까지 현주에게 느끼한 윙크를 쏘아대던 종화. 그 윙크가 자꾸 떠올라 현주의 속을 느글거리게 만들었다. 그나저나 이시우는 오후에 회의가 있다는 걸 아는지 모르는지, 종화가 가고 난 후에도 자신의 방에 처박혀 나올 생각을 하지 않는다.

'이 인간 갑자기 왜 이렇게 무리한 학구열을 보이지?'

회의 시간도 알려줄 겸 갑자기 너무 변해 버린 시우 좀 관찰할 겸 현주는 조심스레 실장실 문을 열었다. 분명 서류를 들고 있는 이시우가 보이긴 했다. 들고 있기는 분명히 들고 있었다. 단, 고개는 심하게 꺾여 있으며 상하 반복 운동을 일정 간격으로 계속해 대서 그렇지. 시우는 서류를 든 채 그대로 졸고 있었다. 정말 카메라만 있었다면 사진을 찍고 싶을 만큼의 추한 포즈로.

"실장님."

현주의 부름에도 시우는 눈을 뜨지 못한 채 잠 속에 빠져 벗어날 줄 모르고 있었다.

"실장님!"

"어…… 어? 왜? 무, 무슨 일이야?"

번쩍 고개를 들며 놀라서 서류까지 떨어뜨리는 이시우. 잔뜩 풀린 두 눈이 시우가 아직도 잠에 취해 있단 걸 말해주고 있었다.

"회의에 참석하셔야 할 시간이에요. 웬만하면 세수는 하고 가시죠. 눈곱 끼셨거든요."

"뭐?"

"얼른 가셔야 할 거예요. 그렇지 않으면 지각하세요."

허둥지둥 자신의 눈을 비비는 시우를 뒤로한 채 실장실 문을 닫고 나왔다. 어쩜 인간이 저렇게 한심한지, D.H의 미래까지 걱정이 되는구나. 저런 사람이 후계자라니…… 회사의 미래는 정말 불 보듯 뻔했다.

　시우가 없는 사무실은 너무나 평화로웠다. 오죽하면 매일매일 회의가 있었으면 하고 현주가 바랄 정도였으니까. 느긋하게 커피 한 잔을 마시며 서류 정리를 하고 있는데 낮은 노크소리가 실장실 밖에서 들린다.
　"네, 들어오세요."
　탁.
　딱딱한 나무 문이 열리고 순간 빛이 느껴질 정도로 아름다운 여자가 실장실 안으로 들어왔다. 같은 여자가 보기에도 너무나 아름다운 여자. 오목조목한 이목구비, 주먹보다 더 작을 것 같은 얼굴. 사람이 아닌 듯했다. 마치 인형 같았다.
　"저, 이시우 씨 안 계신가요?"
　멍하게 여자를 보며 놀라고 있는 현주에게 쟁반에 옥구슬 굴러가는 듯한 목소리로 묻는 그 여자의 말에 현주는 그제야 정신을 차리며 말했다.
　"네? 아, 실장님은 회의 중이십니다. 잠시만 기다려 주시겠습니까?"
　"그래요? 그럼 실례가 안 된다면 여기서 기다려도 괜찮죠?"
　이시우가 데리고 노는 골빈 여자는 아닌 것 같았다. 엄청난 품위와 아름다움이 느껴지는 여자. 저런 여자가 왜 이시우를 찾는 것일까? 여자에게 내줄 커피를 끓이면서도 현주는 계속 여러 의문이 생겼다. 그리고 마음 편하게 저 여자는 시우의 여자들 중 하나가 아닐 거라는 결론을 내렸다. 저 여자가 이시우랑 어울리기엔 너무 아깝게 생각되었기에.

고리타분한 늙은이들. 가뜩이나 잠이 덜 깬 상태에서 회의에 참석해 피곤해 죽겠는데 지루한 사업 얘기를 계속해 댄다. 웬만하면 그만 얘기들 좀 끝낼 때가 되었건만…… 옆에 앉아 있는 이 회장의 눈치를 보며 애써 하품을 참아내는 시우였다. 하지만 이 회의가 조금만 더 길어지면 간신히 참고 있던 하품이 튀어나올 것만 같았다.

"그럼 오늘 회의는 여기서 마치기로 하고, 한 달 뒤에 이시우 실장이 의류에 관한 새로운 기획안을 제출한다고 하니 많은 관심들 가져주게."

회의를 마친다는 이 회장의 말에 기쁜 마음에 몸을 일으키던 시우는 일순간 자신에게 쏠리는 임원진의 시선에 그대로 동작을 멈출 수밖에 없었다.

"아…… 하하…… 열심히 하겠습니다."

다들 믿을 수 없다는 시선으로 자신을 쳐다보는 게 느껴졌기에 시우는 불신이 가득한 임원진들의 시선에 진땀을 흘리며 대답했다.

　시우는 회의실 문이 열리자마자 임원진들의 시선을 피해 제일 먼저 빠져나왔다. 그러면서도 자신이 왠지 아버지의 계략에 말려든 것 같단 생각이 끊임없이 시우의 머리 속을 괴롭히고 있었다. 그래, 그 끔찍한 마녀 같은 여자가 비서로 오면서부터 이 악몽은 시작된 거다. 괜히 자신에게 벌어지고 있는 모든 상황을 현주 탓을 하며 실장실 문을 열어젖히는 순간 시우는 자신의 눈을 의심했다.

　실장실에 앉아 있는 저 여자는, 문을 열고 들어오는 시우를 보며 싱긋 웃어주는 그 여자는 한동안 시우가 꿈에서조차 그리워했던 그의 첫사랑이자 첫 실연을 안겨준, 이름만 떠올려도 가슴을 저미게 하는 유아영이었으니까.

　"아영아……."

　"시우 씨, 오랜만이네. 잘 지냈어?"

　오 년이란 시간이 무색할 정도로 아영의 외모는 여전했다. 오 년 전에 앳되어 보이던 매력 대신 성숙함으로 가득 찬 아름다움.

　"한국은 언제 들어온 거야?"

　"일주일 정도 됐어. 그런데 계속 나 여기 세워둘 거야?"

　"아, 아니. 밖으로 나갈까?"

　잔뜩 긴장한 모습의 시우였다. 뭐, 현주가 시우를 안 시간은 그리 길지 않았지만 저렇게 긴장하는 모습은 처음 본다. 아마도 저 아영이란 여자는 시우에게 좀 특별한 여자인가 보다. 최고의 카사노바 이시우가 조금은 특별하게 생각하는 여자. 하긴 같은 여자가 보기에도 아영은 무척이나 아름다웠으니까.

"응. 차 잘 마셨어요."

시우를 따라 밖으로 나가면서도 현주에게 인사를 잊지 않는 아영의 모습에 현주는 새삼스럽게 감탄했다. 인간 말종 이시우가 저렇게 제대로 된 여자를 만날 수도 있다니…… 역시 세상은 오래 살고 볼 일이다.

시우는 오 년 전에도 그렇지만 지금도 아영 앞에선 긴장되었다. 클래식을 전공한 아영은 머리도 좋고, 얼굴도 예쁘고, 집안조차 알아주는 한마디로 완벽한 여자였다. 이 여자라면 평생을 같이할 수 있겠구나, 생각했었는데…… 아영은 참으로 냉정하게 시우를 버리고 떠났다. 뭐, 자신이 버림받을 짓을 한 건 사실이었지만.

오 년 전 아영과 함께 간 피아노 연주회에서 시우가 그만 코를 골며 자버렸던 것이다. 그때 아영이 자신에게 했던 말은 아직도 생생히 떠올랐다.

"시우 씨, 난 시우 씨의 얼굴도, 시우 씨의 배경도, 시우 씨의 성격도 모두 다 좋아. 하지만 시우 씨가 무식한 건 정말 못 참아주겠어. 우리 그만 헤어져."

시우는 아영으로부터 받은 갑작스런 이별 통보에 엄청나게 큰 상처를 받았다. 그리고는 독일로 유학을 떠나 버린 아영. 그런 아영이 오 년 만에 시우의 눈앞에 나타났다.

“뭘 그렇게 생각해?”

차를 마시다 말고 시우를 보며 묻는 아영의 말에 시우는 그제
야 옛 생각에서 벗어날 수 있었다.

“아, 아냐. 그냥 옛날 생각…….”

“옛날 내 생각?”

“어? 응…… 그때 헤어지던 날 생각하고 있었어.”

어두운 시우의 목소리의 아영의 얼굴엔 미안함이 가득 맴돌
았다.

“그땐 정말 미안해, 시우 씨. 내가 말이 너무 심했지.”

“그럴 만했지. 내가 다 잘못한 건데 뭐.”

“아냐, 그땐 내가 너무 철이 없었어. 나 유학 가서도 시우 씨
잊어본 적 단 한 번도 없어. 역시 나한테 어울리는 사람은 시우
씨뿐인 것 같아.”

이게 꿈이라면 절대 깨고 싶지 않은 시우였다. 단 한 순간도
잊은 적 없던 자신의 첫사랑이 시우를 못 잊었다 말하고 있으
니.

“아영아…….”

“우리 다시 시작할래? 나 이번엔 정말 잘할게.”

시우는 대답 대신 아영의 손을 꽉 붙잡았다. 하늘이 다시 시
우에게 기회를 준 것이다. 이번엔 이 손을 절대 놓지 않을 것이
다. 무슨 일이 있어도…… 절대로…….

"또 야근이야?"

같이 퇴근이나 할까 해서 신정을 찾아간 현주였다. 하지만 산더미처럼 쌓인 서류에 싸여서 허우적거리고 있는 신정의 모습이 현주의 눈에 들어왔다.

"응. 너 마침 잘 왔어. 나 아사 직전이거든. 혼자 밥 먹기 싫어서 굶을까 고민했는데 같이 밥 먹으러 가자."

잔뜩 지친 얼굴로 현주를 반기는 신정. 그리곤 서둘러 지갑을 들고 자리에서 일어났다.

"전무님 좀 심하다. 요즘에 툭하면 야근이네."

전무실 밖으로 걸어나오며 건넨 현주의 말에 신정이 고개를 설레설레 내저었다.

"부인이랑 이혼하고 더 심해졌어. 완전히 일 중독증 환자라니까."

"전무님하고 우리 실장하고 딱 반반씩 섞었으면 좋겠어. 그 인간은 일이라면 끔찍해하니."

"그러게나 말이다. 아, 대충 먹고 또 들어가 봐야 해. 오늘 저거 못 끝내면 내일도 또 야근이거든."

"불쌍한 내 친구. 뭐 먹을래? 언니가 크게 인심 한번 쓰마."

"정말? 그럼 초밥 먹으러 갈까? 여기 회사 앞에 초밥집 생겼는데 엄청 맛있거든. 어? 현주야, 저기 저 사람 이시우 실장 아니야?"

현주가 사준다는 말에 잔뜩 신나서 말하던 신정은 회사 앞에서 한 여자와 다정하게 웃고 있는 시우를 가리키며 현주에게 물었다.

"그러네. 아직도 그 여자랑 데이트하나 보다."

"옆에 저 여자? 진짜 우아하게 생겼다. 이시우 실장이랑 아는 사이래?"

"그런가 봐. 좀 심상치 않은 사이 같던데. 하여튼 신기하지? 이시우 실장 같은 개망나니가 저런 여자랑 어울리다니……."

외모만 보기엔 정말 잘 어울리는 선남선녀였다. 하지만 지적 수준은 정말로 큰 차이가 나는 사람들 같았고…… 다시 생각해 봐도 아영이 아깝다는 결론만이 반복했다.

"그러게. 그래도 잘 어울려 보인다."

"응. 제발 이시우 실장이 저 여자 만나면서 정신 차렸음 하는 소망이다. 하루 빨리 이시우가 인간이 되어야 벗어날 수 있거든, 난."

이 회장이 했던 약속이 떠오른다. 이시우를 변하게 만들어주면 현주가 바라는 게 무엇이든 들어준다던 그 말. 마치 요술방망이를 선물 받은 기분이었다. 이 회장에겐 그만큼의 능력이 있었으니까…….

이상하게 오늘 현주를 반기는 엄마의 시선이 심상치 않았다. 어울리지 않는 환한 미소를 지으며 자신을 반기는 엄마.

"엄마, 왜 그러우? 왜? 또 뭐 갖고 싶은 거 생겼어? TV 홈쇼핑에서 뭐라도 나온 거유?"

보통 엄마가 저렇게 웃으면서 현주를 볼 땐 무언가 바라는 게 있을 때였다. TV 홈쇼핑에서 가지고 싶은 물건이 나왔을 때 가장 많이 써먹는 방법이기도 했고.

"어머, 아니야! 기집애. 누가 들으면 내가 만날 딸내미 등쳐먹고 사는 줄 알겠다!"

'등쳐먹고 사는 거 맞지요.'

웃음으로 보내는 은근한 협박. 그게 얼마나 무서운 건지 겪어 보지 않은 사람은 모른다.

"그럼 왜 그러는데?"

"현주, 너 선봐라."

"뭐? 뭘 보라고? 엄마 미쳤수? 내 나이가 몇인데 선을 봐!"

"여자 나이 스물일곱이면 이제 선볼 때지. 원래 한 살이라도 더 어릴 때 봐야지 좋은 사람 만나는 거야. 인사동에 윤씨 아줌마 알지? 왜, 그 발 넓은 아줌마."

윤씨 아줌마? 당연히 알고 있는 현주였다. 가끔 현주네 집으로 찾아와 엄마와 함께 강력한 수다를 몇 시간씩 떨다 가는 아줌마였으니까. 그리곤 집으로 들어오는 현주를 보며 매번 알 수 없는 눈웃음을 보내는 아줌마였다.

"그 아줌마가 왜?"

"괜찮은 선 자리 하나 소개해 왔드라. 남자가 벤처기업 사장인데 연수입이 어마어마하대! 인물도 훤칠하고 정말 괜찮은 사람이라니까."

"그런 괜찮은 사람이 왜 선을 본대! 싫어! 나 절대 선 안 봐! 난 늦게 늦게 결혼할 거야! 딸내미 일찍 해치울 생각 절대 하지 마!"

또다시 입을 열려는 엄마에게 강력한 일침을 놔주고 현주는 서둘러 방으로 들어왔다. 정말 기가 막혀서…… 가뜩이나 회사 일 때문에 머리가 지끈지끈 아픈데 엄마까지 왜 저 난리인지 이해가 되지 않았다. 나이 스물일곱에 맞선이라니! 절대 그렇게 팔려가고 싶지 않았다. 더군다나 현주의 마음속엔 이미 주홍이 란 남자가 너무 크게 들어와 있었다.

아침부터 아영과의 데이트만 생각하면 심란해지는 시우였다. 아영이 선택한 첫 데이트가 하필이면 시우가 끔찍이도 싫어하 는 오페라라니…… 클래식도 싫었지만 오페라는 더 더욱 싫었 다. 그리고 늘 오페라를 보고 나면 그 오페라에 관한 얘기를 나 누는 걸 좋아하는 아영, 그런 아영의 성격을 알고 있었기에 시 우의 마음은 점점 더 암담해지기 시작했다.

오페라 '나비부인'. 시우는 한숨을 내쉬며 오페라 티켓을 바 라보고 있었다. 그때 실장실 문이 열리며 또다시 한가득 서류를 안고 현주가 들어왔다.

"실장님, 오늘 결재하실 서류입니다."

"거기다 둬. 아, 그런데 강현주 씨."

“네?”

“오페라 좀 알아?”

아침부터 시답잖는 질문을 해대는 시우였다. 또 저 인간이 무슨 꿍꿍이로 저런 질문을 하는 건지. 물론 현주는 오페라에 아주 많은 관심이 있었다. 어렸을 때부터 클래식, 오페라, 뮤지컬에 관심이 많았으니까. 현주의 집안 사정이 아마 조금이라도 좋았다면 경제학과가 아닌 예술 계통으로 미래를 꿈꿨을지도 모른다.

“오페라 모르는 사람도 있어요?”

“아니, 그게 아니라…… 오페라에 관한 지식 좀 가지고 있냐고.”

“왜요?”

“도움이 필요해서…….”

시우의 고분고분한 태도에 현주는 깜짝 놀랐다. 그제야 시우의 손에 들린 오페라 ‘나비부인’ 티켓이 눈에 들어왔다. 현주 자신이 너무나 보고 싶어하던 오페라라 한눈에 알아봤다.

“오늘 나비부인 보러 가세요?”

“이 오페라 알아?”

“오페라 중에서 제일 유명하잖아요.”

“나 좀 도와줘, 현주 씨.”

현주에 대한 안 좋은 감정이고 자존심이고 지금은 중요하지 않았다. 다시 자신에게 손을 내밀어준 아영을 놓치고 싶지 않은

시우였기에, 설사 저 마녀 같은 여자 도움을 받아서라도 아영에게 지적이란 느낌을 주고 싶었다

"좋아요. 그 대신 조건이 있어요."

현주 입에서 승낙의 말이 떨어지자마자 웃음을 짓던 시우는 조건이 있다는 말에 금세 웃음을 거뒀다. 조건이라니, 도대체 또 저 여자가 어떤 조건을 걸고 넘어질려고.

"조건? 무슨 조건?"

"성실한 실장님이 되어주세요."

"성실?"

"아홉 시 정각에 출근, 컴퓨터로는 오직 일만 해주셨음 좋겠어요. 야한 사진이나 고스톱 말고요. 그리고 무작정 서류에 사인만 하는 건 안 돼요. 서류를 꼼꼼히 읽어보시고 결재해 주세요."

정말 당돌한 제안이었다. 상사가 부하 직원에게 내릴 수 있는 명령. 그걸 감히 자신의 비서인 현주가 시우에게 요구하고 있는 것이었다.

"좀 건방지다고 생각하지 않아?"

"그게 싫으시면 전 실장님을 도와드릴 수가 없겠네요. 그럼 오페라 즐겁게 보고 오세요."

이런 여비서는 정말 처음이었다. 보통 시우를 무서워하며 말 한마디 못 내뱉는 비서가 대부분이었는데 도대체 이 여잔 뭘 믿고 이러는 건지.

안타깝다는 듯이 어깨를 한번 들썩거리고 실장실 밖으로 걸어나가는 현주를 보는 시우의 마음은 초조해졌다. 정말 들어주기 싫은 조건이었지만, 아영은 저런 조건 때문에 내치기에는 너무도 소중한 여자였다.

"알았어, 알았어. 그거대로만 하면 돼?"

신경질적으로 내뱉는 시우의 말에 입가에 빙긋 미소를 지으며 뒤를 돌아보는 현주였다.

"나중에 딴소리하기 없기예요, 실장님."

시우는 현주의 미소가 왠지 모르게 두려웠다. 저 여우 같은 여자에게 무언가 잘못 걸려들었다는 느낌…….

역시나 끔찍하게 지겨운 오페라였다. 보는 내내 하품이 나오는 걸 몇 번이나 참아댔던지…… 오페라니 클래식이니 이런 것들은 모두 시우랑은 너무 어울리지 않는 문화 세계였다.

"시우 씨, 정말 감동적이지 않아. 아, 오늘 공연 너무 좋았던 것 같아."

꿈을 꾸듯 황홀한 표정으로 오페라 얘기를 하는 아영을 보며 시우는 애써 미소를 지었다. 그리고 오늘 회사에서 하루 종일 현주에게 시달리며 배운 오페라 지식들을 조금씩 꺼내놓기 시작했다.

"그러게. 특히 2막에 Un bel di, vedremo가 제일 좋았던 것 같아. 소프라노의 목소리가 너무 아름답더라고."

‘제, 제길! 제대로 외운 것 맞나?’

시우는 잔뜩 긴장하며 아영의 표정을 살펴보니 너무나 감동받은 눈빛으로 시우를 쳐다보는 아영이었다.

“시우 씨, 오 년 전이랑 정말 달라졌구나. 그렇지! 그 아리아가 제일 감동적이지? 난 듣는 순간 소름이 쫙 끼쳤다니까……아, 시우 씨랑 이런 대화를 할 수 있다니 정말 꿈만 같아.”

“하하…… 그렇게 좋아?”

“응. 시우 씨가 이렇게 음악에 폭이 넓어진 줄 몰랐어.”

지금 이 순간 시우는 너무 행복해졌다. 내일부터 회사에서 죽도록 현주에게 시달리겠지만 그런 건 하나도 두렵지 않을 정도로 자신을 신뢰하는 눈으로 바라보는 아영의 모습에 마냥 즐거운 시우였다. 똑똑한 여비서를 두는 거 피곤한 일인 줄만 알았는데 이런 쪽에 이렇게 도움이 되다니…… 꽤 쓸 만한 거 같았다.

“참! 시우 씨, 주말에 시간 괜찮아?”

“어? 아영이가 내라고 하면 언제든지 시간 내야지. 근데 왜?”

“응. 나랑 같이 유학 갔던 친구가 이번에 피아노 독주회를 하거든. 금요일부터 공연 시작인데 안타깝게도 첫 독주회는 내가 일이 있어서 못 가고, 토요일에 시우 씨랑 같이 갈까 해서.”

오페라 하나 겨우 넘겼더니 이번엔 피아노 독주회란다. 시우는 정말 눈앞이 깜깜해졌다. 오페라보다 더욱 지루하고 지루한 피아노 독주회라니…….

“그, 그래? 나야…… 좋지. 피아노 독주회라, 기대되는걸.”

“응. 정말 재능있는 친구야. 솔직히 시우 씨가 워낙 클래식은 안 좋아하는 것 같아서 같이 가자고 하기 좀 그랬는데 오늘 보니까 시우 씨도 이제 음악에 관심 많아진 것 같고.”

그렇다. 바로 아영과 헤어지게 만든 것도 그 피아노 연주회 때문이었다. 시우에겐 온통 자장가로 들리는 그 지루한 음악들을 어떻게 견뎌내야 할지 정말 암담하게만 느껴지는 시우였다. 더군다나 아영의 친구가 하는 독주회라면 그 공연을 보고 나서도 클래식에 관한 이야기만 할 텐데. 암담하고, 또 암담했다.

산더미처럼 쌓여 있는 서류를 보며 신정은 한숨을 내쉬었다. 어제에 이어서 오늘까지 야근이라니. 아무리 야근 수당이 두둑히 떨어진다지만 이건 너무 심했다. 일 중독증 환자인 전무와 함께 일하면서 하루도 맘 편하게 쉬어본 적이 거의 없는 신정이었다.

오늘은 현주도 일이 있어서 바로 퇴근해 버렸고, 저녁을 또 어떻게 해결해야 할까? 사소한 고민이 신정의 머리를 복잡하게 하는 순간 조용한 진동음을 내는 핸드폰이 보였다. 가슴 두근거리게 하는 주홍의 번호가 뜨고 있는 신정의 핸드폰.

“여보세요?”

목소리를 한껏 가다듬으며 전화를 받는 신정의 귀에 기분 좋은 주홍의 목소리가 들어온다.

[신정 씨? 어디예요?]

"아, 저 회사요."

[아직 퇴근 안 했어요?]

"네."

[왜요? 퇴근 시간 훨씬 지난 것 같은데…….]

"야근이에요. 주홍 씬 어디예요?"

[아, 저도 오늘 일이 좀 늦게 끝나서 이제 퇴근하거든요. 신정 씨 회사 근처면 같이 저녁이라도 하려고 했는데…….]

주홍의 말에 신정은 굳게 닫혀 있는 전무의 방문을 뚫어지게 노려봤다. 일 중독자 전무 때문에 주홍과의 저녁 식사를 포기하게 생겼으니…….

"할 수 없죠 뭐. 다음에 해요…… 주홍 씨."

[네, 알았어요. 너무 무리하지 말아요. 나중에 봐요.]

그나마 주홍의 말에 힘이 나는 신정이었다. 따뜻한 말 한마디에도 힘을 주는 사람…… 주홍은 점점 신정에게 큰 의미가 되어가고 있었다.

현주는 출근 시간보다 십 분 일찍 회사에 도착했다. 과연 이시우 실장이 처음으로 정시에 출근하는 이변을 보일 것인가 너무 궁금했기에. 느긋하게 커피를 마시며 시계를 흘끔흘끔 바라보고 있는데 정각 아홉 시가 되자마자 허둥지둥 실장실 안으로 뛰어들어 오는 시우가 보였다. 아침에 늦잠을 잤는지 제대로 정리하지 못해 붕 뜬 머리에 역시나 목의 넥타이는 걸치기만 한 부시시한 모습이었다. 출근 시간을 맞추기 위해 엄청난 노력을 한 것 같은 그 모습에 현주는 자신도 모르게 웃음이 났다. 드디어 본격적으로 개망나니 도련님 인간 만들기 프로젝트가 실행되고 있는 것이었다.

"실장님, 좋은 아침이에요."

"커피 한 잔 갖다 줘."

인사조차 하지 않은 채 커피부터 찾는 시우. 그리곤 그대로 실장실 안으로 들어가 버린다. 아마도 정시에 출근하는 게 시우에겐 결코 쉬운 일이 아니었나 보다. 하지만 시우가 괴로우면 괴로울수록 즐거워지는 현주였기에 콧노래까지 흥얼거리며 커피를 타는 현주였다. 그리고는 이시우가 정말 끔찍하게 여기는 서류들을 정성스럽게 정리해서 커피와 함께 실장실 안으로 가지고 들어갔다.

"커피 드시고 바로 서류 결재부터 해주세요. 천천히 읽어보시고 결재하시는 거 잊지 마시구요. 나중에 무슨 내용이 담긴 서류인지 물어볼 테니까 대충 볼 생각 하지도 마세요."

시우는 정말 머리에 쥐가 날 것만 같았다. 늘 여자 꼬시는 데만 굴리던 머리를 요샌 너무 무리하게 굴리고 있었기에. 아영이 때문에 싫어하는 음악 공부하랴, 마녀로밖에 보이지 않는 현주 때문에 회사 일에 시달리랴. 시우의 머리로 태어나 이십팔 년 인생 동안 탱자탱자 놀기만 했던 머리가 뒤늦게 혹사당하고 있었다. 그것도 아주 무참히…….

시우에게 잔뜩 서류를 안겨주고 휴게실로 나온 현주는 입가에 웃음이 사라지지가 않았다. 서류를 들춰 보던 이시우의 그 표정이란…… 어찌나 통쾌한지 자꾸만 입가에 미소를 짓게 만들었다.

"뭐가 그렇게 좋아? 같이 좀 웃으면 안 될까?"

뒤쪽에서 들리는 주홍의 목소리에 현주의 입엔 더 큰 미소가 걸렸다.

"선배! 언제 왔어?"

"아, 팀장님께 서류 제출하고 오는 길인데 네가 보이길래. 근데 왜 그렇게 기분이 좋아 보여?"

"그럴 일이 있어."

며칠 전까지 이시우 실장 밑으로 가게 되었다며 울상 짓던 표정과는 전혀 달라진 밝은 얼굴의 현주였다.

"이거 궁금해지는데?"

"궁금하면 나한테도 밥 사. 얼마 전에 신정이랑 밥 먹었다면서?"

"어? 어어……."

현주의 입에서 신정이란 이름이 떨어지자마자 얼굴이 새빨개지는 주홍. 하지만 이시우 실장을 통쾌하게 눌렀다는 사실만으로도 기분 좋은 현주는 미처 그 표정 변화까진 눈치채지 못했다.

"치! 너무해! 후배한텐 밥 한 번 제대로 안 사준 사람이."

"쿡쿡…… 알았어, 알았어. 조만간 근사하게 한번 모시겠습니
다."

"정말? 약속한 거다!"

"그럼! 선배가 되어서 후배 밥 한 번 못 사줘서 되겠어?"

뭐, 현주가 원하는 저녁 식사는 후배로서가 아닌 여자로서의
저녁 식사였지만 주홍이 밥 사준다는 약속을 해준 것만으로도
너무 기분이 좋아졌다. 요 며칠 시우 때문에 받은 스트레스가
한꺼번에 날아가는 것만 같았으니까. 주홍은 현주에게 그런 사
람이었다. 같이 있는 것만으로도 행복을 느끼게 해주는 사람.
같이 있는 것만으로도 스트레스를 안겨주는 시우와는 전혀 다
른 사람이었다. 하지만 주홍과 현주의 이 다정한 현장을 지켜보
고 있는 사람이 있었으니, 다름 아닌 현주가 끔찍하게 생각하는
이시우 실장이었다.

현주가 던져 놓고 간 엄청난 서류 때문에 때 아닌 두통에 시
달리던 시우는 두통약이라도 먹어야겠단 생각에 애타게 현주를
찾았지만 자리는 비어 있었다.

'감히 상사인 나에겐 서류 더미를 안겨두고 자리를 비우다
니!'

현주를 찾으면 가만 안 두겠다는 생각에 실장실을 박차고 현
주를 이리저리 찾아다니던 중 휴게실에서 두 사람의 다정한 현
장을 목격하고 만 것이었다. 하지만 시우를 놀라게 한 것은 다

름 아닌 현주의 미소였다. 늘 시우에게 사무적인 미소만 짓던 현주였기에 저렇게 예쁜 미소를 가진 줄은 꿈에도 몰랐었다.

'감정이라곤 하나도 없는 얼음 마녀인 줄 알았는데…… 저렇게 웃을 줄도 안다 그거군.'

주홍을 바라보는 현주의 따뜻한 시선에서 시우는 현주의 감정을 눈치챌 수 있었다. 그리고는 머리 속에 아주 좋은 생각이 떠올랐다. 아영의 등장으로 인해 전세가 완전히 역전돼 현주 손에 시우 자신이 마구 휘둘리고 있는 현실이었다. 여기서 시우가 주홍을 이용한다면 전세를 뒤집을 수도 있을 것 같았다. 사실 독주회 때문에 다시 한 번 현주에게 도움을 요청했어야 했는데 생각보다 쉽게 도움을 받을 수 있게 되었다는 생각이 들었다. 시우의 입엔 알 수 없는 잔잔한 미소가 지어지고 있었다.

현주는 왠지 모르게 등골이 서늘해지는 느낌을 받았다. 주홍과 아쉬운 인사를 뒤로하고 실장실에 들어오는데 자신의 책상에 걸쳐 서 있는 시우가 보여서 깜짝 놀랐다.

"시, 실장님."

'분명 근무 시간에 자리를 비운 거 가지고 잔뜩 뭐라고 하겠지.'

그 생각에 자신도 모르게 저절로 인상이 찌푸려졌다.

"현주 씨, 내가 방금 휴게실에서 아주 분위기 좋은 두 사람을 봤는데 말이야."

　현주의 인상은 더 더욱 심하게 찌푸려졌다. 휴게실에 있던 주홍과 자신의 모습까지 목격했다니, 단단히 한소리 할 게 분명하였다. 하지만 현주의 예상과 다르게 미소를 잔뜩 띠며 현주를 쳐다보는 시우였다.

　“현주 씨랑 같이 있던 그 사람 마케팅팀에 김주홍 대리 맞지? 아주 능력있는 친구라 들었는데…….”

　“……맞다면요?”

　시우가 무슨 꿍꿍이를 가지고 있는 건지 도저히 감이 오지 않았다. 분명 무언가 있는 눈치인데…….

　“그 친구 좋아하나?”

　“네? 무, 무슨 소리예요, 그게!”

　“흠, 그래? 마케팅팀과 같이 회식 한번 할까 생각했더니…….”

　“회식이요?”

　현주는 자신의 목소리가 너무 컸다는 생각에 재빨리 입을 틀어막았다. 모든 일에 냉철한 현주였지만 주홍에 관한 문제에선 현주도 어쩔 수 없는 여자였다. 사랑에 빠진 여자였기에.

　“쿡쿡…… 좋아하는 거 맞나 보네. 아주 재밌는걸?”

　“왜요? 저 놀릴 꼬투리 잡으셔서 기분 좋으신가 보죠?”

　“오, 아냐, 아냐. 나를 어떻게 보고…….”

　고개를 설레설레 저으며 하는 시우의 말에 현주는 코웃음을 쳤다.

‘어떻게 보긴, 개망나니에 인간 말종으로 보고 있지.’

차마 입 밖으로 내뱉진 못하고 코웃음으로 그 대답을 대신하고 있는 것이었다.

“그냥 신기해서 말이야. 감정이라곤 하나도 없을 것 같은 현주 씨도 사랑이란 걸 하다니, 재밌잖아. 안 그래?”

‘펵이나 재미있겠수!’

자신을 놀리는 듯한 시우의 태도에 현주는 점점 더 화가 나기 시작했다.

“그런 것까지 간섭하실 권리는 없다고 생각하는데요. 제가 누굴 좋아하든 말든 실장님이 상관하실 일 아니잖아요.”

“물론 간섭하자는 게 아니야. 난 그저 도와주고 싶은 거라고. 피아노 연주회 좋아한다고 했지? 금요일 날 괜찮은 독주회가 하나 있는데 티켓 줄 테니 김 대리랑 함께 갔다 오지 않겠어?”

예상치 못한 시우의 말에 너무나 당혹스러워지는 현주였다. 독주회 티켓을 준다고? 그것도 주홍과 보고 오라니.

“단 독주회 보고 나서 감상문만 나에게 제출해 주면 돼. 내가 바라는 건 그것뿐이라고…….”

현주는 이제야 이시우 실장의 행동이 모두 이해되었다. 아마도 토요일 날 아영인가 하는 그 여자와 그 독주회를 보러 가나 보다. 오페라와 마찬가지로 독주회에 관한 정보가 필요하고, 그걸 또다시 자신에게 부탁하면 무언가 끔찍한 조건이 딸려나올 게 분명했기에 주홍을 이용해 현주에게 부탁을 하고 있는 것이었다. 단순한 인간…… 일 쪽으론 죽어도 머리가 안 돌아가면서 이런 쪽엔 어찌나 머리가 잘 돌아가는지. 하지만 뭐 현주로선 거절할 필요가 없는 제안이었다. 비싼 피아노 연주회 티켓 공짜로 얻고, 더불어 이 핑계로 주홍과 데이트를 할 수도 있다면, 못 이기는 척 시우의 손을 붙잡아줄 수 있었다.

"좋아요. 감상문은 제대로 제출해 드리죠."

"하하! 고마워. 조만간 마케팅팀이랑 회식은 추진해 보지."

싱긋 웃으면서 실장실로 들어가는 이시우. 처음으로 시우와 현주가 손을 맞잡은 날이었다. 늘 고양이와 개처럼 아옹다옹하던 두 사람이 각자의 사랑을 위해서.

chapter. 3

현주, 사랑에 아파하다

퇴근 시간이 가까워지자 현주는 떨리는 심장을 진정시키며 주홍에게 전화를 걸었다. 할 말이 있다는 핑계로 오늘 저녁도 함께 먹고, 금요일 날 독주회도 함께 간다, 이게 바로 현주의 계획이었다. 주홍이 좋아하는 캐논 변주곡이 컬러링으로 흘러나오고 있었다. 그 감미로운 음악에 맞춰 현주의 가슴이 어찌나 콩닥대던지. 편안한 선배기도 하였지만 현주의 오랜 짝사랑 대상이기도 하였다. 이런 식으로 단둘이 만나자고, 그것도 현주가 먼저 말해보긴 처음이었기에 더욱 긴장되는 건 당연했다.

[현주니?]

부드러운 캐논 변주곡보다 더욱 부드럽고 감미로운 주홍의

목소리였다. 그것도 자신의 이름을 불러주는 그 목소리란 가히
예술이었다.

"응, 선배. 퇴근했어?"

[어. 이제 퇴근하려고.]

"그래? 선배, 오늘 시간 괜찮으면 나랑 저녁 같이할래? 할 말
도 있고……."

[오, 오늘?]

잔뜩 당황하는 주홍의 목소리에서 현주는 거절의 의미를 읽
을 수 있었다.

"왜? 바빠?"

[아…… 약속이 있어서. 미안한데 내일 만나면 안 될까?]

"그래? 그럼 할 수 없지 뭐. 그럼 내일 저녁은 내가 예약한 거
다! 시간 꼭 비워놔."

[그래, 미안하다. 내일 보자.]

"응."

약속이 있다는 주홍의 말에 전화를 내려놓는 현주는 못내 아
쉬움이 깃들었다. 힘들게 꺼낸 말인데 너무 쉽게 거절당한 것
같아서…… 하지만 약속이 있다니 어쩔 수 없는 일 아니겠는가.
시우가 건네준 독주회 티켓을 아쉬운 듯 한번 쳐다보고 핸드백
안에 넣었다.

'그래도 내일 만날 수 있다니까…… 그걸로 기뻐해도 되겠
지?'

금세 우울했던 기분을 날려 버리고 현주는 실장실 밖으로 나 갔다. 내일 주홍과 어디서 저녁을 먹을까, 라는 생각을 하면서 아주아주 기분 좋게 회사를 나서고 있는데 자신 옆에서 열심히 클랙슨을 울려대는 차를 발견하는 순간 그 기분 좋음이 한꺼번 에 날아가는 게 느껴졌다. 삐까뻔쩍한 오픈카에서 종화가 아주 느끼한 미소를 지으며 자신을 바라보고 있었기 때문이다.

'아니, 저 인간은 도대체 왜 또 나타나서 저 난리람?

무시하고 그냥 가자니 계속 클랙슨을 누르며 따라올 것 같아 서 현주는 할 수 없이 종화 차 앞에 가서 섰다.

"안녕하세요."

"퇴근이지?"

현주의 시큰둥한 인사에도 아랑곳하지 않고 실실 웃는 얼굴 로 현주를 보며 묻는 종화였다.

"그런데요? 왜요?"

"타. 나랑 같이 저녁 먹으러 가자."

"싫은데요? 내가 종화 씨랑 왜 저녁을 먹어요?"

"쿡쿡. 우리 귀염둥이 튕기는 게 매력이라니까~ 신문 매스컴 에 크게 얼굴 실리고 싶어?"

잔뜩 느끼한 말투를 말하던 종화가 짐짓 심각한 얼굴로 현주 에게 물어온다. 아니, 매스컴에 얼굴이 실리고 싶냐니 도대체 뭔 말인지!!

"아니요. 전 조용히 살고 싶은데요?"

"그럼 조용히 타는 게 어떨까? 안 그러면 매스컴에 크게 실릴 일이 벌어질지도 모르는데."

입은 웃고 있는데 눈을 보아하니 진심인 것 같았다. 종화를 알게 된 지는 얼마 안 되었지만 왠지 저 인간은 그대로 일을 밀어붙일 것 같기도 했다.

"미쳤어요?"

"응. 너한테 미쳤어."

"허…… 진짜 나한테 왜 이래요?"

"남자가 여자한테 이러는 이유 하나잖아. 우리 귀염둥이한테 관심있어서지. 자자, 더 이상의 질문은 차에 타서 하는 게 어떨까? 매스컴에 실리고 싶은 생각이 없다면 말이야."

주변을 가리키며 하는 종화의 말에 현주는 그제야 상황 파악이 되었다. 회사에서 나오던 사람들이 종화를 알아보고 다 멈춰서 있었던 것이다. 그리고 종화와 이렇게 얘기를 나누는 자신이 누군지 궁금해 죽겠다는 듯 현주의 얼굴을 쏘아보는 여자들도 여럿 있었다. 현주는 속에서 불이 나는 걸 애써 꺼뜨리며 종화의 차에 올라탔다. 현주가 올라타자마자 기분 좋게 출발하는 종화의 차. 주홍과 저녁을 못하게 된 것만으로도 짜증나 죽겠는데 임종화까지 나타나 현주의 짜증에 보탬이 될 줄은 정말 몰랐다.

"화났어? 입이 한 5cm는 나온 것 같은데?"

"그럼 그쪽 같으면 화 안 나겠어요? 솔직히 이런 반협박에 끌려서 이 차에 탔는데……."

"이상하군. 대부분의 여자들은 내가 그러면 좋아하던데 말이야. 우리 귀염둥이 눈엔 내가 별로 매력적이지 않나 보지?"

매력적은 무슨……. 버터를 한 움큼씩 그냥 퍼먹는 느낌이었다. 어떻게 임종화 같은 느끼남이 대한민국 국민배우라 칭송받으면서 여자들의 사랑을 한 몸에 받는 건지 도저히 알 수가 없었다.

"절대요. 난 종화 씨 같은 타입 별로 안 좋아해요."

"내가 어떤데? 현주는 눈이 참 높나 봐. 나 정도의 얼굴과 몸매, 그리고 이 좋은 성격에 만족을 못하다니 말이야."

"당신 팬들도 당신의 이런 실체를 알아요? 정말 매스컴이란 건 환상인 것 같네요. 나도 당신을 브라운관에서만 봤을 땐 무척 매력적이라고 생각했어요. 이런 느끼남일 줄은 상상도 못했죠. 사람이 어떻게 그렇게 느끼해요?"

꽤나 직설적인 현주의 말에 종화는 갑자기 핸들을 붙잡고 미친 듯이 웃어대기 시작했다. 현주한테 욕 얻어먹는 게 좋은지 웃음을 결코 멈출 생각을 하지 않았다. 혹시 정신적 충격이 온 게 아닌가 하는 걱정이 들 정도로…….

"내 말이 그렇게 충격적이었어요?"

"하하! 아냐, 아냐. 음…… 이 느끼한 게 매력이란 사람들도 있던데 현주한텐 별로 매력적이지가 않나?"

"글쎄요. 느끼함이 매력이라 말한 사람들은 분명 버터에 밥 비벼 먹는 그런 특이종들 아닐까요? 그런 사람 아니고서야,

원……."

"그럼 현주를 그런 음식에 중독되게 만들어야겠군. 좋아, 그럼 느끼한 거 먹으러 가볼까?"

점점 더 기가 막혀 가는 현주였다. 낮에는 이시우 실장 때문에 스트레스 받고 밤에는 임종화 때문에 스트레스를 받아야 하다니……. 이게 다 그 성격 개차반 같은 이시우 때문에 벌어진 일이었다. 애초에 현주를 그 파티에 데려가지 않았다면 이런 느끼남을 만날 일도 없었을 텐데. 시우가 한없이 원망스러워졌다. 옆에 있다면 그대로 목을 졸라 버리고 싶을 정도로…….

"신정 씨!"

다행히 오늘은 잔업이 없어 신정은 일찍 퇴근할 수 있었다. 그 사실 하나만으로도 너무 기뻐하며 퇴근을 하고 있었는데 뒤에서 자신을 부르는 주홍의 목소리에 신정은 더 더욱 기분이 좋아졌다.

"주홍 씨? 아직 퇴근 안 했어요?"

"지금 하는 길이었어요. 신정 씨, 저녁에 바빠요?"

"아, 아뇨."

바쁘지 않다는 신정의 말에 너무나 예쁘게 웃는 주홍이었다.

"그럼 어제 못한 저녁 오늘 할래요? 제가 꽤 괜찮은 레스토랑을 발견했거든요."

"네?"

“그냥 같이 갈 사람이 없어서요. 같이 안 가줄래요? 나 그 레스토랑 너무 가고 싶은데…… 대신 저녁은 제가 살게요.”

이건 확실한 데이트 신청이었다. 주홍은 자신에게 감정이 없는 줄 알았는데…… 단지 현주에게 관심이 있어서 신정 자신에게 잘해주는 건 줄 알았다. 하지만 어제부터 주홍은 조금 남달랐다. 적극적으로 표현하는 건 아니었지만 아주 조금씩 신정에게 자신의 마음을 표현하고 있었다.

“좋아요. 주홍 씨가 그렇게 가고 싶어하신다는데…….”

“와! 고마워요, 신정 씨. 참! 나 오늘은 차 가지고 왔어요. 주차장에서 차 가지고 나올 테니 본관 앞에서 기다려요.”

“네.”

신정의 대답을 듣자마자 주홍이 신나게 엘리베이터 쪽으로 뛰어갔다. 신정의 눈에는 그 모습이 무척이나 사랑스럽게 보였다. 정말 꿈이었으면 깨지 않았으면 좋겠다. 주홍이 자신에게 관심을 가져주길 늘 기도했던 신정이었으니까.

“난 늘 먹던 걸로, 여기 예쁜 숙녀 분에게도 똑같은 걸로 갖다 줘요.”

머리가 핑글핑글 돌아가는 프랑스어로 적힌 메뉴판에 정신이 없는 현주였다. 무작정 현주를 끌고 온 곳이 회사 근처 프랑스 레스토랑이라니…… 다행히 자신의 메뉴판을 보면서 당황스러워하는 걸 아는지 종화가 아주 자연스럽게 주문을 대신해 주었다. 늘 먹던 게 어떤 음식인지는 알 수 없었지만…….

"늘 먹던 게 뭐예요?"

"글쎄…… 나도 이름은 몰라. 처음에 나 데리고 온 사람이 늘 그렇게 주문을 해서…… 나도 여기 오면 항상 그 주문을 따라 하지. 솔직히 프랑스어 골치 아프잖아. 안 그래? 음식 이름 하나 알려고 불어까지 배울 순 없는 노릇이구."

역시 보통 사람과 사상은 상당히 다른 사람이었다. 저렇게 넘치는 자신감은 어디서 나오는 걸까? 국민배우라는 타이틀이 종화를 저렇게 자신있게 만든 걸지도 모른다. 하여튼 사람의 내면과 상관없이 겉모습만 보고 무조건 좋아하는 우리 나라 여자들의 사상도 문제였다. 그 사상 때문에 저런 왕자암 말기 느끼병 환자들이 자꾸자꾸 생겨나는 듯했으니까.

"솔직히 종화 씨 여자 많죠?"

"나? 없다고는 할 수 없지. 왜? 질투나?"

질투는 개뿔! 자신도 모르게 저 말이 입 밖으로 튀어나오려는 것을 현주는 애써 꾹꾹 억눌렀다. 이시우 밑에 있으면서 터득한 엄청난 인내력이었다.

"그럼 그 여자들한테나 투자해요. 나한테 이러지 말고."

"글쎄…… 그 여자들은 우리 귀염둥이처럼 나를 웃겨주지 않거든. 이렇게 톡톡 튀는 매력이 있는 여자가 난 좋더라구."

"그럼 제가 대신 그 여자들한테 말할게요, 종화 씨 보면 무조건 튕기라고. 그러면 재미있어지겠죠?"

"하하하! 이것 봐~ 벌써 나를 이렇게 웃겨주잖아."

현주는 정말 미치고 환장할 노릇이었다. 도대체 자신의 말이 뭐가 웃기다는 건지…… 말 한마디 꺼낼 때마다 웃겨 죽겠다는 종화를 볼 때마다 정말 정신이 180도로 헷가닥 도는 것 같았다.

"종화 씨, 나 좋아하는 남자 있어요. 그 남자가 너무 좋아서 종화 씨가 아무리 잘났어도 눈에 안 들어와요."

"사겨, 그 남자랑?"

"아니요. 하지만 곧…… 사, 사귈 거예요."

물론 이건 현주의 바람일 뿐이었다. 아직 주홍에게 이렇다 할 대시조차 못해본 현주였으니까…….

"그 남자랑 사귄다면 그땐 그냥 물러나지. 하지만 지금은 아니잖아. 나도 임자 있는 여자는 안 건드린다고. 현주같이 재미있는 여자 임자 있다고 포기하기엔 아깝지만… 그건 내 철칙이어서 말이야."

"이봐요, 임종……."

현주는 짜증이 치솟아서 종화에게 말을 꺼내려고 한 순간 그만 그대로 입을 다물고 말았다. 때마침 웨이트리스의 안내를 받으면서 레스토랑 안으로 들어오는 두 남녀의 모습이 현주의 눈에 들어왔기에…… 너무 익숙한 두 사람. 뒷모습만 봐도 그대로 알아볼 수 있는 두 사람이었다. 신정과 주홍, 그 두 사람이 너무나 즐거운 듯이 웃으며 걸어가고 있었다.

"도저히 저녁 못 먹겠네요…… 미안해요, 다음에 봐요."

종화가 붙잡을 틈도 주지 않고 자신이 할 말만 한 채 레스토랑 밖으로 나가 버리는 현주였다. 너무 순식간에 일어난 일이여서 멍하게 앉아 있던 종화는 서둘러 계산을 하고 현주를 따라 레스토랑 밖으로 나갔다. 현주를 찾아 빠르게 걸음을 옮기던 종화는 금세 현주를 발견할 수 있었다. 늘 보고 싶었던 안경 벗은 모습의 현주였지만 종화가 원하던 모습은 결코 이런 모습이 아니었다. 큰 눈 가득 눈물을 뚝뚝 흘리는 모습은 왠지 모르게 종화의 기분을 상하게 만들었다. 저렇게 우는 이유가 자신 때문도 아니고 다른 일 때문이란 것도…… 그리고 그 이유조차 모르겠다는 것도 이상하게 종화의 기분을 상하게 했다. 살짝 이성이 날아가 버리는 기분이 드는 종화는 그대로 울고 있는 현주의 팔을 거세게 붙잡았다.

"왜 우는 거지?"

"놔줘요…… 그쪽이 상관할 일 아니에요……."

현주는 서둘러 흐르는 눈물을 닦으며 말했다.

"왜? 좋아하는 남자가 딴 여자 데리고 레스토랑에라도 온 거야?"

머리에서 생각나는 대로 아무렇게나 지껄인 종화의 말에 현주의 몸이 살짝 떨리는 게 보였다.

"나한테 왜 이래요? 종화 씨가 그런 거 물을 정도로 나 종화 씨랑 친하다고 생각하지 않아요."

"의외네. 톡톡 튀는 매력이 있어서 사랑에도 쿨할 줄 알았더니. 겨우 그깟 남자 하나 때문……."

짝!

현주의 작고 여린 손이 종화의 얼굴을 향해 매섭게 날아들었다. 여자한테 이런 식으로 대우받은 경험은 생전 처음인 종화였다. 늘 자신의 외모나 배경만 보고 먼저 달려드는 여자들이었는데…… 도대체 이 여자는 왜 자신에게 조금의 관심조차 보여주지 않는 걸까?

"종화 씨보다 훨씬 괜찮은 남자예요. 겨우 그깟 남자가 아니라구요! 이런 식의 관심 난 짜증나요. 앞으로 볼 일 없으면 좋겠네요."

자신의 뺨을 때린 손보다 더욱 매서운 현주의 말에 종화는 힘없이 현주를 붙잡고 있던 손을 놓았다. 그리고 그 손이 놓아주길 기다렸다는 듯이 빠르게 걸음을 옮기는 현주의 뒷모습을 그저 멍하게 보는 것 말고는 그가 할 수 있는 일은 아무것도 없었다. 자꾸만 오기가 든다. 자신을 쳐다보는 저 차가운 눈이 예쁘게 웃으며 자신을 보는 걸 느껴보고 싶은 종화였다. 반쯤 장난으로 시작한 관심이 점점 진지해져 가고 있었다.

현주는 애써 마음을 가라앉히고 집으로 들어섰다. 자신의 제일 친한 친구 신정과 오랜 짝사랑 대상인 주홍의 다정한 데이트 현장을 목격했다는 게 그녀에게 너무 큰 충격이었지만 어쩌면 단순한 저녁 식사 자리였을지도 모른다 생각하며 맘을 다스렸다. 제발 그런 자리였길 기도하는 현주였다. 하지만 집에 들어서는 순간 TV에서 나오는 종화의 모습에 또다시 인상이 찌푸려졌다.

―저를 아껴주시는 팬 분들껜 정말 감사하죠. 이번 새 영화도 정말 열심히 찍었으니까 많은 관심 가져주세요.

탁!!

자신들이 열심히 보고 있는 TV를 그대로 꺼버리는 그녀의 행동에 엄마와 동생이 어이없는 눈으로 현주를 쳐다봤다.

"누나, 왜 그래! 한참 재밌게 보고 있는데."

"그러게. 너 엄마가 임종화 얼마나 좋아하는지 알면서 그러니?"

"임종화가 뭐가 좋아? 재수없고 느끼하기만 한데! 저런 거 볼 시간 있음 차라리 뉴스를 봐!"

괜히 엄마와 동생 현민에게 소리를 빽 지르고 자신의 방으로 쏜살같이 걸어 들어왔다. 거실에 남은 엄마와 현민은 어리둥절한 표정으로 그런 현주의 뒷모습을 보고 있었고.

"엄마, 누나 맞선 자리 알아보고는 있는 거야?"

"네 누나가 절대 싫댄다, 맞선은."

엄마의 말에 현민이 심각한 표정으로 말을 꺼냈다.

"아니야. 저건 분명히 노처녀 히스테리야. TV에 나오는 잘생긴 남자들이 모두 보기 싫은 거지. 자신의 주변엔 그런 남자는 하나도 없고 그러니까…… 심각해, 심각해."

또다시 현민의 말에 흔들리는 현주의 엄마였다. 요즘 들어서 유난히 히스테리틱한 현주의 모습이 자주 나타나고 있었으니까…….

"그래, 아무래도 그냥 추진해 봐야겠다. 그래야 저 기집애 성격 좀 나긋나긋해지지."

"서둘러, 엄마. 난 우리 집이 누나의 히스테리로 폭발하는 가슴 아픈 현장은 목격하고 싶지 않아."

어느새 현주의 엄마와 현민의 표정엔 결의가 깃들기 시작했다. 이름하여 강현주 시집보내기 대작전! 현주의 속도 모르고 마음대로 추정해 버리고 걱정하는 당황스러운 가족애였다.

현주는 이시우 때문에 어쩔 수 없이 쓰고 다니는 두꺼운 안경이 오늘따라 고맙게 느껴졌다. 어젯밤 하도 울어서 눈이 퉁퉁 부운 게 완전히 개구리 왕눈이다. 그나마 안경 때문에 부은 눈을 조금 가려서 다행이었다.

"좋은 아침! 참, 어제 김주홍 씨랑은 애기 잘한 건가? 금요일 날 독주회 같이 가기로 했어?"

현주 속도 모르고 실장실에 들어서자마자 주홍의 이야기부터 꺼내는 눈치없는 시우였다.

"알아서 할 테니까 신경 끄시죠!"

찬바람이 쌩쌩 부는 현주의 태도에 시우는 장난기 섞인 미소를 짓는다. 아침에 다정하게 모닝콜을 해주던 아영이로 인해 마냥 기분이 좋은 시우였다.

"왜? 김주홍 씨한테 바람이라도 맞은 거야? 같이 안 가겠대?"

"커피 드실 겁니까? 지금 준비할게요."

시우의 말에 대꾸도 안 하고 탕비실로 들어가 버리는 현주의 모습에 시우는 어깨를 가볍게 들썩거렸다. 어제까진 독주회 표 받고 그렇게 좋아하더니, 정말 바람이라도 맞은 모양이다.

"강현주 씨, 설마 주홍 씨 안 간다고 당신마저 안 가는 건 아니겠지? 이건 엄연한 우리 둘의 계약이라……."

와장창!

"아!"

차 준비실 안에서 무언가 떨어지는 소리와 함께 현주의 고통스러운 신음 소리가 들렸다. 깜짝 놀란 시우가 안으로 들어서자 엎어져 있는 커피포트와 뜨거운 물에 데었는지 팔을 붙잡고 있는 현주의 모습이 보였다.

"이봐, 괜찮……?"

현주의 팔 상태를 볼려고 다가간 시우의 눈에 팔을 붙잡고 눈물을 흘리는 현주의 모습이 같이 들어왔다.

"강현주 씨……."

"괘, 괜찮으니까…… 나가세요. 심각한 거 아니니까……."

눈물 섞인 현주의 목소리에 시우는 자신의 말이 지나쳤다는 걸 깨달았다. 하지만 여자를 위로해 본 적이 없는 시우였기에 현주에게 어떤 말을 꺼내야 할지 몰라 가만히 서 있기만 했다.

"약이라도 발라야 하는 거 아니야? 기다려, 내가 의무실 가서
약 가져올 테니까."

당황한 시우는 서둘러 탕비실을 나왔다.

눈물 때문에 시우의 모습이 현주의 눈엔 자꾸만 번져 보였다.
뜨거운 물에 덴 부분이 빨갛게 부어오르는 모습이 마치 자신의
마음 같았다. 주홍을 짝사랑하는 동안 이렇게까지 아파본 적이
없었는데…… 어릴 때 앓지 않았던 사랑의 홍역을 마치 지금 앓
고 있는 거 같았다. 너무나 마음이 아파왔다.

"많이 아픈 거야?"

의무실에서 바세린과 붕대를 들고 와 현주 앞에 앉으며 시우
가 물었다. 빨갛게 부어오른 팔을 붙잡고 울고 있는 현주의 모
습에 당황하면서.

"……괜찮아요. 금방 나을 거예요."

"팔 이리 줘봐."

조심스레 현주의 팔을 붙잡고 약을 바른 후 시우는 천천히 붕
대를 감았다. 살짝 떨리는 현주의 하얀 팔이 시우의 눈엔 너무
나 여리게 보였다.

"조심하지 그랬어."

"제가 정신이 나갔나 봐요. 어쨌든 고마워요."

현주는 다른 한쪽 팔로 재빨리 눈물을 닦으면서 말했다. 이렇
게 다정한 시우에게 왠지 적응이 되지 않았다.

"좀 있으면 가라앉을 거야. 커피는 됐어. 별로 마시고 싶지 않

으니까……."

"네…… 일해야겠어요. 서류가 많이 밀려서……."

현주는 서둘러 일어나며 말했다. 시우가 붕대를 감아준 팔이 이상하게 자꾸만 후끈거렸다.

"그, 그래. 나도 서류 결재해야겠어. 쉬엄쉬엄하라구, 아픈 팔로 무리하지 말고."

전혀 예상치 못한 서로의 모습에 분위기가 너무 어색해졌다. 그 어색함이 싫었는지 두 사람은 각자의 자리로 재빨리 흩어졌다.

—감사합니다~

웬일로 간만에 고스톱이 잘 풀리는 시우였다. 맘 잡고 서류 좀 보려고 했건만 머리 속에 자꾸만 현주의 눈물 섞인 얼굴이 떠올라 그대로 서류는 덮어버리고 고스톱에 매달려 있었다. 진짜 이 고스톱도 중독성이 상당한 것 같았다. 현주가 못 치게 하면 할수록 왜 이렇게 치고 싶은 건지…… 슬금슬금 밖에 앉아 있을 현주의 눈치를 보면서 열심히 마우스를 클릭해 대며 광에 쌍피를 싹쓸이하고 있었다. 하지만 신나게 5고를 부르며 대박 승리를 예감하던 그 순간 실장실 문이 열리며 서류를 잔뜩 들고 들어오는 현주의 모습이 보였다.

'제…… 제길……. 조금만 늦게 들어올 것이지.'

재빨리 컴퓨터 본체를 껐지만 눈치 빠른 현주가 모를 리 없었다. 하지만 정말이지 오늘따라 현주의 모습은 너무나 이상했다. 고스톱 친 걸 알았으니 분명 잔소리를 잔뜩 퍼부어야 정상인데, 조용히 서류만 내려놓고 멍한 표정으로 실장실 밖으로 나가는 게 아니겠는가? 아무래도 그 주홍이란 사람한테 확실하게 차였나 보다. 쯧. 그 사람을 바라보며 웃는 모습을 보니 꽤나 좋아하는 거 같았는데…… 충격이 이만저만이 아닌 것 같았다.

'그럼 내일 피아노 독주회는 혼자 가는 건가?'

이상하게 현주가 자꾸만 신경 쓰였다. 마녀 같은 여자 혼자 가든 말든 신경 끄면 그만인데…… 아침에 본 그 약한 모습이 자꾸만 시우의 신경을 건드렸다.

"아~ 너랑 여기 올라온 거 너무 간만인 것 같아!"

간만에 점심식사를 끝내고 커피를 마시기 위해 옥상으로 올라온 신정과 현주. 살랑살랑 불어오는 바람에 기분이 좋은 신정은 예쁘게 웃으면서 현주에게 말했다.

"그러게…… 오랜만이네."

"현주 너 또 이시우 실장이랑 무슨 일 있니? 목소리가 왜 그렇게 안 좋아?"

신정은 여느 날과는 다르게 유난히 힘이 없는 현주의 목소리에 걱정이 되어서 묻는다. 신정은 어제 주홍과 저녁 식사 때문에 상당히 기분이 밝아진 반면 현주는 너무나 어두웠기에…….

"아니, 아무 일도 없어…… 그냥……."

“그냥 뭐? 무슨 일인데?”

보통 일이 아닌 것 같았다. 늘 힘이 넘치는 현주의 저런 모습은 정말 처음 보았다.

“신정아, 뭐 하나만 물어봐도 되니?”

“어? 으응. 물어봐. 뭔데?”

“너 주홍 선배 어떻게 생각하니?”

현주의 질문에 신정은 그대로 심장이 멎을 것만 같았다. 다시 한 번 떠오르는 주홍에 관한 현주의 마음이 떠올라서, 그리고 어제 자신에게 한없이 다정했던 주홍의 모습이 같이 생각나서 신정의 마음은 너무나 아파왔다.

“그냥…… 좋은 사람이지. 좋은 동료고…….”

솔직한 자신의 감정을 말할 수가 없었다. 현주의 마음이 어떤지 이미 다 아는데…… 차마 현주를 배반하는 짓을 할 수 없었다. 신정에겐 주홍의 사랑도 너무나 소중했지만, 현주와의 우정 또한 그보다 더 소중했기에…….

“정말 단지 그것뿐이니?”

“그럼, 그것뿐이지. 아무…… 감정도 없어.”

신정은 애써 자신의 감정을 깊숙이 숨겼다. 그리고 이젠 이 말들을 사실로 만들어야만 했다. 자신의 소중한 친구를 위해서 그래야만 했다.

“만약 주홍 선배가…… 아, 아니다. 그만 하자, 주홍 선배 얘기…….”

　제발 그만 해 달라는 신정의 간절한 눈빛을 느꼈는지 현주는 재빨리 말을 멈췄다. 그리고는 어색한 침묵만이 두 사람 주변을 맴돌았다.

　신정의 마음을 알 수 있는 현주였다. 신정이 자신을 위해 애써 숨기려 하는 그 마음을 다 알 수 있는 현주였다. 하지만 참으로 이기적인 자신의 마음이 웃으면서 두 사람을 축복해 주지 못했다. 주홍을 향한 자신의 마음을 아는 신정이 자신 때문에 주홍을 포기할 거란 거 다 알면서도 웃으면서 잘해보라는 그 한마디조차 못 건넸다. 현주 자신을 위해 힘겹게 주홍을 향한 마음을 포기하려는 신정을 자신이 외면해 버린 것이다. 이렇게 스스로가 이기적이게 느껴지긴 처음이었다. 사랑보다 우정이라 생각했는데…… 도대체 지금 자신의 태도는 뭘까? 하지만 약속대로 저녁 식사에 나와준 주홍의 웃는 모습에 너무나 마음이 거세게 흔들리는 현주였다.

　"어젠 미안했어. 중요한 약속이 있어서……."

　딱 듣기 좋은 주홍의 로우톤 목소리에 현주는 혼자만의 생각에서 빠져나왔다.

　"아니야. 중요한 일이었다며…… 근데 그 중요한 일이란 거 여자와 상관있는 거야, 선배?"

　다 알면서 신정을 향한 주홍의 마음을 떠보기 위해 일부러 꺼낸 질문이었다. 그러자 살짝 얼굴이 붉어지며 당황한 듯한 눈빛으로 주홍이 현주를 바라봤다.

"어? 아, 아니…… 그게……."

"선배, 신정이 좋아하니?"

현주의 단도직입적인 질문에 주홍이 그대로 굳었다, 너무 정곡을 찌르는 말에 놀랐는지 살짝 입을 벌린 채로.

"그, 그렇게 티나, 내가 신정 씨한테 관심있는 거?"

신정을 바라보던 주홍의 눈빛에서 이미 예감했지만 마음은 아팠다. 이 사실을 확인하기 위해 마음 굳세게 먹자고 다짐한 건데……. 그래도 마음이 너무 아팠다. 너무 아파서 애써 웃는 것조차 힘겨울 정도로…….

현주는 끝내 주홍에게 독주회 티켓을 내밀지 못했다.

신정의 이야기를 하면서 눈을 반짝이는 그 모습이, 다른 여자를 사랑하는 그 모습마저 너무 멋져 보이는 남자이기에 마음에서 접는 것조차 쉽지 않았다.

"그런데 오늘 할 말 있다고 하지 않았어? 너무 내 얘기만 한 거 아니야?"

신정의 이야기를 정신없이 하던 주홍은 그제야 생각난 듯 현주를 보며 물었다.

"어? 아, 그냥…… 그거 물어보려고 그랬어……."

"왜? 나랑 신정 씨랑 잘되게 팍팍 밀어주게?"

타 들어가는 현주의 속마음도 모른 채 매력적인 미소를 지으며 현주에게 묻는 주홍이었다. 가슴이 미어지게 아픈 이 순간에도 주홍의 미소에 뛰는 자신의 심장이 너무 미운 현주였다.

"선배 하는 거 봐서. 신정이랑 잘되고 싶으면 나한테 잘 보이라구~"

지금 자신이 하는 말이 자연스럽게 나가길, 주홍의 귀에 자연스럽게 들리길 현주는 간절히 기도했다.

"좋았어. 일단 오늘 저녁은 내가 쏜다. 잘 부탁해~ 신정 씨랑 잘되면 풀코스로도 쏠 수 있으니까!"

"그, 그래. 어우! 많이 먹어야겠다."

웃는 게 이렇게 힘든 거란 거 처음으로 알았다. 눈물을 참는다는 게, 최대한 아무렇지 않은 목소리로 말한다는 게 이렇게 힘들 줄은 정말 상상조차 못했다.

끝내 주홍에게 독주회 티켓을 내밀지 못한 현주였다. 신정의 이야기를 하면서 눈을 반짝이는 그 모습이, 다른 여자를 사랑하는 그 모습마저 너무 멋져 보이는 남자이기에 마음에서 접는 것조차 쉽지 않았다.

chapter. 4

현 주 , 맞 선 을 보 다 ?

시우는 아침에 출근하자마자 현주의 눈치부터 살폈다. 그러나 어제와 마찬가지로 찬바람 쌩쌩 날리는 현주의 모습에 주홍과의 일이 잘 안 풀렸다는 걸 바로 눈치챌 수 있었다.

"오늘도 영 기분이 안 좋나 봐?"

자신의 앞에 멈춰 서서 묻는 시우를 현주는 무덤덤한 시선으로 바라보았다.

"걱정 마요, 아무리 기분 안 좋아도 독주회는 갈 테니까."

"혼자…… 가는 건가?"

시우의 질문에 현주의 눈빛이 크게 어두워졌다.

그냥 넘어갈 수도 있는 것을 꼭 저렇게 확인하다니……. 어제는 잠시 시우가 좋게 보였던 현주지만 역시 이시우다. 꼭 저렇게 눈치없이 행동해서 기껏 벌어놓은 점수를 잃곤 했다.

"그런 것까지 실장님한테 보고해야 해요? 독주회 감상문만 제대로 제출하면 되는 거 아닙니까?"

"아, 아니, 나는 그런 뜻이 아니라…… 흠…… 어쨌든 감상문은 확실히 제출하라고. 수고해."

'기껏 걱정해서 말했더니 보이는 반응 하고는…… 저러니 남자한테 차이기나 하지.'

잔뜩 독이 오른 현주의 말에 시우는 서둘러 실장실 안으로 들어갔다. 어제는 잠시 불쌍해 보였는데 현주가 저런 식으로 나오니 또다시 영 거슬렸다. 역시 자신과 현주는 결코 친해질래야 친해질 수 없는 사이인가 보다. 여자가 저렇게 도도하고 차가워서야 어느 남자가 좋아할지…….

어제 하루간은 잠시 휴전을 유지했던 시우와 현주였으나 그 시간은 그리 오래가지 못했다.

큰 결심을 하고 혼자 독주회장 앞까지 왔다. 하지만 막상 혼자 독주회장으로 들어가려니 영 용기가 나지 않았다. 오늘따라 왜 이렇게 다정한 연인들의 모습만 눈에 확확 들어오는 건지……. 현주는 도살장에 끌려가는 소마냥 축 처진 어깨를 하고 독주회장으로 걸음을 옮겼다. 그런데 그때 그런 현주의 어깨를 낚아채는 손 하나가 있었다.

“진짜 혼자 온 거야?”

현주는 뒤를 돌아보지 않아도 그 손의 주인공이 이시우임을 알 수 있었다. 도대체 이 인간이 여기까지 왜 온 거지?

“왜요? 내가 독주회장 안 올까 봐 감시하러 온 거예요?”

톡 쏘아붙이는 현주의 말에 시우는 얼른 현주의 어깨의 올려 놓았던 자신의 손을 내렸다. 자기 자신도 독주회장까지 온 이유 를 정말 모르겠는 시우였다. 어제 보았던 현주의 우는 얼굴이 자꾸만 거슬려서, 왠지 독주회장에 혼자 앉아 있을 현주를 생각 하니 처량맞아 보여서, 머리 속에 계속 이 생각들이 맴돌자 자 신도 모르게 시우는 독주회장으로 차를 몰고 와버렸다.

“흠흠…… 그런 것도 있지. 들어가자구. 어차피 난 잘 테지만 당신은 잘 듣고 나한테 감상문 넘겨야 해. 알았지?”

“사람을 그렇게 못 믿어요? 하여튼 진짜 성격 이상하다니까.”

혼자 들어가지 않아도 된다는 사실에 살짝 안도감을 느꼈지 만 시우의 불순한 의도엔 기분이 상했다.

“나 원래 사람 잘 안 믿어. 독주회 시작하겠어. 안 들어갈 거 야?”

“들어가야죠, 실장님께 그 잘난 감상문 넘기려면.”

현주는 시우에게 한마디 톡 쏘고 독주회장으로 먼저 걸어 들 어갔다. 그런 현주의 뒷모습을 보며 시우는 자기 자신의 한심함 에 한숨이 나왔다. 찔러도 피 한 방울 안 나올 것 같은 저 얼음 같은 여자가 뭐가 걱정이 되어서 여기까지 온 건지……. 그래도 처음 독주회장에 도착했을 때 본 현주의 뒷모습이 많이 달라져 있었다. 축 처진 어깨가 아닌 늘 시우에게 보여주던 당당한 걸음걸이로 안에 들어가고 있었으니까. 시우는 왠지 모르고 웃음이 나서 살짝 미소를 지으며 현주를 따라가 옆 자리에 앉았다. 이로써 지겨운 독주회를 두 번이나 보게 됐지만 현주랑 볼 때는 아영과 볼 때와 달리 긴장할 필요가 없으니 그나마 다행이었다.

"꽤 좋은 곡으로 시작하네요. 베토벤 소나타 30번은 매우 따뜻하고 정감 어린 곡이거든요. 실장님도 한번 들어봐요."

"따뜻하고 정감 어려? 난 피아노 곡은 다 똑같이 들리던데 그런 느낌도 있단 말이야?"

"그럼요. 곡마다 다 느낌이 다른걸요. 어? 시작하네요."

이 여자는 이런 지루한 음악이 좋은가 보다, 두 눈을 반짝이면서 피아노 연주자에게 시선을 집중하고 있는 걸 보니.

독주회는 여전히 지루했지만 피아노 연주자의 곡이 바뀔 때마다 달라지는 현주의 표정을 관찰하는 건 시우에게 꽤 재밌는 일이었다. 회사에서 보여주는 차가운 이미지와는 다르게 무척이나 다양한 표정을 가진 현주였기에 지루할 틈조차 없었다. 피아노 연주로는 구분이 안 되는 곡의 느낌이 현주의 표정으로 구분되고 있었으니까…….

"와!! 실장님 여자 친구 후배의 연주 실력이 상당한데요? 아주 멋진 독주회였어요."

독주회장을 걸어나오며 잔뜩 흥분한 목소리로 말하는 현주의 모습이 순간 귀여워 보였다.

"나도 시시때때로 변하는 현주 씨의 표정을 보고 그렇게 느끼고 있는 참이야."

"뭐예요? 연주는 안 듣고 내 표정 지켜보고 있었어요?"

"말했잖아, 난 클래식 같은 거 따분하다고. 도대체 어떻게 하면 현주 씨처럼 즐거운 표정으로 저런 지루한 음악들을 들을 수 있는 거야?"

정말 궁금한 점이었다. 아영과도 독주회를 몇 번 가본 시우였지만 아영은 독주회를 즐긴다기보다 늘상 진지한 얼굴로 연주를 듣고 했었다. 현주처럼 즐거운 얼굴로 클래식을 감상하는 사람은 처음이었다.

"음…… 나는요, 여러가지 상상을 하면서 듣거든요. 예를 들며 따뜻하고 아름다운 곡을 들을 땐 햇살이 따사롭게 내리쬐는 숲 속에 있다 생각하구요, 고요하고 잔잔한 곡을 들을 땐 예쁜 밤하늘이 보이는 들판에 있다 생각을 해요. 그러면 더욱 즐겁게 감상을 할 수 있거든요."

참 신기한 여자다, 시시때때로 모습이 너무나 많이 바뀌어 시우가 적응할 틈을 주지 않는. 시우는 처음으로 현주의 안경을 벗겨보고 싶다는 생각이 들었다. 정말 종화 말대로 저 안경 너머엔 시우가 미처 보지 못한 아름다움이 숨어 있을지도 모른다.

"뭐, 뭐예요? 왜 그렇게 봐요?"

“아, 아니야. 배고프지 않아? 밥 먹으러 갈까?”

“음…… 아니에요. 얼른 집에 가서 실장님께 드릴 감상문 써야죠. 어쨌든 오늘 와줘서 고마워요. 불순한 의도로 왔다는 건 알지만 그래도 혼자 독주회를 보게 되는 끔찍한 상황은 면하게 해줬으니까요.”

모처럼 한 저녁 식사 제의를 거절하는 현주의 말에 시우는 살짝 자존심에 상처를 받았다. 여전히 이런 모습은 귀엽지 않은 여자다.

“그래. 그럼 내일 감상문 기대하지. 아영이 앞에서 점수 딸 수 있게 잘 써주라고.”

“걱정 마세요. 가볼게요. 내일 회사에서 봬요, 실장님.”

현주는 시우가 바래다준다는 말을 꺼낼 틈도 주지 않고 멀어져 갔다. 잡히지 않는 바람 같은 여자. 매력이라곤 하나도 없는 여자인 줄 알았는데 오늘 자꾸만 의외인 현주의 모습이 시우에 눈에 많이 뜨인다. 갑자기 저 여자가 왜 이렇게 달라 보이는 걸까? 너무나 혼란스러워지는 시우였다. 얼른 내일이 되어서 아영을 만나야만 하나 보다. 이틀간 아영을 못 본 금단 현상이 현주까지 여자로 느끼게 만들다니…….

자신의 방에서 시우에게 건네줄 독주회 감상문을 열심히 작성하고 있던 현주는, 자신을 뚫어지게 쳐다보는 두 사람의 강렬한 시선 때문에 제대로 집중을 할 수가 없었다. 신경질적으로 휙 뒤를 돌아보자 간신히 얼굴만 들어올 크기로 방문을 빼꼼 열고 현주의 눈치를 살피고 있는 자신의 엄마와 현민이 보였다.

"두 사람, 지금 뭐 하는 거야? 나한테 할 말 있으면 들어와서 말해."

현주의 허락이 떨어지자 그제야 쭈뼛쭈뼛 현주의 눈치를 보며 엄마와 현민이 들어왔다.

"나 바빠. 그러니까 빨리 말해."

방에 들어와서도 한참 동안 뜸을 들이며 입을 열지 않는 두 사람이 너무 답답했다. 도대체 무슨 말을 하려고 저러는 걸까?

"누, 누나, 내가 과외 알바를 해서 말이야. 알바비를 받았거든. 그래서 내일 우리 가족한테 한턱 내려고. 가족들 다같이 외식하기로 했으니까 누나도 나오라고."

"그래? 뭐 사줄 건데?"

생각보다 무덤덤한 현주의 반응에 현민의 긴장은 풀려갔다.

"그게 엄마가 프랑스 요리를 한 번도 못 먹어봤다잖아. 내가 이번에 전과목 과외라 돈을 좀 두둑히 받았거든. 그래서 프랑스 요리로 하려고."

"프랑스 요리?"

현주의 눈이 동그랗게 떠지며 놀란 목소리로 현민에게 반문하자, 둘 다 움찔하며 뒤로 한 발짝 물러났다.

"아무리 그래도 프랑스 요리는 너무 센 거 아니야? 너 막 누나한테 돈 보태달라거나 그런 거 아니지?"

"아, 아니지! 그런 걱정 하지 말고!! 내일 일곱 시까지 누나 회사 근처에 있는 라빌레뜨로 나와. 내가 미리 예약해 두었거든."

하필이면 왜 저 레스토랑일까? 현주의 표정은 어둡게 굳어져 갔다. 종화와 함께 갔다가 주홍과 신정을 보게 된 레스토랑. 그곳이 바로 라빌레뜨였다. 현주의 기억에 가장 가슴 아픈 장소로 기억되는 곳.

"나 거기 좀 불편한데…… 다른 데 안 돼?"

"아, 안 돼! 거기 사장님이랑 내가 좀 알거든. 20% D.C 해주기로 약속했단 말야. 거기다 미리 예약까지 해두었는데 취소하면 미안하잖아!!"

팔짝 뛰며 말하는 현민의 말에 현주는 어쩔 수 없다는 듯한 표정을 지었다.

"할 수 없지 뭐. 알았어. 내일 일곱 시지?"

"응! 잊으면 안 된다!! 그럼 누나 바빠 보이는데 일해. 엄마랑 난 그만 나가볼 테니."

현주의 허락이 떨어지자마자 현민과 현주의 엄마는 서둘러 방에서 빠져나왔다. 그리고 방에서 빠져나온 두 사람은 누가 먼저라도 할 것 없이 안도의 한숨을 내쉬었다.

"니네 누나가 의심 안 하는 것 같지?"

"응, 절대 모르는 눈치였어. 걱정하지 말고 밀어붙여. 그나저나 엄마 진짜 괜찮은 사람인거지? 이상한 사람 나가면 엄마랑 나랑 둘 다 누나의 히스테리에 죽을지도 몰라."

"사진으로 보니까 외모도 출중하고 능력도 있고. 괜찮드라, 얘. 걱정하지 마."

두 사람만의 의미심장한 대화였다. 이름하여 강현주 시집보내기 대작전!! 맞선은 절대 싫다 울부짖는 현주를 맞선 자리에 내보내기 위한 현민과 엄마의 계략이었던 것이다. 시우에 대한 스트레스를 노처녀 히스테리로 완전히 오해해 버린 두 모자였으니.

"흠…… 꽤 괜찮은데?"

독주회에 대해 자세히 적어온 데다가 전문 지식까지 덧붙힌 현주의 감상문은 문외한인 시우가 보기에도 완벽해 보였다.

"뭐, 그것만 완벽하게 외우신다면 여자 친구 분 앞에서 망신당할 일은 없을 거예요."

"흠, 이젠 답례를 어떻게 해야 하지? 마케팅팀과 회식을 진행……."

시우는 마케팅팀 이야기가 나오자마자 새파랗게 질리는 현주의 얼굴을 보고 말을 멈추고 말았다. 이 마녀 같은 여자 괴롭히는 일이라면 참 재미있을 거 같았는데, 막상 저런 식으로 나오니 좀 안되어 보였다.

"회식은 필요없습니다. 실장님 덕분에 좋은 독주회 본 걸로 만족할게요. 그럼 즐거운 시간 보내세요."

힘 빠진 목소리로 말하는 현주의 말에 시우의 심기는 점점 더 불편해져 갔다. 요 며칠 으르렁거리면서 달려드는 현주의 모습을 못 봤더니 영 심심한 것 같기도 하고. 하여튼 정말이지 적응이 되지 않았다.

"그렇게 쉽게 포기할 건가? 그 정도로 쉽게 포기하는 게 사랑이라고 생각하지 않는데……."

현주를 자극시키고 싶어서 꺼낸 말이었다. 힘없는 현주의 모습을 보기 싫어서 꺼낸 말이었다. 역시나 시우의 예상대로 매서운 눈으로 자신을 노려보는 현주가 있었다. 하지만 그 눈은 매섭기만 한 것이 아니었다. 눈물이 금방이라도 떨어질 것 같은 애처로움이 같이 담겨 있었다.

"실장님이 사랑 운운하니까 우습네요. 그리고 제가 쟁취를 하든! 포기를 하든! 실장님이 그만 신경 끄셨으면 좋겠어요! 그런 사적인 대화를 주고받을 만큼 절친한 사이 아니라고 생각하는데요! 나가보겠습니다. 공적인 일 있을 때만 불러주세요."

시우가 무슨 말을 꺼내기도 전에 냉기를 팍팍 풍기며 실장실 밖으로 나가는 현주였다. 소원대로 기운 찬 모습을 본 것 같긴 한데, 현주의 눈에 살짝 맺혀 있던 눈물이 끝내 걸리는 시우였다. 아무리 강한 여자여도 사랑 앞에선 다 저렇게 약해지나 보다. 저렇게 무시를 당하면서 신경 끄란 말을 들었는데도 왜 이렇게 현주한테 신경 끄기가 쉽지 않은지 모르겠다. 그래, 아영과의 독주회나 생각하는 게 낫겠다. 이 감상문 달달 외우려면 백 번은 더 봐야 할 테니까.

　라빌레뜨 앞에 선 현주는 심호흡을 크게 했다. 확실히 아직 상처가 너무나 크게 남아 있기에, 이 장소에 다시 선다는 것은 그렇게 유쾌한 기분이 아니었다. 레스토랑 문을 열고 안으로 들어서는 기분도 아주 처참하게 어두웠다. 오랜만에 하는 가족 외식만 아니었다면 그대로 문을 박차고 나가고 싶을 정도로…….

　"어서오십시오. 예약하셨습니까?"

　"강현민으로 예약되어 있을 텐데요."

　"아, 혹시 강현주 씨 되십니까?"

　자신의 이름을 꺼내는 웨이터의 물음에 현주는 의아함을 감춘 채 고개를 끄덕였다.

　"이리 오십시오."

　현주는 웨이터의 안내에 따라 레스토랑 안쪽 자리로 걸어갔다. 그런데 무언가 잘못된 것만 같았다. 은은한 조명이 있는 안쪽 자리엔 자신의 식구들이 있는 것이 아니라 웬 낯선 남자가 앉아 있었기에.

　"저, 저기…… 자리 안내가 잘못된 거 같은데요. 저는 제 가족들이랑……."

　"가족 분들이 현주 씨를 저에게 맡겼나 봐요."

당황한 현주의 말에 낯선 남자가 웃으면서 말을 한다. 거기다 너무나 자연스럽게 현주의 이름까지 말하면서.

"그럼 즐거운 시간 되십시요."

멍하게 서 있는 현주를 낯선 남자에게 맡겨두고 웨이터는 매정하게 떠나 버린다. 도대체 이 상황이 어떻게 된 건지 하나도 이해가 되지 않는 현주였고. 아무리 생각해도 자신의 엄마와 현민의 계략에 걸려든 것만 같았다. 맞선이라는 나쁜 계략에…….

"현주 씨가 맞선 보는 사실 모르고 나올 테니 당황하지 말라고 현주 씨 어머니께서 말씀하셨거든요. 얼마나 대단한 여성분이 나오시길래 이렇게 가족들이 몰래 맞선을 추진하나 했더니…… 이건 정말 기대 이상인걸요?"

현주를 보며 연신 미소를 짓는 맞선남이었다. 이 자리가 맞선 보는 자리인 줄 알았다면 그 위장용 뿔테 안경을 그냥 쓰고 나올 걸 그랬다. 주홍 생각에 버거워진 마음이 얼굴에 걸쳐 있는 뿔테 안경마저 무겁게 느끼게 만드는 것 같아서 회사를 벗어나자마자 안경을 벗어던진 현주였다.

"죄송해요. 엄마가 괜한 일을 꾸며서…… 저는 맞선 볼 생각이 없거든요."

"제가 마음에 안 드시는 겁니까?"

예상보다 집요하게 나오는 맞선남의 말에 현주는 당혹스러운 표정을 지었다. 정말 집에 가면 가만 안 둘 테다! 도대체 이게 웬 민망한 상황이란 말인가! 어떻게 저 맞선남에게 상처를 주지 않고 빠져나갈 수 있을까, 고민하던 현주는 갑자기 자신과 맞선남이 마주 보는 탁자 위에 올려지는 손 하나를 보고 깜짝 놀랐다. 그리고 그렇게 놀란 것은 맞선남도 마찬가지였다. 탁자 위에 긴 손가락을 올려놓고 가볍게 손가락을 튕기는 그 사람은 바로 임종화였기에.

"분위기 꽤 좋아 보이는데? 우리 귀염둥이 맞선 봐?"

"여…… 영화배우 임종화!"

갑자기 나타난 종화의 존재에 현주가 놀랄 틈도 없이 맞선남이 더 놀란 듯 종화의 이름을 내뱉었다.

"나에게서 그렇게 도망쳐 버리고 맞선이라니~ 우리 귀염둥이 깜찍하기도 하지. 매번 이렇게 나를 놀라게 하네."

"임종화 씨!"

하얗게 질려가는 맞선남을 보며 현주는 종화의 농담을 저지시키려고 했다. 하지만 이미 맞선남은 잔뜩 오해를 한 채 엉거주춤 자리에서 일어나고 있었다.

"현주 씨가 저런 굉장한 사람과 연관되어 있는 줄은 몰랐네요. 맞선 보기 싫어하는 이유를 아, 알 것 같습니다. 저는 더 이상 있을 필요가 없는 것 같으니 그만 일어날게요. 아, 안녕히 계세요."

"저, 저기요."

미처 오해를 풀어줄 틈도 없이 맞선남은 식은땀을 한 바가지

흘리면서 부리나케 레스토랑에서 빠져나가 버렸다.

"저 친구 상황 파악은 참 빠른데? 아아, 그렇게 노려보지 마. 나는 그저 우리 귀염둥이가 당황스러워하길래 도와준 것뿐이라고."

현주의 매서운 눈빛에도 전혀 개의치 않고 느긋한 미소를 지으며 말하는 종화. 정말이지 얄미운 남자였다.

"참, 낄 때 안 낄 때 파악을 못하는 사람이군요. 무례함에도 정도가 있어요."

"흐음. 같이 밥 먹을 사람이 사라져서 화가 난 건가? 그럼 저녁 정도는 내가 같이 해줄 수 있지. 어차피 현주 씨 보이길래 일행들은 돌려보냈으니, 같이 식사할까?"

"임종화 씨!"

"쉿쉿. 그렇게 큰 소리로 내 이름 안 불러도 이 레스토랑 안에 있는 사람들 다 내가 임종화인 줄 안다고. 내가 바라는 건 조용한 저녁 식사인데, 현주 씬 요란한 저녁 식사를 하고 싶은 거야?"

얄밉지만 현주는 더 이상 종화를 향해 소리를 지를 수가 없었다. 레스토랑 안에서 식사를 하는 사람들이 종화와 현주를 보며 수군거리는 모습이 보였기에. 애초에 이 레스토랑에서 가족 외식을 한다는 것부터 마음에 안 들었었다. 이 레스토랑만 오면 왜 이렇게 어이없고, 황당한 일만 자꾸 벌어지는 건지…… 아무래도 이 레스토랑과 현주 사이에 마가 끼었나 보다. 그 마의 주범은 눈앞에 이 남자 임종화가 분명했고.

　확실히 아영과 현주는 독주회를 감상하는 표정 자체가 달랐다. 피아노 연주에 따라 표정이 변하는 현주와 다르게 시종일관 진지한 표정으로 연주에 귀를 기울이는 아영. 그 모습이 아영을 더 지적으로 보이긴 했지만, 지켜보고 있을 때 더 재미있는 쪽은 단연 현주였다. 시시각각 변하는 그 표정을 지켜보는 것만으로도 독주회가 지루하단 생각은 할 수 없었는데…… 아영과 함께하는 이 독주회는 또다시 시우가 싫어하는 지긋지긋한 독주회 분위기로 변해 있었다. 독주회를 보는 내내 졸지 않으려고 허벅지를 얼마나 꼬집었는지 모른다. 현주랑 볼 때엔 그래도 독주회란 것도 생각보다 괜찮은 거라 생각했었는데…….
　"시우 씨, 어땠어? 내 후배 실력 괜찮지?"
　멍하게 어제의 현주 모습을 떠올리던 시우에게 아영이 갑자기 물어온다. 현주의 생각을 하고 있는 새에 그토록 지겹고 지겹던 독주회가 끝이 났나 보다.
　"어? 어어…… 아주 좋은데!"
　갑작스런 아영의 물음에 당황한 시우는 머리 속이 하얗게 변해가는 느낌을 받았다. 현주가 적어준 독주회 감상문을 백 번도 넘게 읽었는데 이 순간 하나도 기억나지 않는 것이다. 오직 기억나는 건 독주회가 끝난 후 꿈을 꾸는 표정으로 말하던 현주의 모습뿐.

"그래? 다행이네. 난 시우 씨가 지루해하면 어쩔까 걱정했거든."

아, 이럴 때 현주가 적어준 감상문에 적힌 말을 하면서 지적인 모습을 어필해야 하는데 왜 하나도 안 떠오르는 걸까? 자신의 나쁜 머리가 오늘만큼 원망스러운 적이 없었다. 여태까지 머리 좀 안 쓰고 살아도 돈만 있으면 된다는 생각으로 살아온 시우였기에, 여자 꼬시는 일에 관하지 않고서야 머리 쓰는 것 자체를 귀찮게 생각했었다.

"지루하긴, 아주 좋았어! 정말 실력 좋은 것 같네. 하하하……."

시우는 뭔가 제대로 된 평을 해주길 바라며 기대하는 눈빛으로 자신을 쳐다보는 아영의 시선이 부담스러워서 딴 데로 고개를 돌리며 말했다.

"나중에 따로 인사시켜 줄게. 다음에 같이 밥이나 한번 먹을까?"

"어? 그, 그래. 식사 좋지. 근데 아영아, 너는 연주 들을 때 어디에 있다고 생각하면서 들어? 너도 숲이나 뭐, 그런 공간에 있다고 생각하면서 들어?"

눈을 반짝이며 말하던 현주의 모습을 떠올리며 아영은 어떨까, 궁금해지는 시우였다.

"시우 씬 그래? 의외네. 시우 씨가 그런 생각 하면서 연주 들는지는 몰랐어. 하긴 시우 씨는 정식으로 음악 공부한 사람이 아니니까. 난 그렇게 느긋하게 연주 감상할 여유가 없어. 하나라도 더 듣고 배워야 하거든. 단순한 취미 생활만이 아닌 공부의 연장이야, 나한텐."

"그, 그렇겠지. 아영인 늘 그렇게 열심히 하는 모습이 더 예뻐 보여."

정말 예쁘긴 했지만 너무 똑똑한 아영은 왠지 모르게 시우를 불편하게 만들었다. 자신한테 과분한 여자란 생각이 들기도 했고…… 사랑하긴 했지만 너무 큰 벽이 있는 것 같았다.

"말도 안 돼! 아, 알았어. 현주 들어오면 확인해 볼게."

전화를 끊는 엄마를 보면서 현민이 실망한 얼굴로 묻는다.

"맞선 실패로 돌아갔대? 아, 그럼 우리 누나 들어오자마자 죽는 거 아니야?"

"그러게 말이다. 사람은 꽤 괜찮아 보였는데……. 우리 현주가 아무리 마음에 안 들어도 그렇지, 임종화랑 현주랑 사귄다는 게 말이 되니?"

엄마의 말에 현민의 눈이 동그랗게 커진다. 그도 그럴 것이 임종화라고 하면 엄청난 국민배우로 현주와 엮일 가능성은 0.1%도 없는 존재였다.

"완전 미친놈이네! 거절할 말이 없어도 그렇지, 그런 엄청난 뺑으로 거절하냐! 에이, 누나 시집 보내긴 글렀나 보다. 맞선 자리에서 얼마나 성질을 부렸으면 남자가 그런 엄청난 뻥을 쳐.”

“현주가 어디 보통 성질이니? 걔는 누구 닮아서 그렇게 성질이 사나운지 몰라.”

맞선남 험담을 하던 현민과 엄마는 어느새 현주의 사나운 성격을 논하며 쿵짝을 맞추고 있었다. 그러면서도 내심 현주가 들어와서 난리칠 생각을 하며 무서워하는 두 사람이었다.

“엄마, 우리 노래방이나 갈까?”

“노래방?”

“누나 들어오면 난리날 거 아니유. 잠깐 피난 좀 갔다 오자고. 누나 잠들 때쯤 들어오자.”

“그래, 그래. 역시 우리 아들은 머리가 좋다니까. 얼른 가자, 네 누나 들어오기 전에.”

순간의 위기를 벗어날 작전을 세운 두 모자는 신이 나서 대문을 나섰다. 그러다가 집 앞에 세워지는 삐까번쩍한 차를 본 순간 현민과 엄마는 재빨리 다시 대문 안으로 들어왔다.

그 차에서 내린 건 다름 아닌 임종화와 현주였기에! 두 사람은 떨리는 심장을 진정시키며 현주와 종화를 엿보기 시작했다.

“제멋대로에도 정도가 있어요, 임종화 씨. 정말 끝까지 이렇게 자기 멋대로군요.”

레스토랑에서 나와 택시를 잡으려는 현주를 억지로 끌어다

차에 태운 종화였다. 그리고 도대체 현주의 집은 어떻게 알았는지 앉아서 입 꾹 다물고 있는 현주에게 종화는 아무것도 묻지 않고 단숨에 현주 집 앞까지 차를 몰고 왔다.

"제멋대로인 건 내 감정이지. 현주만 보면 내 감정이 제어가 안 되거든. 그리고 그 무식한 안경까지 벗고 나니까 어디 불안해서 그냥 보낼 수가 있어야지. 택시 기사가 우리 귀염둥이 예쁘다고 납치해 가면 어떡해?"

쌀쌀맞은 현주 앞에서도 종화는 여전히 여유로웠다. 현주의 가시 돋친 말이 종화 귀엔 도통 들리지 않나 보다.

"제발 저 좀 그냥 내버려 둬요. 가뜩이나 힘들어 죽겠는데 종화 씨까지 왜 그래요? 내 인생 좀 복잡하게 만들지 말라구요."

"그러니까 복잡하게 생각하지 말고 곧장 나한테 와. 다른 곳 아무 데도 안 보고 나한테 그냥 오면 편해질 텐데."

정말 말귀를 죽도록 못 알아듣는 사람이었다. 매사에 어쩜 저렇게 태평한지. 종화를 더 상대해 봤자 자신의 손해란 생각이 드는 현주였다.

"다음부턴 가능하면 종화 씨랑 마주치고 싶지 않네요. 안녕히 가세요."

현주는 종화가 또 느끼한 말을 잔뜩 내뱉기 전에 후다닥 집으로 뛰어들어 오자마자 그대로 엄마와 현민에게 붙잡혀 말할 틈도 없이 현관 안으로 끌려 들어갔다.

"뭐, 뭐야? 둘이 왜 거기 있어?"

한쪽 팔씩 자신의 팔을 붙잡고 들어가는 엄마와 현민을 보며 현주가 다급하게 물었다.

"어머, 어머. 세상에…… 간 떨려 죽겠다, 야. 현민아, 저 사람 분명히 임종화 맞지?"

현주의 물음엔 대답할 생각도 안 하고 현민을 향해 잔뜩 흥분해 말하는 엄마였다.

"그러게. 진짜 임종화네. 와~ 누나 정말 임종화랑 사귀는 거야? 진짜야?"

"미쳤어! 둘 다 나한테 뭐 물을 생각 하지 마. 나 저 느끼한 남자랑 아무 사이 아니니까."

잔뜩 기대하는 눈빛으로 자신을 보며 묻는 엄마와 현민에게 현주는 일침을 가했지만, 이미 상상의 세계에 빠진 두 사람은 그런 현주의 얘기를 들을 생각도 안 했다.

"임종화가 내 사위가 된다니, 엄마 정말 꿈꾸는 거 같구나. 현민아, 너도 엄마가 임종화 얼마나 좋아하는지 알지?"

"알지! 와! 그나저나 진짜 신난다. 저런 매형 생기면 영화배우랑 소개팅도 해줄 거고, 용돈도 팍팍 주겠다. 그치, 엄마?"

"용돈뿐이겠니. 아, 손주는 또 얼마나 예쁘겠어. 저런 잘생긴 남자의 유전자가 합쳐지는데."

정말 지나칠 정도로 앞서 가는 두 모자였다. 상상의 세계의 깊게 빠진 이 두 사람을 상대하느니 그냥 이시우를 상대하는 게 더 편할 거 같은 현주였다. 현주가 무슨 말을 해도 저 두 사람에

게 먹히지 않을 테니까…… 정말 임종화 때문에 미칠 지경이었
다. 이시우에 이어서 아주 현주의 인생을 복잡하고 짜증나게 만
들고 있었으니까. 현주의 인생 중 이토록 고달픈 시기는 처음인
것 같았다.

chapter. 5

현주 vs 시우, 변신 대작전!

종화는 씁쓸한 표정으로 현주가 들어간 대문을 바라보며 담배를 하나 꺼내 물었다. 자신에게 접근 금지 신호를 마구 내비치는 현주에게 깊이 빠지고 있다는 게 사실 종화도 조금은 두려웠다. 늘 현주에겐 아무렇지 않은 듯 여유로운 미소로 대하지만, 겉으로 웃고 있는 그 모습과 다르게 속은 무척이나 심하게 타 들어가고 있었다. 마치 자신 손에 들려 있는 담배처럼. 현주를 향해 한번 불붙은 마음이 좀처럼 식을 생각을 하지 않는다. 현주가 내뱉는 차가운 말에 상처 입은 마음은 그대로 재가 되어 떨어져 버리고, 그러면서 마음은 여전히 불타오르는…… 정말 종화 스스로 생각하기에도 이해되지 않는 마음이었다.

　　정말 자신이 이렇게 될 줄 몰랐다. 싫다는 여자에겐 언제나 쿨하게 물러날 줄 알던 남자 임종화가 왜 저 여자 앞에선 그런 쿨한 포기조차 발휘되지 않는 건지……. 스스로 생각해도 답이 나오지 않았다. 진심 반 장난 반으로 시작된 현주를 향한 관심이 어느새 100% 진심으로 가득 차버렸다. 이런 건 정말 위험한데 말이다. 이쯤에서 그만 이 관심을 끊어야 했다. 하지만 현주를 만나면 그 감정이 제어가 되지 않았다. 이젠 여유로움을 보이는 것조차 너무 힘겨워져만 갔다. 정말 술 생각이 간절하게 나는 밤이었다. 종화는 핸드폰을 꺼내 시우에게 전화를 걸었다. 술 친구로는 시우만큼 좋은 상대는 없었으니까.

　　"종화냐?"
　　아영을 바래다주고 집으로 오는 길에 울리는 핸드폰. 종화의 번호가 뜨는 핸드폰을 시우가 반가운 목소리로 받았다.
　　[뭐 해? 술 한잔 안 할래?]
　　"어딘데?"
　　[나도 아직 술집은 도착 안 했고. MARS로 갈까?]
　　"그래. 나도 간만에 한잔 땡긴다. 거기서 봐."
　　[오케이! 얼른 와, 자기.]
　　"미친 놈. 끊는다."
　　시우는 종화의 애교스러운 장난에 서둘러 전화를 끊었다. 사실 시우도 왠지 모르게 심란한 머리 속을 정리하고 싶어져 술 한잔하고 싶었던 참이었다. 쉴 새 없이 클래식 음악 이야기를 하는 아영과의 시간이 오늘은 꽤 견디기 힘겨웠다. 오죽하면 그냥 집으로 돌아가 고스톱이나 치는 게 더 재밌지 않을까, 생각한 시우였으니까. 그리고 자꾸만 어제 독주회를 보고 난 후 현주와의 즐거웠던 대화가 생각나 시우의 머리를 더 더욱 복잡하게 만들었다. 그 지독한 마녀 같은 여자와의 시간이 아영과의 시간보다 더 즐겁다 생각되다니. 주흥 때문에 힘겨워하는 현주를 보는 순간 마녀도 여자란 걸 알아버린 것까진 좋았다. 그런데 왜 시우 자신의 의지와 상관없이 자꾸 그 마녀의 생각이 떠오르는 건지. 이런 자신 때문에 더욱 짜증이 급증하는 시우였다. 아영이 지겨운 클래식 음악 이야기만 안 했다면 현주가 떠오르는 일은 없을 텐데. 그렇다고 아영에게 또 실망을 안겨줄 수는 없었다. 아영이 떠나고 나서 얼마나 힘겨웠는데…… 또다시 그런 힘겨운 아픔을 맛본다면 견딜 수 없을 것 같았다. 그래, 단순히 현주와의 시간이 편해서 생각나는 것일 거다. 아영 앞에선 잘 보이고 싶어 늘 긴장하는 시우였기에 현주와의 편안함이 가끔 그리워지는 것일 거다.

시우가 MARS에 들어서자 벌써 독한 보드카 한 잔을 마시며 바텐더와 대화를 나누고 있는 종화의 모습이 보였다. 종화와 시우가 자주 들르는 BAR인만큼 MARS 주인인 바텐더와도 꽤 친분이 있었다.

"뭐냐, 벌써 한잔하고 있는 거야?"

시우는 뭐가 그렇게 재밌는지 바텐더와 수다를 떠느라고 시우가 왔는지도 모르는 종화의 옆 자리에 앉으며 물었다.

"어, 왔냐? 저번에 한동안 BAR가 닫혀 있길래 물어봤더니 결혼하셨단다. 얼굴이 너무 행복해 보이네. 결혼하니까 좋아요?"

부러움이 가득한 눈으로 묻는 종화의 질문에 바텐더는 즐거운 듯 웃음을 터뜨린다.

"너무 좋죠. 가게에 나오기도 싫어요. 그냥 하루 종일 마누라랑 집에만 있었음 좋겠어요."

정말이지 너무 행복해 보이는 바텐더의 대답에 종화는 잔뜩 울상을 짓는다.

"아, 시우야, 나 너무 부러워서 이 자리에 못 있겠다. 저기 구석으로 가자. 보드카 더 독하게 해서 저쪽 구석에 갖다 줘요. 아셨죠, 부러운 양반?"

종화의 질투 어린 말에도 마냥 행복한 미소를 짓는 바텐더. 종화는 한 손에는 마시던 보드카를 들고 시우를 끌며 구석 자리로 갔다.

"갑자기 임종화답지 않게 웬 결혼 타령? 너 독신주의 아니었냐? 평생 자유롭게 연애만 하고 싶다며?"

시우의 물음에 종화가 남은 보드카를 쭉 들이키며 인상을 썼다.

"미치도록 결혼하고 싶은 여자가 생겼거든. 절대 손에 안 잡힐 것 같지만.”

“야~ 이거 완전 특종감이구만. 누군데? 배우야? 신인이야?”

“아냐, 인마. 저 바텐더보다 더 부러운 사람이 너다. 이 자식.”

종화의 말에 시우는 의아한 표정을 지었다. 여자가 누구냐는 말에 왜 자신이 부럽다는 건지…… 혹시…… 혹시 그 여자가?

“설마 그 마녀는 아니겠지? 그…… 그 못생긴 마녀야, 혹시?”

설마가 사람 잡는다니. 아니, 혹시가 사람 잡았다. 시우의 물음에 종화가 조용히 고개를 끄떡였으니.

“미쳤구나, 임종화. 너 지금 농담하는 거지? 왜 하필 그 마녀냐?”

“네 눈엔 마녀일지 모르지만 내 눈엔 천사다, 천사. 너 현주 안경 벗은 거 아직도 못 봤지? 생각보다 훨씬 예쁘더라. 너무 예뻐서 그대로 안아서 도망치고 싶더라. 근데 그 여자 절대 내 앞에서 말고는 그 안경 안 벗었으면 좋겠어. 딴 여자들 옷 벗는 것보다 그 여자가 안경 벗는 게 몇 배는 더 섹시해. 남자들이 안경 벗은 그 여자 모습 보면 좀 치근덕거리겠어?”

이상했다. 종화의 이야기를 듣는 시우의 속이 이상하게 거북해졌다. 그 마녀가 종화 앞에서 안경을 벗었다니. 그리고 그 모습이 그토록 예쁘다니. 분명 임종화 눈에 콩깍지가 씌여서 하는 말이겠지만 정말 궁금해졌다. 현주의 안경 벗은 모습이…… 이상하게 자꾸만 궁금해져 갔다.

"실장님, 제 얼굴에 뭐 묻었어요?"

뚫어지게 현주의 얼굴을 보면서 안경 벗은 모습을 상상하던 시우는 현주의 물음에 정신이 번쩍 들었다.

"어? 아, 아니."

어리둥절한 눈빛으로 자신을 쳐다보는 현주를 보니 괜스레 민망해지는 시우였다. 어제 종화랑 밤늦게까지 술을 마시면서 현주가 얼마나 아름다운지에 대한 찬양을 들어야만 했던 시우였기에 머리 끝까지 차 오르는 호기심을 주체할 수가 없었다. 도대체 저 여자 안경을 자연스럽게 벗기는 방법이 뭐가 있을까?

"제 얼굴에 뭐 묻은 거 아니라면 그만 보시고 서류 결재나 해 주시죠."

"그러지 뭐. 오늘은 결재할 서류가 별로 없네."

현주의 안경 벗길 방법을 생각하면서 서류를 받아 들던 시우의 머리 속에 순간 좋은 생각 하나가 스쳐 지나갔다. 바로 현주와의 술 내기. 여태까지 현주를 지켜본 결과 내기에 대한 승부욕이 엄청 강해 살짝만 자극해도 당장 내기를 하자며 달려들 것 같았다. 아무리 저 여자가 술이 세다 해도 평소 친구들 사이에서 주당으로 알려진 자신만큼 세진 않으리라.

"근데 현주 씨."

시우에게 서류를 넘겨주고 실장실 밖으로 나가려던 현주는 시우의 부름에 발걸음을 멈췄다.

“네?”

“현주 씨는 술 좀 잘 마시나? 여자들은 말이야. 다 좋은데 사회생활 할 때 그게 문제야. 술 센 여자들이 별로 없더라고. 왜 그런 말 있잖아, 사회생활 잘하려면 술도 잘해야 한다는. 내숭 떠느라고 그러는 건지 왜 이렇게 다들 술을 못하는 거야?”

여자 운운 하며 남녀 차별성 발언을 내뱉는 시우의 말의 현주의 얼굴은 잔뜩 찌푸려졌다. 슬슬 시우가 던진 미끼를 물 기세로 매섭게 시우를 노려보는 현주였다.

“아마 실장님보단 잘할걸요? 그나저나 실장님 때문에 알았네요. 술 잘 마셔야 사회생활도 잘하는 거란 걸요.”

“진짜? 나보다 잘 마셔? 허풍이겠지? 현주 씨, 지금 허풍 떠는 거지?”

좀 더 강한 자극을 던지는 시우의 말에 현주의 눈빛은 더욱 차가워져 갔다.

“내기하실래요, 실장님이 잘 마시는지 제가 잘 마시는지?”

“오호! 본인 스스로 무덤을 파는군. 과연 현주 씨가 이길 수 있을까?”

“퇴근 후! 회사 근처 스칼렛에서 봐요! 지는 사람 원하는 소원 한 가지 들어주기로 하죠! 자신없어서 도망치진 않겠죠. 그럼 나가볼게요.”

잔뜩 화가 나 당장 오늘로 내기 날짜를 잡는 현주를 보며 시우는 속으로 쾌재를 불렀다. 똑똑한 여자였지만 자극엔 확실히 약했다. 생각보다 너무나 쉽게 자신이 던진 미끼를 문 현주. 오늘 저 여자의 안경 벗은 모습을 확인하게 될 생각을 하니 속이 다 후련했다. 분명 종화가 콩깍지가 씌여서 헛소리 하는 거겠지만 그래도 한편으론 정말 많이 궁금한 시우였다. 저 무식한 안경 뒤에 가려져 있는 현주의 진짜 얼굴이.

"그래서? 진짜 이시우 실장이랑 진짜 술 내기하는 거야?"

신정의 물음에 현주는 인상을 찌푸리며 고개를 끄덕인다.

"여자를 무시하는 발언을 하잖아. 진짜 마음에 안 들어. 정이 가지 않는 인간이라니까."

"괜찮겠어? 이시우 실장 꽤 주당으로 알려져 있는데."

"괜찮아. 나 주량 센 거 너도 알잖아. 아, 그나저나 이기면 어떤 거 시키지. 아주 개망신당할 만한 거 시켜야지. 생각만 해도 신나네."

불안해하는 신정을 안심시키며 큰소리 땅땅 치는 현주였다. 그도 그럴 것이 대학 때부터 웬만한 남자들은 상대도 되지 않을 만큼 강한 주량을 가진 그녀였다. 이시우가 내기 상대를 잘못 골라도 한참 잘못 골랐다는 걸 확실하게 깨닫게 해줄 생각이었다.

"그래도 너무 무리하지는 마."

신정의 따뜻한 배려에 현주는 간신히 잊고 있던 주홍의 말이 떠올랐다. 주홍도 아마 신정의 이런 따뜻하고 자상한 성격에 반

한 거겠지. 여성스러운 외모에 너무 예쁜 신정. 오랜 기간 짝사
랑한 주홍의 마음을 뺏어간 사람이지만 현주는 신정을 미워할
수가 없었다. 정말 힘겹지만, 가슴이 너무 아파오지만 주홍의
사랑임을 인정할 수밖에 없었다.

"걱정해 줘서 고마워. 근데 신정아…… 주홍 선배가 너한테
아무 말 안 하던?"

"어? 주홍 씨? 무슨 말?"

아직 주홍이 신정에게 직접적으로 고백은 하지 않았나 보다.
의문 가득한 눈으로 자신을 바라보는 신정을 보니…….

"그냥…… 넌 주홍 선배 어때?"

"어떻긴……그냥 좋은 사람이지."

좋은 사람. 이 한마디로 표현했지만 살짝 붉어지는 신정의 얼
굴이 그 이상의 감정을 표현하고 있었다. 두 사람이 사귄다면
정말 예쁜 커플이 될 테지만, 생각만으로 마음은 어떻게 할 수
있는 게 아닌가 보다. 이렇게 현주의 가슴을 또다시 아프게 하
는 걸 보면 말이다.

"그래, 좋은 사람이지. 그런 사람 세상에 또 없을 거야."

'그래서…… 신정이 넌 행복할 거야. 그런 사람한테 사랑받으
니까.'

현주 역시 너무나 간절히 원했던 주홍의 마음이었다. 그 마음
이 꽂힌 상대가 비록 자신이 아닌 신정이었지만. 아직은, 아직
은 조금 자신없었다. 웃으면서 두 사람을 지켜볼 자신이 현주에

겐 아직 없었다. 아주 많이 신정이 부러워지는 현주였다.

출근 시간은 허겁지겁 지키면서 술 내기 시간은 아주 정확히 지킨다. 아니, 오히려 현주보다 먼저 스칼렛에 도착해 있는 시우였다.

"일찍 오셨네요. 바로 시작할까요?"

핸드백을 내려놓고 묻는 현주의 말에 시우는 조용히 손을 들어 웨이터를 부른다.

"양주로 할까?"

"뭐, 실장님 돈 많으시면 양주로 하든지요."

비꼬듯이 말하는 현주의 말을 무시한채 시우는 웨이터에게 양주와 과일 안주를 주문한다. 본격적인 내기에 돌입하기 전부터 뜨거운 승부욕을 불태우는 시우와 현주.

"오늘 쓰러지면 내일 출근은 좀 천천히 해도 너그러운 마음으로 이해해 줄 테니."

"저도 하루는 봐드릴게요. 내일 천천히 나오세요. 아마 일찍 나오기는 힘드실 거 같은데."

"뭐, 긴말할 필요 없는 거 같으니 일단 시작해 보자고. 자, 한 잔 받지."

웨이터가 가져오는 양주를 받아 든 시우가 바로 현주의 잔을 채워주었다. 그걸 시작으로 불꽃 튀는 두 사람의 술 내기가 본격적으로 진행되었다. 쉬지 않고 오가는 술잔. 어느새 양주 빈

병들이 하나둘씩 생기기 시작했다. 그러면서 서서히 시우의 눈은 풀려가고 있었다. 정말 지독한 여자다. 이렇게 많이 마시고도 흔들림 하나 없다니. 오기로 버티고 있는 자신과는 다르게 현주는 상당히 여유로워 보였다. 정말 저 여자는 인간이 아닌 것 같았다. 그토록 자신있던 술 내기였건만. 어떻게 저 마녀는 주당으로 유명한 자신보다 더 강한 주량을 가지고 있는 건지 도저히 믿어지지 않았다.

"당신이란 여자 말이야…… 도대체 못하는 게 뭐야?"

살짝 풀린 혀로 묻는 시우의 말에 현주는 싱긋 웃는다. 아무래도 자신의 승리가 코앞으로 다가온 것만 같았다. 사실 서서히 한계를 느껴가고 있던 참이었는데 다행히 자신의 한계보다 시우의 한계가 더 빨리 찾아왔나 보다.

"별로 알려 드리고 싶지 않은데요? 저한테 칼을 바짝 갈고 있는 실장님께 제 약점을 알려준다는 건 바보 같은 짓이죠."

"쳇! 여자가 말이야, 좀 나긋나긋한 면도 있어야지. 제길…… 안경 벗은 거 한번 보려다가 이게 뭐야……."

어느새 테이블 위에 몸을 반쯤 눕히며 투덜거리는 시우였다. 그제야 현주는 시우가 자신을 자극해 내기를 걸어온 이유를 알 수 있었다. 안경이라, 자신의 안경 벗은 모습을 보고 싶어서 이런 내기를 시작했다니…… 솔직히 현주는 이 지겨운 변장을 슬슬 그만두려고 했었다. 어차피 애초에 카사노바인 이시우가 자신에게 치근덕거릴까 봐 한 변장이었는데 이제 시우에게 죽고

못사는 아영이란 여자가 생긴 마당에 이런 변장은 별로 불필요
한 것이었다. 그리고 이 칙칙한 변장을 하고 있으니 자신마저
칙칙해지는 기분을 받았다. 아무리 자신의 원래 모습을 알고 있
는 주홍이라지만, 그 사람 앞에서마저 이런 칙칙한 모습으로 있
어야 한다는 것도 꽤 괴로운 일이었다. 하긴…… 어차피 자신의
외모가 어떻든 현주에겐 별 관심 없는 주홍이었지만 말이다.

　현주가 생각에 잠긴 사이에 시우는 아예 테이블 위에 철푸덕
엎어져서 잠이 들어 있었다. 정신 못 차리는 시우를 보는 현주
의 눈이 순간 장난스럽게 반짝였다. 이 지긋지긋한 변장을 그만
두는 대신에 아주 재미있는 걸 볼 수 있을 것만 같았다. 웨이터
에게 시우를 부탁하고 유유히 일어나는 현주. 주홍 때문에 우울
했던 얼굴이 금세 밝아져 있었다. 내일 아침에 일어날 재미있는
일을 생각하니 마냥 기분이 좋아졌다.

　회사에 들어서는 시우는 지끈지끈 깨질 것만 같은 머리 때문
에 너무나 괴로웠다. 어제 한 술 내기는 완벽한 자신의 패배였
나 보다. 어떻게 집까지 올 수 있었는지 잘 기억이 나지 않았다.
다만 아침에 일어나서 눈뜬 곳이 자신의 침대란 사실에 그저 안
도할 뿐이었다. 정말 지독히도 독한 여자였다. 세상에 그런 여
자가 있다니…… 무슨 원더우먼마냥 매번 시우 자신을 이렇게
까지 물먹이는 여자가 존재할 줄은 정말 꿈에도 몰랐다. 다시는
그 여자한테 내기 같은 거 제안하는 일은 없을 것이다. 항상 본

전도 못 뽑고 자신이 패배하고 마니. 오늘 아침 지각하는 건 분명 현주라 생각했는데, 안경 벗은 모습을 당연히 볼 수 있을 거라 생각했는데. 도대체 이게 뭐란 말인가!

지끈거리는 머리를 신경질적으로 주무르며 실장실 안으로 들어서던 시우는 화사한 사무실 분위기에 순간 발걸음을 멈췄다. 조명을 바꾼 건가? 아니, 술 기운이 남아서 사무실이 환해 보이는 걸까? 그게 아니었다. 실장실 분위기를 확 바꾸고 있는 존재는 조명이 아닌 바로 현주였다. 얼굴을 반 정도 가리던 무식한 안경은 벗어 던지고, 늘 질끈 묶고 있던 머리는 예쁘게 셋팅되어서 찰랑거리고, 칙칙한 회색 정장이 아닌 화사한 핑크빛 치마 정장을 입고 있는 현주의 모습은 여태까지 시우가 알던 그 모습이 아니었다. 정말 종화 말대로 상상을 초월하는 미모의 소유자였다. 도대체 저런 얼굴은 왜 가리고 있었던 걸까? 술 기운이 남아 있는 데다가 현주의 저런 모습까지 보니 시우의 정신은 말 그대로 멍해져 가고 있었다.

"나오셨어요? 많이 늦으셨네요."

두근. 화사하게 웃으며 말하는 현주를 보는 시우의 심장은 정신을 못 차리고 두근대고 있었다.

"어? 그, 그래? 좀 늦었지. 서, 서류부터 가져와. 커피는 됐고."

미친 듯이 두근거리는 심장을 진정시키고 시우는 서둘러 실장실 안으로 들어갔다. 정말 무언가에 홀린 기분이었다. 여태까지 자신과 함께 일하던 현주의 진짜 얼굴이 저러했다니 도저히 실감이 나지 않는 시우였다. 자리에 앉아서 애써 심장을 진정시키고 있는데 실장실 문이 열리면서 서류를 안고 들어오는 현주의 모습을 보니까 또다시 심장이 정신을 못 차리고 춤을 춘다.

"오늘 결재해 주실 서류예요. 차분히 꼼꼼히 읽어보시는 거 알죠?"

"어, 그래. 나, 나가보라고."

현주랑 더 있다가는 심장이 그대로 폭발해 버릴 것만 같아 시우는 현주의 얼굴도 제대로 쳐다보지 않은 채 나가보라 했다.

"아, 잠깐만요. 어제 술 내기 기억은 하시죠? 지는 사람이 이기는 사람 원하는 거 한 가지 들어주기로 한 약속이요."

"기억하지. 그래, 원하는 게 뭐지?"

여전히 현주를 똑바로 보지 않고 말하는 시우를 보며 현주는 회심에 찬 미소를 지었다. 그리고는 손에 들고 있던 안경통과 무스를 시우에게 내밀었다.

"이게 뭐야?"

"제가 끼던 안경이에요. 실장님이 끼시면 잘 어울리실 것 같아서요. 오늘 하루 동안 그 안경 끼시구요, 무스는 그 안경에 잘 어울리는 머리 하려면 필요할 거 같아서요. 2:8 가르마 아시죠? 그 안경이랑 아주 잘 어울리겠네요. 그럼 오 분 후에 들어올게요. 가르마는 꼭꼭 눌러서 확실한 2:8 만들어주셔야 해요~"

현주의 말을 듣는 시우의 얼굴은 파랗게 질려가고 있었다. 폼에 살고 폼에 죽는 이시우가 2:8 가르마라니! 더군다나 저 촌스러운 안경을 쓰고! 순간 현주의 천사 같던 얼굴이 마녀같이 보이기 시작했다. 역시 자신이 잠깐 현주의 변신에 놀랐던 것뿐이다. 얼굴만 예쁘면 뭐 하겠는가! 마음은 저토록 사악한 것을! 진짜 마녀 중에서도 아주 악독한 마녀였다. 웃으면서 실장실을 빠져나가는 현주와 다르게 무스와 안경을 번갈아 바라보는 시우의 얼굴은 잔뜩 찌푸려져 있었다. 저렇게 쉽게 안경을 벗고 나타날 줄 알았으면 그런 내기 안 하고 기다리는 건데 말이다. 술 내기 때문에 속 버리고, 이미지 망가지고. 스스로 완벽하게 자기 무덤을 파고 만 시우였다.

"푸하하하하!"

실장실 문이 열리며 무식한 뿔테 안경에 2:8 가르마를 하고 나오는 시우의 모습은 정말 상상 초월이었다. 시우를 보는 순간 책상을 치며 웃음을 터뜨리는 현주. 이 정도까지 심하게 웃을 생각은 아니었건만…… 정말 시우의 모습은 웃지 않고는 못 배길 만큼 우스꽝스러웠다.

"꽤 즐거운가 보네, 강.현.주. 씨!"

시우는 이를 악물며 현주의 이름을 하나씩 끊어 불렀다. 무스 때문에 딱 달라붙은 까만 머리와 굵디굵은 뿔테 안경보다도 더 거슬리는 게 바로 자신을 보고 너무나 즐거워하는 현주였다. 정말 이시우 인생에서 가장 치욕스러운 날을 꼽으라면 바로 오늘! 이날을 뽑을 것이다. 상사를 껌으로 아는 저 버릇없는 여자가 이시우의 체면을 바닥으로 떨어뜨린 오늘을 평생 기억할 것이다.

"아, 미안해요. 하지만 실장님 정말 너무 웃겨요. 이건 진짜 상상 이상이에요."

너무 웃어서 흐른 눈물을 닦으며 현주가 말했다. 고조된 기분을 보여주듯이 한 단계 더 하이톤으로 높아진 목소리로 쫑알거리는 현주의 목을 시우는 그대로 비틀고 싶었다.

"이제 됐지?"

서둘러 이 2:8 머리와 안경에서 벗어나고 싶은 시우가 애써 자신의 마음을 진정시키며 현주를 향해 물었다.

"아니죠. 이제 시작이죠. 오늘 하루 동안 그 모습 그대로 유지하는 게 제 소원이었는걸요. 아시죠? 계약 위반은 안 된다는 거. 그리고 좀 있다 오후에 회의 있으시다는 것도요. 다들 참 좋아하시겠네요."

주먹을 꽉 쥐지 않았다면 이번엔 정말 현주의 목을 졸랐을지도 모른다. 이 우스꽝스러운 꼴을 하고 회의까지 참석하라니. 한마디로 완전 개망신 한번 당해봐라 이거 아니겠는가? 여태까지 현주에게 느꼈던 분노 중에 오늘 시우가 느끼는 분노가 최고였다. 다시는 현주랑 내기 같은 거 안 하려고 한 시우였지만 절대 이대로 질 수는 없었다. 현주의 약점을 찾아내 기필코 내기를 걸어 이기고 말리라! 현주를 겪어본 결과 결코 쉬운 일이 아니란 걸 알고 있었다. 하지만, 하지만 말이다. 이대로 물러난다는 건 정말 이시우의 자존심이 용납치 않았다. 저 마녀에게 꼭 받은 만큼 돌려줘야 두 다리 쭉 뻗고 잘 수 있을 것만 같았다.

인상을 팍 쓴 채 회의에 참여하러 나가는 시우의 뒷모습을 보며 현주는 또다시 배를 움켜잡고 웃고 말았다. 정말 이젠 하도 웃어서 배가 아플 지경이었다. 주홍 때문에 우중충했던 기분이 순식간에 날아갈 뿐 아니라 그동안 시우 때문에 짜증났던 모든 앙금이 쫘악 풀리는 기분이었다. 물론 자신과 반대로 시우의 속은 지금쯤 까맣게 타 들어가고 있겠지만. 매일매일 이렇게 즐겁기만 하다면 이시우 밑에서 일하는 것도 해볼 만할 것 같았다. 시우가 항상 저렇게 회사에 나온다면 우울할 틈이 없을 테니까. 정말 최고조의 기분을 달리는 현주였지만 이런 기분이 그렇게 오래 지속되지는 못했다. 실장실 문을 열고 들어오는 종화의 모습이 현주의 기분을 순식간에 가라앉고 말았다. 단순한 장난이라고 치부해 버리기엔 임종화가 너무 열심이였다. 이제 현주도 서서히 종화의 감정이 장난이 아니라는 걸 느끼고 있었다.

"이거 봐. 촬영장에 있는데 갑자기 너무 불안한 느낌이 드는 거야. 그 느낌이 딱 맞았네. 어쩌자고 그러고 나온 거야?"

현주를 보자마자 따지고 드는 종화의 말에 이해력 빠른 현주였지만 도대체 종화가 무슨 말하는 건지 이해가 되지 않았다.

"뭐가요?"

"안경 어디다가 갖다 버렸어? 이렇게 예쁘게 하고 다니면 난

리난다고. 나 불안해서 촬영도 못해. 만날 귀염둥이 뒤만 졸졸 따라다닐걸. 옷도 저번에 입던 게 나아. 화사한 옷 입으니까 더 예뻐 보이잖아. 아, 젠장! 불안해, 불안해.”

분명 장난기 섞인 말인 것 같긴 한데 그 말을 하는 종화의 표정은 너무나 진지했다. 정말 불안해 죽겠다는 듯한 애처로운 표정으로 현주를 쳐다본다.

“국민배우 어쩌고 해서 엄청 바쁘실 줄 알았더니 그렇지도 않으신가 봐요, 대낮부터 여기 와서 저한테 그런 헛소리나 해대는 거 보면.”

“이게 다 현주 때문이야. 내가 촬영에 집중할 수 있는 환경을 안 만들어주잖아.”

“임종화 씨야말로 제가 일할 환경을 안 만들어주네요. 이렇게 일 방해받는 거 별로 유쾌하지 않아요. 실장님 찾아오셨다면 얌전히 실장실 안에 들어가서 기다리시죠.”

현주의 차가운 말에 늘 종화 입에 여유롭게 걸려 있던 미소가 사라지고 당당하던 까만 눈동자가 상처받은 듯 가늘게 떨려왔다.

“현주 마음에 들어가기 정말 힘들군. 왜? 그 남자 때문에 안 되는 거야? 현주가 사랑한다던 그 남자 때문에 내가 들어갈 틈이 없는 거야?”

“그래요. 나 그 사람만 몇 년째 사랑해 왔어요. 비록 지금 그 사람 내가 아닌 내 친구를 좋아하지만 내 감정 포기가 안 돼요.

그러니까 종화 씨마저 내 마음 헝클어놓지 말고, 종화 씨 마음이 진심이라면 나 좀 그냥 내버려 둬요. 종화 씨가 힘들게 안 해도 내 마음 충분히 힘들고, 아프다구요.”

종화는 현주의 말에 아무 말도 할 수 없었다. 힘들다고, 자신 좀 내버려 두라고 하는 현주의 표정이 너무 애처로워 보였기에. 더 이상 현주를 들쑤실 자신이 없었다. 그러다간 영영 미움받고 말 것만 같아서…… 그게 너무 무서워지는 종화였다.

임원회의가 있는 날이어서 신정 자신이 모시는 전무님도 회의에 들어갔기에 잠시 커피나 한 잔 할 생각에 현주에게 들른 신정이었다. 하지만 실장실 안에 들어가기도 전에 신정의 귀에 파고드는 현주의 목소리가 들려왔다. 비록 누군지 이름은 나오지 않았지만 현주가 사랑하는 사람이 주홍이란 걸 신정은 한 번에 알아들을 수 있었다. 주홍을 바라보는 현주의 설레는 눈빛으로 혹시 현주의 마음 안에 주홍이 들어 있는 게 아닐까, 신정은 늘 불안했다. 너무 사랑하는 자신의 친구와 자신이 같은 사랑을 하고 있다는 게 신정에겐 크나큰 아픔으로 다가왔다. 이렇게 되지 않게 해달라고 기도하고 또 기도했는데…… 왜 하필 현주와 자신이 같은 사람을 사랑하게 된 것일까?

쓸쓸한 표정으로 주홍을 어떻게 생각하냐며 묻던 얼굴이 신정의 머리 속에 떠올랐다. 현주가 사랑하는 그 남자가 자신의 친구를 사랑한다는 그 말과 함께…… 요즘 적극적으로 대시해오던 주홍이었기에 사실 신정도 조금씩 주홍의 감정을 느끼고 있었다. 하지만 현주의 감정을 확실히 알아버린 이 시점에 주홍의 감정을 받아들일 자신이 신정에겐 없었다. 주홍을 사랑했지만, 현주 역시 사랑했다. 입사 때부터 몇 년째 함께해 온 둘도 없는 친구였다. 차라리 주홍의 감정을 몰랐다면, 현주의 감정을 몰랐다면 마음이 편했을 텐데. 주홍이 자신을 사랑해 준다면 정말 행복할 거라 생각했던 신정이었다. 하지만, 하지만 이건 정말 아니었다. 주홍의 감정을 알았지만 조금도 기쁘지 않았다. 현주 때문에 너무 마음이 아파 자꾸 눈물이 나오려고 했다. 너무 소중한 자신의 친구에게 상처를 준 사람이 다른 사람도 아닌 자신이란 사실을 견디기엔 신정의 마음은 너무 여리고 약했다.

망신, 망신, 개망신. 시우의 붉게 달아오른 얼굴은 좀처럼 가라앉을 생각을 않는다. 그도 그럴 것이 임원회의에 모인 사람들이 모두 시우를 보며 애써 웃음을 참고 있었다. 하지만 그 애써 웃음을 참는 게 무척이나 힘이 든지 끝내 못 참고 침을 튀어가며 웃어대는 사람들이 하나둘씩 늘고 있었다. 그리고 이 회장은 도대체 시우에게 무슨 생각으로 그런 꼴로 나타났냐는 듯한 질책의 눈빛을 쉬지 않고 쏘아보내고 있었다. 그런 이 회장의 눈빛에 시우는 억울하다는 듯 인상을 썼다.

'이게 다 아버지가 보물이라 말하던 잘난 그 비서 때문이라구요!'

이런 말이 목구멍까지 차 올랐지만 심각하게 회의가 진행되는 중이었기에 끝내 시우는 속으로만 삭여야 했다. 극도로 열받은 시우였기에 회의 내용이 귀에 하나도 들어오지 않았다. 다만 어떻게 하면 현주에게 복수할 수 있을까, 하는 생각만이 시우의 머리 속을 온통 차지했다. 하지만 아무리 생각해도 현주에게 복수할 방법은 떠오르지가 않았다. 회의가 진행 내내, 그리고 회의가 파한 순간까지도 현주의 약점이란 걸 아무리 생각해 보아도 주홍밖에 생각이 나지 않았다. 하지만 주홍을 이용해 현주에게 복수하는 건 그렇게 유쾌한 방법이 아닐 것만 같았다. 주홍 때문에 힘들어하던 현주의 모습이 쉽게 잊혀지지 않았기에…… 그리고 사람의 감정을 가지고 복수에 이용한다는 건 좀 그랬다. 현주를 보며 자신도 똑같이 웃음이 나와야 하는데, 현주가 우는 모습을 보는 건 생각만큼 재밌는 일이 아니었다.

고개를 푹 숙이고 현주를 골탕먹일 방법에 대해 고민하며 걸어가던 시우는 자신의 앞에 보이는 예쁜 발을 보는 순간 돌처럼 굳고 말았다.

"시…… 우 씨?"

자신의 머리와 안경을 보고 새파랗게 질린 표정으로 서 있는 아영이 보였기에 시우의 얼굴은 더욱 새파랗게 질려갔다.

"아, 아영아? 여긴 어떻게……."

왜 하필 이런 날 회사에 들이닥친 걸까? 평상시에 연락없이 찾아오는 일이 거의 없던 아영이었다. 그런데 시우가 이런 꼴로 있는 날 아영이 찾아오다니…… 이건 또 무슨 운명의 장난인지

모르겠다. 항상 현주와 내기만 하고 나면 완전히 일이 멋대로
꼬여 버리는 시우였다.

"그냥 시우 씨랑 저녁 먹을까, 하고 왔는데…… 시우 씨, 바,
바빠 보이네. 그냥 다음에 하자. 나 갈게."

"아, 아영아! 아영아!"

시우의 얼굴을 제대로 쳐다보지도 않고 급하게 말한 아영은
애타게 부르는 시우의 목소리마저 외면한 채 엘리베이터에 올
라탔다. 그리고 마치 아영의 마음마냥 순식간에 닫히는 엘리베
이터 문. 체면을 중시 여기는 아영인데 이런 꼴을 보였으니 분
명 시우에게 또다시 정이 떨어졌을 것이다. 어떻게 되찾은 첫사
랑인데…… 이게 다 그 못된 여자 때문이었다! 소원도 꼭 지 못
된 심성마냥 고약한 걸 빌어서 아영 앞에서 망신을 당하게 만들
다니. 시우는 잔뜩 화가 난 얼굴로 빠르게 실장실 문을 열고 들
어갔다.

"강현주 씨!"

씩씩거리는 얼굴로 현주의 이름을 소리 높여 불렀건만, 그 모
습이 현주의 눈엔 우습게만 보였는지 현주는 시우를 보며 또다
시 요란한 웃음을 터뜨렸다.

"푸하하! 실장님 너무 웃겨요. 얼굴은 왜 그렇게 새빨개지셨
어요? 완전히 홍당무네, 홍당무. 막 시골에서 상경한 사람 같아
요!"

끝까지 시우의 마음에 들지 않는 말들만 내뱉는 현주. 이제

시우의 화는 머리끝까지 치솟아올랐다.

"그렇게 재밌어? 강현주 씨 때문에 내가 망가지는 것 보니까 그렇게 좋냐구! 어쩔 거야? 강현주 씨 때문에 아영이랑 끝나게 생겼다고! 이거 어쩔 거야?"

주먹을 불끈 쥐고 쏘아붙이는 시우의 말에 현주는 그제야 웃음을 멈추었다.

"무슨 말이에요? 나 때문에 아영 씨랑 왜 끝나요?"

"이런 꼴을! 아영이가…… 봤다고."

축 처진 어깨와 마찬가지로 축 처진 목소리로 말하는 시우의 말에 현주는 조금 미안한 생각이 들었다. 좀 재미있자고 꾸민 일이긴 하지만 그 일 때문에 시우랑 아영이 끝나게 생겼다니. 아영이란 여자 만나면서부터 시우가 좀 인간이 되어간다 싶었는데 또다시 예전에 이시우로 돌아오면 어쩌지, 하는 불안이 현주의 머리 속에 맴돌았다.

"미안해요. 나는 그렇게까지 될 거라곤……."

"미안? 지금 미안하다면 다야? 왜? 김주홍이 그쪽 차지 안 되니까 나까지 파토 내고 싶었어? 그래? 충분하지. 당신같이 심장이 얼어붙은 마녀라면 말이야!"

시우는 홧김에 머리 속에 떠오르는 대로 말을 내뱉었다. 하지만 하얗게 질려가는 현주의 얼굴과 금방이라도 눈물을 쏟아낼 것 같은 커다란 눈을 보는 순간 자신의 말이 심했다는 걸 금세 알 수 있었다.

"……그만 퇴근하겠습니다. 더 이상 그런 모욕 듣고 싶지가 않네요."

차라리 평소같이 따다다닥 쏘아붙이기라도 한다면 마음이 편할 텐데. 애써 눈물을 참는 듯 이를 꽉 깨물며 말하는 현주의 모습이 시우의 마음을 더욱 불편하게 만들었다. 정말 시우에게 너무 힘겨운 하루였다. 왜 이렇게 되는 일이 하나도 없나 모르겠다. 복잡하게 엉킨 실타래를 어디서부터 풀어나가야 할지 도저히 감이 오지 않았다.

"신정 씨!"

신정은 다행히 오늘은 야근을 시키지 않는 전무님 덕에 정시에 퇴근할 수 있었다. 그렇게 막 회사 정문을 벗어나고 있는데 주홍이 신정을 기다렸다는 듯 신정의 이름을 부르며 달려왔다.

"주홍 씨……."

하루 종일 신정의 머리 속을 복잡하게 만들었던 사람. 현주의 이야기를 엿들은 후 주홍과 자신, 그리고 현주를 놓고 계속 고민해 보았지만 뚜렷한 결론이 신정의 머리 속엔 서지 않았다.

"퇴근하는 길이죠? 할 말 있는데…… 같이 저녁 할래요?"

"아, 아뇨. 저 오늘 약속있어서요……."

주홍의 할 말이 뭔지 대충 알 수 있었다. 얼마 전까진 그토록 듣고 싶었던 말이었지만 현주의 감정을 알아버린 지금 그 이야기를 들을 자신이 신정에겐 없었다. 그 이야기를 듣고 주홍을 확실히 거절할 자신도, 그렇다고 주홍의 마음을 확실하게 받아들일 자신도 그녀에겐 없었다.

"그래요? 그럼 내일은요?"

주홍이 실망이 역력한 눈빛을 감추지 않고 조심스럽게 신정에게 물었다. 적극적인 주홍의 태도에 신정은 더욱 당혹스러웠다.

"내일도…… 힘들어요. 한동안 무지 바쁠 것 같아요, 주홍 씨. 죄송해요."

"아…… 그럼……."

"저 약속이 급해서요. 가볼게요."

신정은 주홍이 다른 말을 꺼내기 전에 서둘러 인사를 하고 주홍에게서 멀어졌다. 다리가 후들후들 떨려왔지만 애써 다리에 힘을 팍 주고 태연한 척 걸어갔다. 아무것도 모르겠다. 아직은 정말 그 어떤 결정도 내릴 수가 없었다. 언제까지나 계속 외면할 수 있는 일은 아니었지만, 이렇게 도망치는 것 말고는 아무 방법도 떠오르지 않았다. 주홍도, 현주도…… 그 어느 쪽도 포기할 수 없는, 신정에겐 정말 소중한 사람들이었다.

회사에서 벗어날 때까지는 절대 눈물을 흘리지 않으리라 다짐했던 현주였지만 회사 정문 앞에서의 신정과 주홍의 뒷모습은 끝내 현주로부터 그 다짐을 지키지 못하게 만들었다. 현주가 너무나 좋아하는 부드러운 미소를 지으며 신정을 향해 다가가 말을 거는 주홍. 하지만 뜻대로 이야기가 풀리지 않았는지 성급하게 주홍을 떠나는 신정이 보였고, 부드러운 미소 대신 어두운 표정을 지으며 신정의 뒷모습을 바라보는 주홍이 보였다. 그리고 현주 자신은 주홍의 뒤에서 그의 처진 어깨를 보며 눈물을 흘리고 있었다. 그토록 주홍의 마음에 들려고 노력했는데 왜 하필 저 사람의 마음에 든 게 신정이었을까? 너무 사랑해서 원망조차 할 수 없는 소중한 친구가 왜 하필 주홍의 사랑이 된 걸까? 정말 시우의 말대로 마음을 곱게 안 써서 벌을 받는 걸까? 늘 당당하고 강한 현주였지만 사랑 앞에선 그녀도 어쩔 수 없는 여자였다. 주홍에 관한 이야기엔 한없이 약해지고 마음이 여려지는 여자. 아무리 여성스럽고 예쁘게 꾸며도 주홍에겐 아무 소용 없나 보다. 주홍의 눈에 여자는 아마 신정 단 한 명뿐인가 보다. 그 사실이 더욱 슬퍼지는 현주였다. 어쩔 수 없이 접어야만 하는 자신의 오랜 짝사랑이 무척이나 가여워졌다. 시우가 자극을 주지 않아도 절실히 아픔을 깨닫고 있는 심장이었다.

chapter. 6

현주도 못 하는 것이 있었다!

Rrrrrrrrrr. Rrrrrrrrrrr.

시끄러운 핸드폰 벨소리가 시우의 머리에 아프게 파고들었다. 안 그래도 깨질 것같이 아픈 머리가 시끄러운 벨소리에 더 심하게 자극을 받은 듯했다. 몸조차 못 움직일 정도로 머리가 아파왔으니까. 어제 시우는 회사에서 퇴근하자마자 머리를 감고 말리지도 못한 채 아영을 찾아갔다. 그게 화근이었나 보다. 일단 아영의 문제부터 해결해야지 속이 좀 편할 것 같았기에. 하지만 정말 여자들은 참으로 독했다. 악독한 마녀 현주만 독한 줄 알았는데 그 추위 속에서 벌벌 떠는 시우를 보고도 결코 집에서 나오지 않던 아영도 만만치 않았다. 분명 아영 방 창문의 커텐이 살짝 열리며 자신을 보는 아영을 봤는데 말이다. 다섯 시간 이상을 추위 속에서 꿋꿋이 버티며 아영을 기다렸건만 그녀는 끝내 나오지 않았다.

덕분에 시우가 얻은 건 추위로 꽁꽁 굳어버린 몸과 감기로 인해 지독한 아픔을 호소하는 머리였다. 회사에 출근해야 함에도 불구하고 몸조차 움직이지 않으니, 엄청난 몸살이 시우의 몸을 지배한 것 같았다. 최신식 오피스텔에서 혼자 살며 자유를 만끽하는 건 좋았지만 오늘 같은 날은 시우에게 정말 곤욕스러웠다. 죽이라도 끓여 먹어야 할 텐데 죽 끓일 힘은커녕 죽 먹을 힘조차 없었다. 평수가 넓긴 하지만 이 오피스텔이 오늘따라 더욱 공허하고 크게만 느껴지는 시우였다. 예쁜 아영과 결혼해 이런 공허한 집이 아닌 아이들이 있고, 온기가 넘치는 집을 만들고 싶었는데…… 그 마녀 때문에 아무래도 모든 게 물 건너간 것 같았다.

Rrrrrrrr. Rrrrrrrrrr.

손 하나 까닥할 힘이 없어 핸드폰을 끝내 받지 못했건만 누군지 몰라도 참으로 끈질기게 전화한다. 잠깐 끊어진 듯하더니 또다시 벨이 울렸다. 저 벨소리 때문에 두통이 더 심해지는 것 같아 시우는 엉금엉금 기어서 힘겹게 핸드폰을 집어 들었다.

Rrrr…… 탁!

벨소리가 더 시끄럽기 울리기 전에 시우는 수신자 확인도 하지 않은 채 전화를 받았다.

“여…… 보세요…….”

시우의 목소리는 다 죽어가는 사람의 목소리, 딱 그거였다.

[실장님? 실장님, 어디 아프세요?]

끔찍한 마녀의 전화였다. 차라리 벨소리를 계속 듣고 있을 걸 그랬나 보다. 현주의 목소리가 지금 시우에겐 더 끔찍하게 느껴졌다.

“어…… 몸이 많이 안 좋아.”

[목소리 들으니까 거짓말은 아닌 것 같네요. 그런데 어쩌죠? 중요하게 결재할 서류가 있는데…… 제가 집으로 갈까요?]

“뭐?”

깜짝 놀라서 소리친다고 친 건데 목이 쉬어버려서 그런지 쇠파이프 긁는 듯한 소리가 났다.

[음…… 많이 아프신가 봐요. 제가 집으로 갈게요. 그럼 좀 있다 봐요. 사인만 해주시면 되니까 별로 힘드시진 않을 거예요. 그럼 끊을게요~]

“혀, 현주…… 씨.”

[뚜뚜뚜…….]

이미 끊어진 전화. 현주처럼 얄미운 신호음만이 시우의 귓가에 들려왔다. 진짜 지독하다, 지독하다 생각했지만 이 여자는 정말 상상 초월이었다. 아파 죽어가는 걸 비록 목소리로였지만 직접 확인했음에도 불구하고 결재할 서류를 들고 집까지 찾아온다니. 현주 때문에 감기 몸살이 더욱 악화될 것만 같은 안 좋은 조짐이 느껴졌다.

하여튼 골고루 하는 인간이다. 중요한 결재 서류가 있는 날 감기에 걸려서 회사에도 못 나오다니. 어제저녁 때 시우가 했던 말을 생각하면 아직도 괘씸한 현주였지만 별수있겠는가. 이 서류에 결재는 오늘까지 꼭 받아내야 하고, 시우는 집에 누워 있는 것을. 속으로 투덜투덜거리며 현주는 시우의 오피스텔 앞에 섰다.

딩동! 딩동!

현주는 신경질적으로 벨을 한꺼번에 여러 번 눌러댔다. 다 죽어가는 목소리였지만 여기까지 자신을 오게 했다는 사실에 자꾸만 심술이 났다.

탁!

현주가 벨을 신경질적으로 누르고 한참이 지나서야 문이 열렸다.

"왜 이렇게 문을 늦게 열어요?"

투덜거리며 문을 열고 안으로 들어가던·현주는 인터폰 앞에서 숨을 씩씩거리며 주저앉아 있는 시우의 모습에 입을 다물고 말았다. 열이 정말 펄펄 나는지 얼굴은 새빨개져서 눈 밑은 퀭한 것이 어둠의 그림자가 가득 자리잡고 있었다.

"시, 실장님! 많이 아파요? 어…… 정말 심각한가 보네. 병원 가야 되지 않아요?"

여기까지 오게 한 것에 대한 현주의 원망은 눈 녹듯이 사라졌다. 정말 그만큼 시우의 모습은 심각했기에.

"제, 제발…… 현주 씨만 좀 조용히 해주면 될 것 같아. 하이톤으로 꽥꽥거릴 때마다 머리가 같이 지끈거린다고."

원망은 사라졌지만 기껏 걱정해 줬더니 저런 말이나 하고. 시우는 역시 정이 가지 않는 인간이었다.

"병원부터 가요. 상태가 너무 안 좋아 보여요."

"병원 가다가 죽어…… 지금 조금 움직이는 것조차 너무 힘들다고."

"약은요? 약은 먹었어요?"

"……찾아보면 감기약 있을 텐데. 그나저나 현주 씨, 나 죽 좀 끓여주면 안 될까? 약 먹으려면 죽 먹어야 하는데 도저히 끓일 힘이 없어서……."

살짝 기가 막힌 현주였다. 아무리 회사 내에서 비서라지만 자기네 집에서까지 부려먹을 생각을 하다니. 하지만 또 저렇게 쓰러져 있는 시우를 보니 좀 안됐다는 생각이 들기도 했다. 넓고 큰 오피스텔이긴 했지만 시우 혼자 생활하기엔 참으로 적적하고 외로울 것 같았다. 특히나 아플 땐 사람의 마음이 더 여려진다고 하지 않았던가. 하지만 현주가 죽을 끓이는 데는 한 가지 문제가 있었다. 바로 현주가 엄청난 요리치라는 것이다. 사실 현주네 엄마도 현주의 심각한 요리치를 고치기 위해 온갖 노력을 다 해보았지만 다른 곳엔 그렇게 머리가 좋은 현주가 요리엔 정말 지독하게도 머리가 안 돌아갔다. 하나의 음식을 몇 번씩 반복해서 만들어보아도 그 맛은 매번 달랐다. 유일한 공통점이 있다면 모두 똑같이 맛이 없다는 것, 그것뿐이었다.

"에…… 끓일 수는 있지만 맛은 보장 못하는데요, 실장님."

"괜찮아…… 죽이 뭐 유별나게 맛 낼 게 있는 것도 아니고. 부탁할게, 현주 씨."

생각보다 쉽게 허락하는 현주의 말에 놀라며 대답하는 시우였지만, 시우는 곧 자신의 저 말을 후회하게 되었다. 현주가 가져온 아주 기가 막힌 죽을 보고…….

"드셔보세요."

현주는 잔뜩 긴장한 표정으로 시우에게 죽을 내밀었다. 일단 겉모습은 평범해 보이는 그냥 흰죽이었다. 그때까지만 해도 시우는 누구나 쉽게 만들 수 있는 흰죽을 가져오면서 왜 저렇게 현주가 긴장한 표정을 짓는지 이해 못했다. 하지만 시우가 현주의 긴장된 표정을 이해하는 데는 그리 오랜 시간이 걸리지 않았다.

흰죽을 수저로 떠서 한입 입에 넣는 순간, 입 안에 퍼지는 흰죽의 이상야릇한 맛이 가뜩이나 뒤집어지는 시우의 속을 더욱 요동치게 만들었다. 흰죽이 아니라 소금죽이었다. 소금의 결정체가 그대로 아작아작 씹혔다. 거기서 끝났으면 그나마 다행이리라. 분명 씹히는 건 소금인데 이렇게 강렬하게 느껴지는 단맛은 도대체 뭐란 말인가?

"혀, 현주 씨. 현주 씨가 나 싫어하는 건 알겠지만…… 이건 좀 심한걸? 아무리 그래도 나는 환자인데."

"일부러 그런 건 아니에요! 저도 열심히 했다구요. 다만 조미료 사용이 좀 서툴러서 그렇지."

좀 서투른 게 아니었다. 이건 아주 심각하게 서툴렀다. 원더우먼 강현주에게도 못하는 게 있었다니 기가 막히면서도 신기했다.

"그래, 근데 죽에서 느껴지는 이 단맛은 뭐야? 씹히는 건 분명 소금인데 죽은 왜 이렇게 달아?"

"그게…… 설탕이랑 소금이랑 헷갈려서, 그러니까… 그러니까 말이죠, 소금인 줄 알고 넣다 보니까 그게 설탕이더라구요. 저도 정말 깜짝 놀랐어요. 그래서 일부러 설탕 맛 감추려고, 소금을 많이 넣었는데…… 왜 달죠?"

진지한 표정의 현주. 시우는 이제야 죽이 단 이유를 확실하게 알 수 있었다. 설탕이 잔뜩 들어 있는 죽에 소금을 넣으면 오히려 단맛이 더욱 강해지는 법이었다. 정말 이 여자 요리는 못하는 게 맞는가 보다. 어이없고 당황스럽긴 했지만 시우는 이상하게 현주의 모습이 귀엽게 느껴졌다. 여태까지 보지 못한 모습이어서 그런지 커다란 눈을 동그랗게 뜨며 시우에게 묻는 그 모습에 왜 이렇게 웃음이 나오려고 하는지 모르겠다.

"음. 현주 씨 시집 다 갔다. 이런 요리 맛보면 남자들 다 도망 갈걸? 왜 얼굴 못생긴 여자랑은 살아도 음식 못하는 여자랑은 못산다잖아. 진짜 최악이다.”

현주를 골려줄 생각으로 시우가 일부러 얄밉게 말했다. 역시 현주의 반응은 예상대로였다. 팍 토라진 얼굴로 시우의 죽 그릇을 뺏는 현주의 모습에 시우는 또다시 웃음이 나오려는 걸 참았다. 가끔 보면 이 여자도 참 단순했다.

“내놔요. 기껏 생각해서 만들어줬더니. 본인이 직접 만들어 먹어요! 그리고 얼른 서류에 결재나 해주시죠. 회사 들어가 봐야 하니까.”

하지만 서류를 얘기를 하는 순간 방금 전까지 귀여웠던 현주의 또다시 마녀의 모습으로 보이기 시작했다.

“나 죽 못 먹으면 결재도 못해. 아니, 안 해줄래. 그러니까 한 번만 더 도와줘, 현주 씨. 그냥 죽은 내가 끓일 테니까 옆에서 도와만 주라고.”

“실장님이요? 요리할 줄 알아요?”

자신이 직접 죽을 끓이겠다는 시우의 말에 의외라는 표정을 지으며 현주가 물었다.

“이거 왜 이래? 자취 경력만 팔 년이라고. 웬만한 여자들보다 잘할걸?”

사실 요리는 여자들 꼬실 때 이용해 먹으려고 배운 것이었다. 집으로 초대해 자신이 직접 한 요리를 맛본 여자들은 백이면 백 다 시우한테 넘어왔었으니까. 문득 현주도 그런 식으로 꼬시면 넘어올까, 궁금해지는 시우였다. 하지만 잠시 후 시우는 고개를 설레설레 저으며 허무맹랑한 자신의 생각을 멀리멀리 던져 버렸다. 찔러도 피 한 방울 안 나올 저런 여자가 요리 정도에 넘어올 리가 없었다. 하여튼 어떤 남자인지 몰라도 나중에 저 마녀 데리고 사는 남자 고생깨나 할 것이다. 똑 부러지고, 매사에 따지고 들기 좋아하고, 그리고 요리까지 지독히도 못하는 여자. 하지만 왠지 재미있긴 했다. 아영과 있을 때완 다르게 편안하고 즐거운 맛이 현주에겐 있었다. 톡톡 튀는 즐거움이.

"흠…… 신기하네요. 그래도 요리 같은 거 안 하고 인스턴트 식품 이런 거 사다 먹을 줄 알았는데."

"나도 한 일이 년 정도는 그렇게 살았는데, 이 년 정도 지나니까 도저히 물려서 못 먹겠더라구. 그래서 배웠지 뭐."

"왜 나와서 살아요? 오피스텔도 너무 커서 적적해 보이는데 그냥 집에 들어가서 살지. 회장님 댁 회사랑도 가깝잖아요."

현주의 질문에 시우의 표정이 살짝 어두워진다.

"그 집이 더 커. 그래서 더 적적해. 이 오피스텔이 훨씬 더 따뜻할걸."

시우의 어머니도, 아버지도 항상 일에 치여 사시는 분들이었다. 어머니는 사교 모임이다, 뭐다 해서 매번 바쁘고, 이 회장은 보다시피 회사 일에 전력을 쏟는 사람이었다. 그래서 어릴 때부터 시우는 혼자 집 지키는 일이 다반사였다. 집에서 일하는 사람들이 있었지만 다들 시우에게 깍듯이 대하기만 할 뿐 어린아이의 적적함은 전혀 몰라주는 그런 사람들이었다.

"뭐부터 도와주면 돼요? 일단 이거 버리고 설거지부터 해야겠어요. 실장님은 좀 누워 계세요."

시우의 어두워지는 표정과 쓸쓸한 목소리에서 현주는 자신이 괜한 질문을 했다는 것을 깨달을 수 있었다. 오랜 비서 생활로 눈치가 백 단에 이르는 현주였으니까. 늘 철딱서니없는 행동만 해서 그저 단순하고 무식한 인간이라고만 생각했는데 외로운 듯한 시우의 표정을 보니 조금 안됐다는 생각이 들었다. 돈이 많다고, 좋은 집에서 태어났다고 다 행복한 것만은 아닌가 보다. 조금 푼수 같은 자신의 엄마와 동생, 그리고 묵묵하신 아버지지만 이런 평범한 가정에서 태어날 수 있었던 게 오히려 더 큰 행복일지도 모른다는 생각이 드는 현주였다. 난방이 도는 오피스텔이었지만 시우의 말을 듣고 나니 왠지 모를 한기가 오피스텔에 감도는 것만 같았다.

"괜히 미안하네요, 환자한테 직접 죽을 끓이게 하다니."

죽을 다 끓이고 지쳤는지 침대에 기대앉아 있는 시우에게 그릇에 죽을 담아 가져다주며 현주가 말했다.

"그러게 말이야. 난 현주 씨가 모든 일에 똑 부러지길래 요리도 잘할 줄 알았어. 그렇게 심각한 요리치인 줄은 정말 몰랐네."

"사람은 저마다 약점이란 게 있는 거라구요. 완벽하면 그게 기계지 인간이겠어요?"

현주가 바로 기계처럼 느껴진다는 말을 하려다가 시우는 그냥 입을 다물었다. 그 말을 하면 조금은 따뜻해진 현주의 두 눈이 또다시 차갑게 변할 것 같아서, 이상하게 현주의 따뜻한 눈빛을 보고 있자니 마음까지 따뜻해지는 것 같았기에 현주의 기분을 상하게 할 말을 별로 하고 싶지 않았다.

"그렇지. 뭐, 현주 씨는 똑똑하니까 요리도 금방 배울 거야."

"글쎄요. 우리 엄마도 그 희망으로 몇 년째 저한테 요리를 가르치고 있는데 지금은 거의 포기 단계예요. 엄마 말이 우리 나라 음식 쓰레기의 발생 원인 중 하나가 저래요. 도저히 입에 못 댈 음식만 만든다고."

"쿡…… 하하하!"

죽을 한입 떠서 입에 넣다가 소탈한 현주의 말에 시우는 그만 웃음을 터뜨리고 말았다. 그리고 방금 전 현주가 만든 죽이 떠올라 조금은 현주의 엄마 말이 이해가 되었다.

"웃지 마요. 남은 진지하게 자신의 약점을 얘기하고 있는데……."

"미안, 미안. 아까 그 죽이 생각나서 말이야. 그래도 열심히 하다 보면 분명히 나아질 거야."

현주는 평상시와 달리 다정하게 말하는 시우의 모습이 조금 어색하게 느껴졌다. 아파서 그런 건지 확실히 평상시 시우와는 정말 많이 달랐다. 뭐, 굳이 애써 어느 쪽이 나은가를 생각해 본다면 평상시 모습보단 지금 눈앞에 이시우가 훨씬 괜찮은 것 같았다. 늘 현주를 향해 가시가 돋쳐 날카롭게 상처를 후벼 파는 모습이 아닌, 철부지 망나니 도련님의 모습이 아닌 어딘가 모르게 인간다운 이시우. 이런 시우가 조금은 현주에게 매력적으로 다가왔다. 살짝 심장이 두근거릴 정도로.

"왜? 내가 한 말이라 믿음이 안 가? 대꾸가 없네."

기껏 응원하는 말을 해주었건만 대꾸없이 멍하니 앉아 있는 현주 때문에 시우는 무안해졌다.

"아, 아니에요. 그냥 갑자기 급한 일이 생각나서요. 죽 다 드시면 서류 결재부터 해주세요. 빨리 회사 들어가 봐야 해요."

시우는 현주가 회사로 돌아간다는 말에 아쉬움이 느껴졌다. 잠시잠깐 현주 때문에 따뜻함이 가득 찼던 이 오피스텔이 또다시 공허해질 것만 같았다.

"그래, 내가 시간을 너무 오래 뺏었지? 서류 줘봐. 지금 결재해 줄게."

"아, 여기요. 아프신데 혼자 있기 싫으면 그 예쁜 애인 분 부르셔서 간호 좀 해달라고 그래요. 애인이 이럴 때 옆에 있어주면 든든하잖아요."

현주가 내미는 서류를 받아 들고 사인을 하려던 시우는 현주의 말에 손을 멈추고 말았다. 갑자기 잊고 있던 아영이 떠올랐다. 그리고 현주에 대한 원망 역시 같이 떠올랐고. 생각해 보면 현주 때문에 아영과의 사이도 그렇게 된 거고, 감기까지 걸린 것인데 여기서 현주와 이렇게 희희낙락한 분위기로 어울리고 있었다니. 시우는 감기 때문에 잠깐 자신의 정신이 나간 거라 생각되었다.

"현주 씨 때문에 그 예쁜 애인도 없어지게 생겼어. 따지고 보면 이렇게 감기 든 것도 현주 씨 때문이군. 어떻게 책임질 거야?"

차갑게 현주를 노려보며 하는 시우의 말에 현주 역시 따뜻했던 미소는 사라지고 차갑고 무뚝뚝한 표정으로 돌아가 있었다.

"글쎄요. 이렇게 와서 서류에 사인 받아가는 것만으로도 제 책임은 다한 거 같은데요. 결재나 마저 해주시죠. 무능력한 실장님 자리 대신하려면 얼른 들어가서 일 열심히 해야 하거든요."

"뭐, 뭐라고?"

"설마 결재하는 방법까지 잊어버린 건 아니시죠?"

역시 이게 현주의 본래 모습이었다. 잠시잠깐 느꼈던 현주의 따뜻함에 속아 본모습을 잊고 있었던 것뿐이다. 사악한 얼음 마녀! 시우는 현주를 다시 한 번 차갑게 노려보곤 재빨리 서류에 사인을 해서 넘겨주었다. 방금 전까지 좋았던 분위기는 순식간에 사라져 버렸고, 어느새 원래의 이시우와 강현주로 돌아와 고양이와 개처럼 으르렁거리는 두 사람이 되어 있었다.

현주는 회사에 와서도 분이 풀리지 않았다. 그 기분은 퇴근 때까지 이어졌다. 잠깐 시우를 좋은 사람이라 착각했던 자신이 너무나 끔찍하게 싫어졌다. 뭐, 애인이랑 헤어지게 됐으니 현주가 원망스럽긴 하겠지만 솔직히 그게 왜 자신의 잘못이라는지 이해가 되지 않았다. 그리고 그 아영이란 여자도 좀 웃겼다. 애인의 망가진 모습 조금 봤다고 헤어지자는 식으로 나오다니. 아마도 사랑은 시우 혼자만 하는 것 같았다. 그 여자가 사랑하는 건 시우의 완벽한 배경이 아닐까? 정말 이시우란 인간은 철딱서니만 없는 것이 아니라 여자 보는 눈조차 없는 남자였다. 그래도 아영 때문에 인간이 조금 괜찮아지는 것 같았는데, 아영이랑 헤어지면 또 얼마나 망나니 짓을 할지 현주는 걱정이 되었다.

현주가 시우에 대한 짜증과 연민을 반복하는 사이에 어느새 집에 도착해 있었다. 하지만 집엔 현주의 스트레스를 더욱 거세게 만들 존재가 있다는 걸 현주는 현관문을 열 때까지도 몰랐다.

"매형! 진짜죠? 나 그 영화배우랑 소개팅시켜 주는 거예요? 와~ 매형 진짜 최고다!"

평상시보다 훨씬 고조된 목소리로 있지도 않는 매형을 외쳐 대는 현민. 그런 현민의 목소리가 정확히 현주의 귀에 파고드는 순간 푹 숙이고 있던 고개를 들어 거실에 앉아 있는 사람들을 바라봤다. 엄마, 현민…… 그리고 현주가 보기엔 너무 느끼한 미소를 날리며 자신을 보며 웃는 종화가 현주의 눈에 들어왔다.

"현주 왔어? 생각보다 일찍 왔네."

잔뜩 당황한 현주와 다르게 여유만만한 웃음을 날리며 묻는 종화였다.

"뭐예요? 종화 씨가 왜 여기 있어요? 설마 우리 집까지 쳐들어온 거예요?"

"아니야, 누나. 매형이 추운데 밖에서 기다리길래 나랑 엄마가 집에 들어오라고 했어. 누나도 얼른 와서 밥 먹어. 엄마가 매형 왔다고 갈비찜 했다."

정말 기가 막힌 상황이었다. 지나치게 앞서 가는 자신의 엄마와 현민, 그리고 종화. 이 세 사람이 만났으니…… 완전히 현주만 빼놓고 셋이서 쿵짝이 잘 맞았다. 현주 엄마는 아예 종화를 임 서방이라고 불렀고, 종화 역시 현주의 엄마에겐 장모님, 현민에겐 처남을 남발하고 있었다. 그 상황을 넋을 잃고 지켜보던 현주의 몸은 분노로 확확 달아오르기 시작했다.

"도대체 뭣들 하는 거야! 누가 장모님이고, 누가 임 서방이야! 그리고 현민이 너, 누구한테 매형이래! 다들 진짜 왜 이러니? 아, 짜증나!"

두 주먹을 불끈 쥐고 꽥 소리 지르는 현주의 모습에 놀라 세 사람 다 입을 다물고 말았다. 그리고 현주는 멍하게 있는 세 사람을 남겨둔 채 자신의 방문을 쾅! 닫고 들어가 버렸다. 날이 갈수록 스트레스만 쌓여가는 기분이었다. 주홍과 신정의 일로도 충분히 현주의 마음은 너덜너덜해졌는데, 시우에 이어서 종화, 그리고 자신의 가족들까지 현주의 신경을 박박 긁었다. 현주는 차라리 아무도 없는 무인도에 갇히고 싶었다.

　현주가 떠난 오피스텔은 다른 날보다 더 크고 공허하게 느껴졌다. 괜스레 자신이 아영을 완전하게 잊어버리고 현주와 즐겁게 웃고 떠들었단 생각이 들어 현주에게 마음에도 없는 말들을 내뱉고 말았다. 물론 시우가 내뱉은 말보다 더 심한 말들이 시우에게 그대로 돌아왔지만.

　아영이 너무나 보고 싶었다. 아영이 이 집에 있다면 현주의 빈자리가 이렇게 커 보이진 않을 것이다. 아영이 떠날지도 모른다는 불안감이 시우를 더욱 따뜻함에 목마르게 만드는 것일지도 모른다. 아니, 분명히 그 이유 때문일 것이다. 현주가 떠나간 빈자리가 크게 느껴지는 건 분명 아영에 대한 불안감 때문이었다. 그런 마녀같이 사악한 여자에게 자신이 매력을 느낄 일은 절대 없었다. 아영이, 유아영이란 여자가 정말 필요했다. 머리 속을 지배해 가는 현주의 웃는 얼굴을 사라지게 만들 수 있는 사람은 오직 아영뿐이었다. 시우는 간절한 마음에 핸드폰을 들고 0번을 눌렀다. 아영과 어울리는 피아노 연주곡의 컬러링이 무척이나 길게 느껴지는 그 순간, 얼굴만큼이나 예쁜 아영의 목소리가 시우의 귀에 들려왔다.

　[시우 씨?]

　"어? 어…… 아영아. 저, 전화 받네?"

　어제 밖에서 기다리던 시우를 무참히 외면해 버렸던 아영이었기에 전화를 받을 거란 기대는 조금도 하지 않았던 시우였다.

　[응. 나도 시우 씨한테 전화하려던 참이었거든…… 할 말도

있고.]

할 말이 있다는 아영의 말에 시우의 심장은 불안정하게 뛰어 댔다. 설마 헤어지자는 말을 하려는 게 아닐까, 하는 불안감이 시우를 힘들게 했다.

"무슨…… 말?"

[그냥. 별말은 아니구…… 어제 일 미안해서. 시우 씨, 많이 기다렸지? 미안해. 나 그런 시우 씨 모습 좀 충격이었나 봐. 삼년 전에도 그런 일 때문에 시우 씨 놓치고는 시우 씨 그런 모습에 또 충격받다니. 내 머리 속에 시우 씬 항상 완벽한 사람이어서 그런지 조금만 그 생각과 엇나가도 나 충격받는 것 같아. 이해할 수 있지, 시우 씨? 그만큼 시우 씨 나한테 멋진 사람이라는 거니까. 어젠 정말 미안해.]

시우는 자신에게 사과하는 아영의 말에 안도감을 느꼈고 또다시 차일까 봐 불안해하던 심장도 조금씩 진정되었다.

"괜찮아, 그리고 고마워. 나 아영이 네가 바라는 멋진 남자가 되도록 노력할게. 아직은 많이 부족하지만."

[아냐, 지금도 충분히 멋져. 시우 씨, 근데 몸은 괜찮아? 감기 안 걸렸어? 어제 많이 추웠잖아.]

"어어, 괜찮아. 감기 안 걸렸어, 걱정하지 마. 내일 퇴근하고 집 앞으로 데리러 갈게. 근사하게 저녁 먹자."

[응. 기다릴게, 시우 씨. 푹 쉬어.]

"그래, 사랑해."

[나두. 그럼 끊을게.]

비록 시우가 바라는 '사랑해'라는 말은 안 나왔지만, '나두'라는 아영의 말에 그저 행복해지는 시우였다. 아영과 이대로 끝나면 어떡하지, 라는 불안감이 날아가자 몸도 한껏 가벼워지는 것 같았다. 하지만…… 하지만 이상하게도 오피스텔 안의 공허감은 사라지지가 않는다. 현주가 있을 때처럼 이 오피스텔이 따뜻하게 느껴지지가 않았다.

참으로 다루기 쉬운 남자였다. 시우와 전화를 끊고 싱긋 웃는 아영의 얼굴은 어쩐지 모르게 조금은 사악해 보였다. 꽤 큰 그룹에 상무로 계시던 아영의 아버지는 얼마 전에 회사의 젊은 피에 밀려 명예퇴직을 당하고 말았다. 사치스럽고 모든 것이 최고이고 싶어하는 아영은 그것 때문에 연장하고 싶었던 유학 생활도 그만 접고 한국으로 돌아와야만 했다.

아버지의 명예퇴직 이후 생활의 모든 것이 다 바뀌어 있었다. 아영과 마찬가지로 사치스러운 어머니 때문에 모아둔 돈은 별로 없었고, 지금은 오로지 아영의 아버지 퇴직금만으로 버티고 있는 상황이었다. 솔직히 시우는 정말 아영의 이상형과는 거리가 먼 사람이었다. 하지만 시우의 배경만큼은 정말 아영이 딱 바라는 그런 조건이었다. 주변의 남자를 모두 둘러보았지만 시우만한 조건의 남자는 없었다. 아영에게 푹 빠져 있고, 돈은 넘치도록 많고. 시우와 잘된다면 D.H그룹에 아버지 자리 하나 얻어주는 것도 별거 아닐 것이다. 그리고 시우와 결혼을 한다면 아영이 꿈꾸던 대로 살아갈 수 있을 것이다.

시우의 무식한 머리가 조금 걸리긴 했지만 그 정도의 헛점은 시우의 돈이 다 커버해 주었다. 무식하면 어떤가? 돈은 넘치도록 많은 것을. 그리고 단순한 시우이기에 아영이 다루기도 무척 쉬웠다. 사실 시우에 대한 사랑 같은 건 없었기에 시우의 망가진 모습에도 별로 화가 나지 않았다. 그저 이런 기회를 통해 아영 자신의 가치를 시우에게 한 단계 더 업그레이드시키는 것뿐이었다. 자신에 대한 소중함을 다시 한 번 시우에게 일깨워 주는 그런 기회였을 뿐이다. 사랑. 그런 건 애초부터 아영에겐 없었다. 예쁜 얼굴 뒤에 시우와 함께 시우의 돈을 집어삼킬 사악한 야심만이 있을 뿐. 돈을 위해서라면 사랑 같은 거 없어도 평생을 함께 살 수 있었다. 유아영의 인생엔 오직 돈만 있을 뿐이었다.

현주는 겉옷도 벗지 않은 채 그대로 푹신한 침대에 푹 파묻혀 버렸다. 이젠 유일한 안식처였던 이 집도 종화에게 침범을 받아 버렸으니 도대체 어디서 평안과 안식을 찾아야 할지 눈앞이 캄캄해졌다.

똑똑!

현주는 누군가 또 자신만의 공간에 침범한다며 알려오는 노크 소리에 짜증이 확 솟구쳤다.

"누구야? 혼자 있고 싶으니까 아무도 들어오지 마!"

가시가 잔뜩 돋친 목소리로 빽! 소리 질러 현주 자신의 심리 상태를 알렸건만 '탁' 하는 소리와 함께 문을 열고 들어오는 소리가 들렸다.

"너무 포즈가 섹시한 거 아니야? 날 유혹할 생각 아니라면 그만 일어나는 게 어때?"

"임종화 씨! 지금 도대체 뭐 하는 거예요!"

살짝 웃음기가 묻어 있는 종화의 목소리에 드디어 짜증이 폭발한 현주가 신경질적으로 침대에서 일어나 앉으며 소리를 질렀다.

"뭐 하긴, 운 좋게 현주 집까지 들어왔는데 방 좀 구경하면 안 되나?"

"정말 사람이 왜 그래요? 나 괴롭히는 게 그렇게 재밌어요?"

잔뜩 인상을 쓰며 말하는 현주였지만 종화의 얼굴엔 여전히 여유로운 미소가 걸려 있었다.

"깔끔하네. 현주는 집에서도 깔끔한 사람이구나."

"그런 칭찬 하나도 안 기쁘네요. 제발 나 데리고 장난치는 거 그만 해줘요. 몇 번을 말해야 알아듣……!"

갑자기 무서운 기세로 현주의 어깨를 꽉 움켜잡는 종화의 손에 현주는 말을 멈추고 말았다. 늘 보아오던 장난기 어린 눈빛이 아닌 진지한 눈빛의 종화. 이런 종화의 모습이 현주는 너무 어색하게 느껴졌다.

"장난 아니라고, 내 감정 장난 아니라고. 현주야, 도대체 몇 번을 말해야 알아듣겠어? 진짜야. 나 여자한테 이런 감정 품어 본 것도 처음이고, 그래서 어떻게 해야 될지 몰라 당황스러운 건 오히려 나라고. 조금만, 조금만 따뜻하게 대해주면 안 돼? 현주도 사랑한다며? 사랑하는 사람 있다며. 그럼 그 사랑이란 감정이 사람 얼마나 숨 막히게 하는지도 알 거 아니야? 안 그래?"

"……종화 씨……."

"나야말로 미칠 지경이야. 매일 머리 속에 네가 뛰어다녀서 아무것도 못하겠어. 무얼 해도 손에 안 잡혀. 조금이라도 다가가고 싶은데 늘 나를 밀쳐 내기 바쁜 네 모습에 정말 어떻게 해야 할지 모르겠어. 나 사랑해 달라고 하지 않을게, 나랑 같은 감정 요구하진 않을게. 그러니까 너무 밀쳐 내지만 마. 나에게도 한 번만 기회를 줘. 그래도 안 되면 그땐 내가 알아서 포기할 테니까. 응?"

늘 느끼하게 굴며 장난만 치던 종화였다. 하지만 지금 이 순간에 종화는 여태까지 현주가 알던 그 종화가 아니었다. 사랑의 빠진 사람의 눈. 현주 자신이 주홍을 볼 때와 흡사한 눈빛으로 자신을 바라보는 종화가 있었다.

"이, 이러지 말아요. 미안해요, 종화 씨. 제 마음 하나로도 너무 벅차서 다른 사람 마음까지 봐줄 정신 저한텐 없어요. 미안해요, 미안해요."

평소처럼 차갑게 종화의 마음을 내치진 않았지만 역시나 현주의 입에서 나온 건 거절의 말이었다. 잠시 고개를 푹 숙이고 한숨을 내쉬던 종화는 애써 힘겹게 미소를 지어 보였다.

"뭐, 당장 봐달라는 건 아니니까, 그 정도로도 좋아. 나를 차갑게 대하지 않는 것, 일단 그것만으로도 만족할게. 쉬어. 내가 쉬는데 방해한 것 같다. 다음에 보자구……."

종화는 가볍게 현주의 어깨를 두드려 주고 자신은 정작 축 처진 어깨로 현주에 방에서 걸어나갔다. 그리고 이제야 종화의 마음이 진심이란 걸 깨달은 현주는 미안한 마음이 담긴 눈빛으로 그런 종화의 뒷모습을 바라보았다. 또다시 머리 속이 복잡해져 오는 현주였다. 하지만 종화는 아니었다. 주홍의 자리를 대신할 사람이 종화는 아니었다. 주홍과 함께 있을 때처럼 현주의 심장이 반응해 주지 않으니까. 가슴 벅찰 행복만큼은 아니더라도, 잔잔한 떨림조차 현주에게 안겨주지 않았으니까.

chapter. 7

카리스마있는 상사 되기

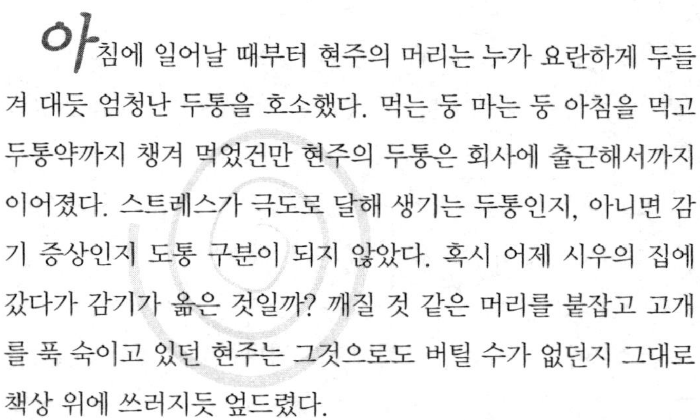

아침에 일어날 때부터 현주의 머리는 누가 요란하게 두들겨 대듯 엄청난 두통을 호소했다. 먹는 둥 마는 둥 아침을 먹고 두통약까지 챙겨 먹었건만 현주의 두통은 회사에 출근해서까지 이어졌다. 스트레스가 극도로 달해 생기는 두통인지, 아니면 감기 증상인지 도통 구분이 되지 않았다. 혹시 어제 시우의 집에 갔다가 감기가 옮은 것일까? 깨질 것 같은 머리를 붙잡고 고개를 푹 숙이고 있던 현주는 그것으로도 버틸 수가 없던지 그대로 책상 위에 쓰러지듯 엎드렸다.

"굿모닝! 좋은 아침! 커피 한 잔 부탁해, 현…… 왜 그래? 현주 씨, 어디 아파?"

어제의 다 죽어가던 모습과는 다른 잔뜩 신이 난 모습으로 실장실 문을 열고 들어오던 시우는 책상 위에 끙끙거리며 엎드려 있는 현주를 보고 놀라 물었다.

"머리가, 머리가…… 너무 아파요."

"뭐야? 감기 걸린 거야? 혹시 어제 나한테 옮았나? 고개 좀 들어봐."

힘겹게 고개를 드는 현주의 이마 위에 차가운 손을 가져다 댄 시우는 자신의 차가운 손까지 금세 뜨겁게 만들 정도로 열이 펄펄 나는 현주를 보며 살짝 인상을 찌푸렸다.

"열 진짜 많이 나네! 이런 몸으로 출근은 왜 했어?"

어제 그렇게 아옹다옹 싸우고 헤어진 건 잊어버렸는지 시우는 진심으로 현주를 걱정하며 묻는다.

"감기 정도로 출근을 안 할 순 어, 없죠."

열 때문인지, 두통 때문인지 현주는 말하는 것조차 힘들어 보였다.

"이번 감기 지독해. 그래도 하루 푹 쉬고 안정을 취하면 낫던데. 그냥 조퇴해. 태워다 줄까? 혼자 못 가겠지?"

이 남자 왜 이렇게 친절하게 구는 걸까? 아픈 와중에도 시우의 친절함이 현주는 부담스럽게 느껴졌다. 아영과 헤어지게 생겼다며 현주를 원망하던 시우 아니었던가! 한동안 현주를 향해 짜증+분노 오로라를 발산할 것만 같더니 하루 사이에 무슨 심경에 변화가 있어서 이렇게 친절하게 대하는 걸까?

"됐어요. 호, 혼자 갈 수 있어요."

"고집 피우지 마. 혼자서 제대로 걸음 내디딜 힘도 없으면서."

역시 감기도 걸려본 사람이 안다고, 현주의 몸 상태를 시우는 정확하게 짚어냈다.

"나 꼴도 보기 싫을 거 아니에요? 나 때문에 아영 씨랑 안 좋아지고, 감기까지 걸렸으니 솔직히 속으론 쌤통이라고 생각하죠? 그러면서 어쩔 수 없이 도와주는 것이면 됐어요."

"하여튼 아파도 말은 잘해요. 아영이랑 잘 풀렸어. 오히려 이번 일로 사랑이 더욱 돈독해진 것 같아. 그러니까 나 이제 현주 씨 원망할 일도 없다고. 더군다나 어제 현주 씨도 나 죽 끓이는 거 도와줬잖아. 또 끝내 못 먹긴 했지만 죽도 만들어줬었고."

열 때문에 새빨개진 얼굴을 하고선 의심의 눈초리를 마구 날리는 현주에게 시우는 차근차근 설명을 해주었다.

"다행이네요. 안 그래도 별로 사이 안 좋은 실장님이랑 그 일로 완전히 원수될까 봐 걱정했는데."

'다행이네요' 라고 앙증맞은 작은 입술로 중얼중얼 이야기하는 현주였지만 얼굴은 살짝 찌푸려져 있는 걸로 보아하니 비꼬는 말인 게 분명했다.

도와주겠다는데도 생뚱맞은 현주의 태도에 시우도 기분이 조금씩 상해갔지만 그래도 환자를 나 몰라라 할 정도로 매정한 성격은 못 되었다.

"일단 병원부터 가는 게 낫겠지? 자, 일어나 보라고. 어제 도
와준 만큼만 보답할 테니까."

별로 받아들이고 싶지 않은 시우의 호의였지만 현주에겐 선
택의 여지가 없었다. 시우 말대로 혼자서 걸음을 내디딜 힘조차
현주에겐 없었으니까.

"고마워요. 부탁 좀 할게요."

꼿꼿한 태도로 시우에게 감사 인사를 하고 의자에서 일어나
는 현주의 몸이 휘청거렸다. 시우는 현주를 재빨리 부축해야겠
다는 생각에 자신도 모르게 그녀를 품 안으로 꽉 끌어안아 버렸
다. 시우의 품에 쏙 들어온 현주의 몸. 너무나 작고 가녀리게 느
껴지는 현주의 몸에 시우의 심장은 미친 듯이 두근거렸다. 이
여자가 이렇게 작고 가녀렸던가? 꽉 안으면 그대로 부서질 것만
같은 현주의 육체가, 그리고 살짝살짝 시우의 코끝을 간질이는
현주의 은은한 향기가 시우를 정신 못 차리게 만들고 있었다.

"고, 고마워요."

멍하게 서 있는 시우의 품에서 현주가 몸을 빼며 재빨리 말했
다. 하지만 열 때문에 뜨거워진 현주의 몸이 멀어지는 그 아쉬
움이 너무 커 현주의 말조차 멀리 들리는 시우였다.

"실장님, 그냥, 그냥 저 혼자 갈게요. 택시 타고 가면 되니
까……."

"아, 아니야. 그러다 길에서 쓰러지면 어떡해. 나가자고. 힘들
면 부축해 줄게."

내심 승락의 말이 떨어지길 기다리며 현주를 쳐다보는 시우였지만 현주의 입에서 나온 건 역시 냉정한 거절의 말이었다.

"괜찮아요. 잠깐 빈혈기가 돌아서 그런 거니까."

서로 조금 거리를 두고 걸어나가는 두 사람. 어색한 기운이 두 사람의 주변에 맴돌고 있었다. 시우는 아직도 생생히 남아 있는 현주의 느낌이 쉽게 떨쳐지지가 않아 어색했고, 현주 역시 생각보다 따뜻하고 넓은 시우의 품이 자꾸 생각나 심장이 빠르게 뛰었다. 예상치도 않던 그 짧은 스킨십에 두 사람은 혼란을 느끼고 있었다.

"굳이 이러실 필요까진 없는데…… 어쨌든 고마워요."

기어코 현주 병원까지 따라온 시우였다. 그런 시우가 조금 불편하긴 했지만 그래도 왠지 모르게 고마움이 느껴지는 현주였고.

"현주 씨가 얼른 안 나으면 내가 더 피곤해져. 나 서류에 사인하는 거 빼고는 아무것도 못하는 인간이잖아."

"알면 이제부터라도 좀 배워요. 회장님이 얼마나 걱정하는지 아시면서. 의류 기획안 준비는 잘되어가요?"

현주의 물음에 시우의 표정이 살짝 움찔거렸다. 의류 기획안 준비한다는 소리를 한 적이 없는데 도대체 어떻게 안 것일까? 그러면 혹시 그 기획안이 성공하면 자기를 내쫓을 수 있다는 것도 아는 걸까?

"어, 어떻게 알았어? 내가 의류 기획안 준비하는 줄……."

"회장님이 그러시더라구요. 잘 좀 도와주라고. 아직 제대로 시작도 안 했죠? 표정이 움찔하는 거 보니까 그런 것 같네."

다행히 그 의류 기획안 성공에 걸린 조건이 무엇인지까지는 아직 현주가 듣지 못했나 보다. 알면 저렇게 순순히 시우 자신에게 말할 리가 없으니까.

"뭐, 한 달 안에만 작성하면 되는 거니까 천천히 해도 돼."

"참 여유로우시네요~ 한 달이 얼마나 짧은 시간인데! 내일부터 같이 의류 매장 좀 돌아다녀봐요. 일단 강남이랑 명동, 이대 쪽부터 돌아보자구요. 고가부터 중저가 브랜드까지 모두 돌아보면 도움이 많이 될 거예요."

아픈 와중에도 회사 일을 걱정하는 현주가 참으로 대단해 보이는 시우였다. 정말 일에 대한 열정만큼은 그 누구한테도 지지 않는 여자. 똑바르고 곧은 저 시선만큼이나 도도한 자존심을 가진 여자였다. 왠지 시우는 이 회장한테 난리칠 때만큼 현주와 일하는 게 싫지만은 않았다. 조금씩 강현주란 여자에게 적응이 되어가고 있나 보다. 하지만 아직도 가끔은 곁에 두기 끔찍하게 싫어질 만큼 얄미울 때가 있긴 했다.

"제발!! 제발…… 우리 애 수술 좀 해줘요…… 돈은 금방 구해 올게요. 제발요…… 네? 만날 고생만 시켰는데, 한 번도 행복하게 못해줬는데…… 이렇게 보낼 순 없어요. 제발…… 제발…… 네에?"

갑자기 병원 접수대 안쪽에서 한 여인의 절규가 들렸다. 놀라서 그 여자를 멍하게 쳐다보는 시우와 달리 아픈 몸을 일으켜 세워 그 여자 쪽으로 걸어가는 현주가 시우의 눈에 들어왔다. 도대체 저 여자가 뭘 하려고 저러는 걸까? 호기심에 시우도 쭈뼛쭈뼛 일어서서 현주 뒤를 따랐다.

"얼마예요? 수술비 얼만데요?"

여전히 몸이 많이 안 좋은지 힘겨운 숨을 몰아쉬며 묻는 현주의 물음에 절규하던 여인은 놀란 눈으로 현주를 쳐다봤다. 물론 접수대 간호사도 함께.

"제가 빌려 드릴 수 있는 데까지 빌려 드릴게요. 수술비 얼마예요?"

"저, 정말요? 아가씨, 정말요?"

떨리는 손으로 현주의 손을 붙잡는 여자의 손은 무척이나 거칠어 보였다. 심하게 야윈 여인의 몸이 얼마나 힘들게 하루하루를 살고 있는지 말해주고 있었다. 솔직히 돈을 빌려준다 해도 저런 여자한테 돌려받을 수 있는 가능성은 거의 제로였다. 그 사실을 현주도 분명 알 텐데, 아프더니 계산 능력까지 떨어졌는지 얼마가 될지도 모르는 수술비를 덜컥 빌려주겠다니.

"현주 씨, 돈 있어? 수술비가 한두 푼 하는 것도 아닐 텐데……."

"그럼 수술하면 나을 수 있는 애를 그냥 죽여요? 말씀해 보세요. 얼마예요?"

“오백이요. 우리 아이가 소아암인데 수술만 하면 그래도 살
수 있대요. 보시다시피 저 같은 사람을 엄마로 만나 아픈데 제
대로 치료도 못 받고 있어요. 아가씨, 도와주시면 정말정말 꼭
갚을게요. 평생을 걸려서라도 갚을 테니까…… 그러니까…….”
  여자는 눈물이 왈칵 쏟아져서인지 말을 제대로 잊지 못했다.
현주는 열이 펄펄 나는 손을 들어 그 여자의 눈물을 닦아주었
다. 자신의 눈에도 어느새 눈물이 그렁그렁 맺혀서…… 그러더
니 갑자기 고개를 번쩍 들어 시우를 쳐다봤다.
  “실장님.”
  “어? 어?”
  색다른 현주의 모습에 놀라 멍하게 현주를 보고 있던 시우는
현주의 부름에 깜짝 놀라 대답했다.
  “실장님, 골드 카드죠? 돈 많을 거 아니에요. 나는 통장에서
찾아야 하니까 일단 실장님 카드로 계산해 주세요. 안 떼어먹을
테니까 걱정하지 말구요.”
  차마 안 된다고 말할 수 있는 분위기가 아니었다. 간절한 눈
으로 자신을 쳐다보는 여자와 무서운 기세로 자신을 쳐다보고
있는 현주 때문에.
  “그, 그래. 뭐…… 그 정도야. 여기, 수술비 계산해 줘요.”
  시우는 지갑에서 카드를 꺼내 접수대 간호사에게 내밀었다.
그나저나 현주라는 여자, 정말 수없이 많은 가면을 가진 여자
같았다. 매번 발견하는 현주의 새로운 모습에 놀라는 시우였으

니까. 얼굴은 예쁘지만 한없이 차갑고 냉정한 얼음 마녀인 줄 알았는데, 최근에 하나씩 발견해 나가는 현주의 따뜻한 마음에 놀라움을 금치 못했다. 언젠가 자신도 저런 시선으로 봐주는 날이 올까? 현주에게 부드러운 시선을 받는다는 건 어떤 기분일까? 계속 감사하다며 고개를 숙여 인사하는 여자를 향해 부드러운 미소를 짓는 현주를 보며 시우는 달콤한 상상에 빠져들었다.

"저기 은행에 세워주세요. 실장님 돈 찾아서 드려야죠."
"아…… 돈은…….."
"드릴 거예요. 안 받는다는 소리 하지 마세요. 실장님한테 이런 일로 신세지고 싶진 않으니까."
병원에서 주사를 맞더니 좀 생생해졌나 보다. 현주는 또다시 도도한 시선을 폴폴 날리며 차갑게 말하고 있었다. 시우는 다른 사람에겐 그렇게 따뜻하면서 자기한테만 차갑게 대하는 현주의 모습에 괜한 신경질이 났다.
"안 받는다는 말 아니었어. 천천히 줘도 된다는 말이었지. 뭐, 굳이 애써 지금 찾아서 준다면 안 말리겠지만 말이야."
"여기서 기다려요, 금방 찾아올 테니."
서둘러 백을 들고 시우의 차에서 내리는 현주의 뒷모습을 시우는 왠지 모르게 공허한 시선으로 바라보았다. 그러다가 무슨 생각이 들었는지 재빨리 차에서 내려 현주의 뒤를 쫓아 은행으로 들어갔다. 오전이라 그런지 시우는 한산한 은행에서 금세 현주의 모습을 찾을 수 있었다. 아니, 사람들이 이 은행에 가득 차 있어도 금세 찾을 수 있었을 것이다. 현주만의 독특한 빛과 그 느낌은 시우로 하여금 한눈에 현주를 알아보게 했으니까.

"이 적금 깨주세요."

때마침 시우가 현주 뒤에 가 섰을 때 적금 통장과 함께 도장을 내미는 현주의 모습이 보였다.

"손님, 만기가 이제 육 개월밖에 안 남았는데요? 지금 해약하시면 너무 아까우신데……."

"괜찮……."

"괜찮긴 뭐가 괜찮아. 해약 안 할 겁니다. 통장 돌려주세요."

현주가 괜찮다는 말을 다 끝내기도 전에 시우가 은행원을 보며 말했다.

"실장님! 지금 뭐 하시는 거예요?"

"현주 씨도 알다시피 나 돈 많아. 지금 당장 돈 필요없다고. 육 개월 뒤에 저 적금 만기 끝나면 그때 줘도 안 늦어. 주세요, 통장."

시우의 무서운 눈빛에 은행원은 재빨리 현주에게 통장을 내밀었다.

"나가지. 집에 데려다 줄 테니까."

시우의 강압적인 말투에 현주는 한숨을 한번 내쉬고는 통장을 받아 들고 일어섰다. 가뜩이나 조용한 은행인데, 사람들의 시선이 온통 자신과 시우에게 집중되어 있었으니까.

“정말 실장님 때문에 미치겠어요. 어차피 이 적금 해약하려고 그랬다구요.”

자신의 손을 끌고 나가는 시우를 향해 짜증을 내며 말하는 현주였다.

“그럴 거면 무엇하러 적금을 부어? 그렇게 해약할 거면 차라리 저금이나 하지!”

“이 적금엔 쓸데없는 희망만 가득해요. 그 불쌍한 희망이 이제는 정말 덧없는 희망이 되어버렸으니까…… 그러니까…… 나 정말 필요없어요.”

“도대체 뭔 소리인지 모르겠네. 어쨌든 지금 당장 현주 씨가 그 적금 깨서 나 돈 준다면 나 진짜 화 낼 거야. 알아들어? 줘도 안 받아!!”

현주는 더 이상 무슨 말을 해도 소용없다는 것을 알고 입을 다물었다. 차마 시우에게 말하지 못했지만 이 적금은 현주가 대학 시절부터 부어오던 것이다. 과외 알바를 하면서 모은 돈으로 적금을 붓기 시작했고, 이 적금이 만기가 되는 날엔 자신의 옆에 주홍이 있지 않을까 하는 헛된 희망으로 시작하였다. 그 시절 고백 못하는 자신의 짝사랑에 한가닥 희망이라도 주고 싶어서 시작한 적금. 언젠가 주홍과 함께할 미래에, 주홍이 현주 자신의 반려자가 되는 날이 오지 않을까, 하는 말도 안 되는 작은 희망에 시작한 적금이었다. 이 적금이 만기가 될 때까지 주홍 옆에 아무도 없다면, 그렇다면 용기를 내어 고백하려고 했건만.

얼마나 사랑하는지, 얼마나 오랜 시간 주홍만을 사랑해 왔는지. 이 통장에 찍힌 그 날짜들만큼, 그 시간만큼 사랑해 왔다고 말하려고 했었다. 이제는 그 꿈이 완벽하게 부서져 버렸지만 말이다. 주홍의 마음에 자신이 단 한 번도 들어간 적이 없다는 걸 현주는 절실히 깨닫고 있었으니 말이다. 이 모든 마음을 시우에게 설명하기는 너무 힘겨웠다. 자신의 다친 자존심을 시우에게 내보이긴 왠지 싫은 현주였다.

"약 잘 챙겨 먹어. 하루 푹 쉬면 나을 테니까."
현주를 집 앞까지 태워다 준 시우는 차에서 내리는 현주를 뒤따라 내리며 당부했다.
"걱정 마세요. 내일부턴 일에 차질없게 할 테니까요. 다시 한 번 오늘 일 감사드려요. 이렇게까지 신경 써주실 줄은 몰랐네요. 조심히 들어가세요."
"그래. 들어가."
사실 시우도 자신이 왜 이렇게까지 현주한테 신경을 쓰게 되는 건지 그 이유를 잘 몰랐다. 그냥 왠지 약해 보이는 현주를 그냥 내버려 둘 수가 없었다. 저번에 주홍 때문에 상처받아서 현주가 울 때도 그랬고, 감기 때문에 힘들어하는 모습을 보는 것도 그렇고…… 아마 시우 머리 속에 늘 현주는 강한 모습이어서 그런지 조금만 약한 모습을 보여도 시우의 마음은 조마조마 불안해지나 보다.

"먼저 가세……."

탁!!

시우에게 인사를 하던 현주가 대문을 열고 나오는 자신의 엄마를 보는 순간 너무 놀라 그만 말을 멈추고 말았다.

"어머! 현주야, 왜 벌써 와? 그리고 이 총각은 누구?"

현주의 엄마는 현주와 함께 서 있는 시우를 보며 궁금한 듯이 묻는다.

"아…… 회사 실장님이셔. 몸이 안 좋아서 조퇴하는데 태워다 주신다고 해서. 엄마, 들어가자. 실장님, 그럼 가세요."

현주는 또다시 자신의 엄마가 앞서 나가기 전에 재빨리 엄마를 끌고 집 안으로 들어갔다. 자신과 엄마를 멍하게 쳐다보고 있는 시우를 내버려 둔 채.

"어머어머! 임 서방도 잘생겼지만, 저 실장님이란 사람도 한 인물 한다!! 현주 너랑 별 사이는 아닌 거지? 사람이 귀티가 잘잘 흐르는 게 집도 꽤 사나 봐?"

대문을 닫고 들어오자마자 호들갑스럽게 말하는 자신의 엄마를 보며 현주가 한숨을 내쉬었다. 딸이 아프다는데 그 걱정은 하나도 안 해주고 시우의 대한 평가에 바쁜 엄마의 모습에 또다시 머리가 아파왔다.

"관심 끊어! 나랑 아무 사이도 아니니까."

"누가 뭐래니? 그냥 멋지다는 거지. 하긴 국민배우 임종화가 내 사위인데. 다른 남자 하나도 안 부럽다. 임 서방은 언제 온다니? 응?”

“종화 씨랑도 아무 사이 아니라고!! 진짜 왜 이래? 나 들어가서 쉴래. 나 정말 많이 아프니까 엄마, 제발 오늘은 그냥 내버려두세요. 아셨죠?”

“어머! 기집애, 너 적당히 튕겨. 임 서방이 지금 콩깍지가 씌여서 네가 뭔 짓을 해도 예쁘게 보지만 그거 홀랑 벗겨져 봐. 그러니까 말이야…….”

“엄마—!!”

현주의 짜증 섞인 부름에 현주의 엄마는 그제야 입을 다문다. 정말이지 현주는 안정을 취하고 싶었다. 감기 몸살도 안정을 취해야 빨리 낫는다는데 집조차 안정을 취할 수 있는 환경을 제공해 주지 않으니 오히려 더 악화될 것만 같은 기분이었다.

잠시 휴식 시간이 주어져 휴게실로 가는 신정의 발걸음은 무거웠다. 신정의 마음의 무게만큼이나 무거운 발걸음이었다. 현주의 마음을 알면서 주홍을 받아들이기도, 그렇다고 자신 역시 너무 사랑하는 주홍의 마음을 외면하는 것도 신정에겐 너무나 힘겨운 일이었다. 차라리 아무것도 몰랐다면, 그랬다면 훨씬 마음이 편했을 텐데. 일도 제대로 손에 잡히지가 않았다. 전무님도 그걸 알았는지 잘 주지 않는 휴식 시간까지 신정에게 내주었다. 하지만 휴식 시간마저 소용없어져 버렸다. 신정이 휴게실에 들어서는 순간 어두운 표정으로 커피를 마시고 있는 주홍을 마주치고 말았기에.

"……신정 씨?"

"아, 안녕하세요, 민 대리님."

주홍 씨가 아닌 민 대리님이라는 호칭에 어두웠던 주홍의 얼굴이 더욱 심하게 어두워졌다.

"그렇게 부르지 않기로 한 것 같은데……. 신정 씨, 나한테 뭐 화나는 일 있어요? 갑자기 태도가 너무 쌀쌀맞아진 거 같은데……."

"아, 아니요. 그런 거 없어요."

신정은 참으로 연기가 서툴렀다. 딱딱하게 굳은 말투와 그녀의 어색한 얼굴이 신정이 얼마나 힘겹게 연기하고 있는지를 보여주고 있었다.

"나 이런 신정 씨가 익숙하지 않아요. 늘 예쁘게 웃는 모습과 따뜻한 모습만 봐서 그런지 이런 신정 씨의 모습 익숙치가 않아요. 그래서 너무 마음이 아파요. 왜 이러는 거예요? 내가 잘못한 게 있다면 사과할게요."

"민 대리님이 왜 저 때문에 가슴이 아픈지 모르겠네요. 이런 식의 관심 불편해요. 그냥 민 대리님은 저에게 현주의 선배, 그 이상도 이하도 아니에요. 그러니까 그런 식의 관심 끊어주세요."

걱정이 되었다. 자신의 하는 말조차 너무 멀리 들리는 신정이어서 자신이 정말 냉정한 표정으로 주홍에게 잘 말하고 있는 것인지 너무 걱정이 되었다.

"신정 씨…… 이렇게 차가워질 거면 조금만 늦게 차가워지지 그랬어요? 다음 주만 지나고 차가워지지……. 미안해요, 나 신정 씨 불편하게 할 생각 없었어요. 가볼게요. 커피 마시러 온 거 같은데 마시고 가요."

눈물이 날 것 같아 휴게실에서 나가는 주홍을 신정은 제대로 쳐다보지 못했다. 주홍을 붙잡고 본심은 그게 아니라고 얘기해 버릴까 봐 신정은 주홍을 볼 수가 없었다. 다음 주의 의미를 너무 빨리 알아챈 자신의 머리 때문에 더욱 힘겨워지는 신정이었다. 다음 주엔 바로 자신의 생일이 있었기에, 주홍이 말하는 다음 주의 의미가 그런 것이란 건 말 안 해도 알 수 있었기에 너무 힘겨워지는 신정이었다.

어차피 현주도 없고 오늘은 어제만큼 급한 서류 결재도 없었기에 시우는 아영과 약속을 잡았다. 자꾸 머리 속을 맴도는 현주의 모습도 아영을 만나면 지워질 테지…….

역시 아주 예쁘게 차려입은 아영이 시우를 향해 걸어오고 있었다.

"시우 씨!"

"왔어? 오늘도 너무 예쁘다. 괜히 영화관에서 보자고 한 건가? 남자들 시선이 사뭇 부담스러운데?"

"시우 씨도 참. 근데 갑자기 웬 영화야? 회사 안 가?"

걱정스러운 듯한 표정으로 묻는 아영에게 시우는 부드럽게 미소를 지었다.

"응. 오늘은 너를 위해 하루 휴가 냈어. 우리 공주님을 위해서라면 그 정도는 해야지. 뭐 볼까? 괜찮은 영화 많이 나왔던데."

"글쎄, 시우 씨가 골라."

"사생결단 볼래? 영화 괜찮다던대."

"응, 좋아. 시우 씨가 보고 싶은 거 봐야지."

"그래. 여기서 잠깐 기다려. 표 예매해 올게."

아영을 만나고 나니 확실히 시우의 마음은 안정을 되찾아가고 있었다. 이런 소중한 여자를 또 한 번 잃을 뻔했던 생각에 시우는 왠지 무서워졌다. 서둘러 표를 예매하고 아영에게 돌아서던 시우는 그만 그대로 발걸음을 멈추고 말았다.

"지금 뭐 하는 거예요?"

차가운 아영의 목소리. 세상 누구보다 따뜻한 여자라 생각했는데…… 지금 아영의 모습은 시우가 생각했던 이미지와는 상당히 많이 달랐다.

더러운 몰골의 할아버지가 영화관에 들어와서 껌을 팔고 있었나 보다. 딱 보기에도 부티가 흐르는 아영에게는 팔 수 있을거란 생각에 껌을 내민 듯했다. 하지만 단번에 거절하는 아영의 태도에 할아버지는 사정을 하는 듯 아영의 옷자락을 붙잡는다.

"손 치워요! 더러운 손을 어디다 대는 거예요?"

"하나만…… 하나만 사줘, 아가씨. 응?"

"왜 이래요? 딴 데 가서 알아보시라니까요!"

현주였다면, 만약 이 자리에 있는 사람이 아영이 아닌 현주였다면 할아버지가 파는 껌 통째로 팔아주고도 남았을 텐데. 지켜보고 있는 시우의 마음속에서 울컥하고 무언가가 치솟는 기분이었다.

"아영아……."

시우는 애써 마음을 진정시키며 아영에게 다가섰다.

"시우 씨, 이 할아버지 좀 어떻게 해봐. 나 이 옷 새로 산 건데 다 더러워지게 생겼어."

"할아버지, 그 껌 다 얼마예요? 제가 살게요."

"시우 씨!!"

시우의 입에서 떨어지는 말에 놀랐는지 아영은 날카롭게 시우의 이름을 불렀다. 하지만 시우의 태도는 변함없었다.

"이 돈이면 되죠? 다 주세요."

할아버지에게 지갑에서 집히는 대로 돈을 꺼내 쥐어주곤 시우는 껌을 받아 들었다.

"고마워, 고마우이. 젊은이 복받을 거야. 고마워, 정말."

시우에게 돈을 받아 들고 몇 번이나 고개 숙여 인사하는 할아버지. 그런 모습에 시우의 가슴도 따뜻해지고 있었다. 불우한 사람을 돕는다는 것이 이렇게 큰 기쁨인지는 예전에 미처 몰랐다. 그저 가끔 한 번씩 하는 불우이웃돕기 성금 말고는 시우가 직접적으로 이런 걸 느낄 기회가 없었으니까.

"가자, 아영아."

"시우 씨, 왜 그래? 그 더러운 껌 사서 누가 먹겠다고?"

"괜찮아. 가끔 심심할 때 내가 하나씩 씹지 뭐. 영화 시간 좀 남았는데 차 마실까?"

아영의 대한 실망을 애써 감추며 묻는 시우였다.

"시우 씨, 좀 의외의 면이 있네. 사업하는 사람이 그렇게 냉철한 면이 없어서 어떡해?"

"아영아, 그만 하자. 차 마시러 안 갈 거야?"

"됐어. 나만 나쁜 사람 된 거 같아. 영화 볼 기분 아니다. 그냥 집에 갈래."

아영은 시우가 붙잡을 틈도 주지 않고 뒤돌아서서 걸어갔다. 하지만 이번엔 시우 역시 별로 붙잡고 싶은 마음이 없었다. 이 자리에 있는 게 현주라면, 현주였더라면……

그런 생각만 자꾸 반복되었다. 시우의 머리는 여러 가지로 복잡해지고 있었다.

"요즘 우리 너무 자주 보는 것 같지 않냐? 이러다 너랑 내가 연애하겠다."

시우의 연락을 받고 MARS로 나온 종화는 시우를 보자마자 투덜거렸다.

"헛소리 말고 술이나 마셔. 그래도 이렇게 단번에 뛰어나온 거 보면 너도 술 먹고 싶었던 거 아냐?"

"그렇게 티나냐? 내 얼굴에 써 있어? 그나저나 이시우 너는 왜 그렇게 죽을상을 하고 있냐? 아영이랑 잘 안 돼?"

대학 시절 시우가 아영에게 차인 다음 얼마나 힘겹게 하루하루를 살아갔는지 누구보다 잘 아는 종화가 걱정스러운 듯 묻는다. 그때의 시우는 수염도 잘 안 깎고, 잘 씻지도 않고 매일매일 집에 처박혀서 술만 마시며 지냈었다. 그만큼 아영인 시우에게 의미가 큰 여자였다.

"아니, 그런 건 아닌데…… 뭐랄까, 감정이 예전 같지 않아. 여전히 예쁘고 사랑스러운 여자인데 가끔 보이는 예상치 못한 낯선 모습에 자꾸 실망하게 되고…… 좀 그렇다. 나 너무 복에 겨운 건가?"

"흠…… 낯선 모습? 어떤 모습?"

시우의 어두운 표정에서 보아하니 생각보다 고민이 큰 듯해서 종화가 진지한 태도로 물었다.

"그냥…… 너무 차갑고 낯선 모습."

"유아영이 차가운 거 빼면 뭔 매력이 있냐? 솔직히 난 네가 왜 유아영 같은 여자를 좋아하는지 잘 모르겠다. 그런 냉정한 완벽함이 좋은 거 아니었어?"

"글쎄…… 잘 모르겠다. 그나저나 넌 그 여자랑은 어떻게 되고 있냐?"

시우의 질문의 종화의 얼굴이 단숨에 어두워졌다. 솔직히 시우는 새삼 놀라고 있었다. 이시우 자신보다 더하면 더할 카사노바 임종화로 하여금 저런 표정을 지을 수 있게 하는 현주란 여자가 새삼 대단해 보였다.

"솔직히 이렇게 공략하기 힘든 여자는 처음 본다. 그런데 정말 질리지가 않아. 정말 어떻게든 갖고 싶어지는 여자야. 일단 천천히 다가가 보려고…… 그러다 정말 안 되면 그땐 깔끔하게 포기해야겠지. 그것도 쉬운 일이 아니겠지만."

질리지 않는다는 표현엔 시우 역시 공감했다. 차갑고 독해 보이는 외모와 다르게 너무 여리고 따뜻한 내면을 가진 여자. 시우는 조금씩 이해되기 시작했다. 종화가 왜 현주에게 빠졌는지…….

실장실에 걸려 있는 시계가 열 시 반을 가리키자 잔뜩 찌푸린 현주의 얼굴이 점점 더 심하게 찌푸려지고 있었다. 한동안 좀 풀어줬더니 완전히 기강이 무너진 시우가 아직도 출근을 하지 않고 있었다. 어제는 아픈 자신을 집까지 바래다줘서 좀 고맙다고 생각했는데, 그 이후에 아예 회사에도 안 들어왔단다. 어쨌든 오늘은 절대 그냥 넘어갈 수가 없었다. 한 번 풀어주면 아주 끝도 없이 풀어지고 나태해지는 인간이 바로 이시우였으니까.

현주가 주먹을 굳게 쥐고 다짐하는 그 순간 실장실 문이 열리며 시우가 걸어 들어왔다. 늦어서 허겁지겁 뛰어들어 오는 것도 아닌, 무언가 생각에 잠긴 얼굴로 아주 천천히 걸어 들어오고 있었다.

“이시우 실장님!”

“아, 현주 씨. 나 커피 말고 녹차로 한 잔 부탁해. 어제 술 마셨더니 속이 영 안 좋네.”

현주는 머리 속의 스트레스가 그대로 펑펑펑 터져 가는 게 느껴졌다. 늦게 온 주제에 뭐가 저렇게 당당하단 말인가?

“지금 몇 시인 줄 알아요? 저랑 약속한 거 이젠 아예 안 지킬 생각이에요?”

“아, 좀 늦었나. 미안. 내일부턴 제시간에 나오도록 하지. 그럼 녹차 부탁해.”

현주는 온몸에 힘이 쭉 빠지는 듯한 느낌을 받았다. 지금 무언가에 정신이 반쯤 나간 듯한 시우에게는 자신의 초강력 잔소리도 소용없다는 것을 알았기에 아무 말도 하지 않았다. 근데 시우의 반응이 저렇게 무덤덤하니 참으로 재미가 없는 현주였다. 전혀 예상치 못한 반응에 조금 당황스럽기도 하고.

현주는 미처 다 발산하지 못한 스트레스를 마음속으로 꾹꾹 누른 채 일단 묵묵히 시키는 대로 녹차를 준비했다. 뭔가 기분이 상당히 찝찝했다. 마치 볼일을 제대로 다 안 보고 나온 것마냥 아주 기분이 심하게 뒤틀렸다. 녹차를 타서 실장실 문을 열고 들어가자 진지한 표정으로 현주가 올려놓은 서류를 검토하는 시우의 모습이 보였다. 저 인간이 도대체 왜 저러지? 평소와 다르게 과묵하게 구는 시우의 모습에 현주는 아직 적응이 되지 않았다.

“실장님, 녹차 가져왔습니다.”

“아, 수고했어. 거기다 내려놔.”

정말 오늘 시우는 이상해도 너무 이상했다. 서류에서 눈을 떼지 않은 채 말하는 시우. 정말 일을 제대로 할 결심이 선 사람처럼 보였다. 저렇게 일을 열심히 하니 지각한 거 가지고 뭐라고 할 수도 없었다.

“오후엔 의류 매장 돌아보시러 나가야 하는 거 아시죠? 일단 회사 근처 백화점 위주로 돌아봐요.”

“어, 그래. 나갈 때 되면 알려줘.”

끝까지 현주를 쳐다보지 않은 채 서류만 보며 말하는 시우였다. 분명 개과천선한 것 같긴 한데 자꾸만 석연치 않은 기분이 드는 이유는 뭘까? 현주는 의심의 눈초리로 시우를 한번 쳐다보곤 조용히 실장실 밖으로 나갔다. 시우는 현주가 나가고 나서야 서류에서 눈을 떼고 그녀가 나간 문을 쳐다보았다. 그런 시우의 입엔 흐뭇한 미소가 걸려 있었다.

사실 시우가 아침에 눈을 떠서 시계를 보니 시계 바늘이 이미 출근 시간을 넘긴 아홉 시를 가리키고 있었다. 최근에 나태해져 가는 자신의 모습에 현주가 잔소리를 잔뜩 해댈 게 분명했다. 오만 가지 걱정을 해대며 서둘러 준비를 하던 시우는 예전에 이 회장으로부터 읽어보라며 받은 ‘카리스마있는 상사 되기’라는 책을 옷장에서 발견했다. 아마 이딴 거 읽어서 뭐 해, 라는 생각에 아무 데나 던져 놓는다고 놔두었던 곳이 바로 옷장이었나 보다. 아무 생각 없이 읽어나 보자 마음먹고 차를 타 회사에 오는 길에 읽어보는데 생각보다 이 책이 꽤 도움되는 거 아니겠는가? 솔직히 여우 같은 현주에게 먹힐까 걱정했었는데…… 이렇게 잘 먹힐 줄이야! 현주의 당황하는 모습에 자꾸만 웃음이 터져 나오려는 걸 참느라고 얼마나 힘들었는 줄 모른다. 현주의 얼굴을 그대로 쳐다보고 있다간 정말 웃음이 터져 나올 것 같아서 일부러 지루한 서류를 뚫어지게 쳐다보며 웃음을 참은 시우였다. 현주에게 이런 통쾌함을 느껴본 적은 처음인 것 같았다. 시우는 현주의 끔찍한 잔소리에서 벗어났다는 것만으로도 엄청난 승리감을 느꼈다.

"뭔가 이상해."

밥을 먹다 말고 수저를 내려놓으며 중얼거리는 현주의 말에 신정이 어리둥절한 표정으로 쳐다봤다.

"뭐가 이상해?"

"아니, 이시우 말이야…… 무언가 굉장히 이상해졌어."

"왜? 이시우 실장이 또 무슨 일 냈어? 뭐가 이상한데?"

신정의 말에 현주가 고개를 저으며 짐짓 심각한 표정을 지었다.

"그게 아니라…… 너무 일을 열심히 해. 아, 진짜 불안하다. 난 왜 이렇게 그런 모습이 불안하지? 여태까지 너무 노는 모습만 봤나? 이상하잖아. 그리고 막 촐싹거리지도 않고…… 과묵해

졌다 그래야 하나? 하여튼 하루 사이에 인간이 너무 많이 변해
버렸어. 왜 그러지?"

"난 또…… 좋은 거 아냐? 이제야 제대로 일하고 싶어졌나 보
지."

"아, 그렇지? 좋은 거지? 그런데 난 왜 이렇게 불안한 건지 모
르겠다. 생각보다 너무 쉽게 인간이 변해가는 것 같아서 조마조
마해."

"그래도 현주 넌 편해지겠다. 이시우 실장 일 열심히 하면 네
가 잔소리할 필요도 없을 거 아냐."

물론 편해진 건 사실이다. 다른 날 같으면 서류 꼼꼼히 읽어
봐라, 얼른 결재해 달라. 이런 식의 잔소리를 수도 없이 했겠지
만 오늘은 그럴 필요가 아예 없었으니 말이다. 그런데 무언가
느낌이 허전했다. 현주 자신도 모르게 시우 뒤치다꺼리하는 데
적응이 되었던 건지…… 이해할 수 없는 아쉬움, 허전함 그런
게 있었다.

"그 여자랑 잘됐다더니 일도 열심히 하고 싶나 보네."

"응? 그 여자?"

현주 혼자 중얼거리는 소리를 들었는지 신정이 이번에도 재
빨리 물어온다.

"아, 아냐. 그냥…… 그런 게 있어."

솔직히 현주는 조금 심술이 났다. 자기 때문에 그 여자랑 멀
어졌네 어쨌네 하면서 갖은 원망을 하더니만 하루 만에 그 여자

랑 잘됐다고 희희낙락거리는 시우의 모습이 어쩐지 얄미웠다. 실연당한 지 얼마 안 되는 자신 앞에서 그러고 싶은지, 참. 일은 열심히 하게 돼서 좋지만 여전히 인간적으론 마음에 안 드는 구석이 많은 이시우였다.

"실장님!"

탁!

갑자기 실장실 문을 열고 들어와 자신을 부르는 현주 때문에 핸드폰으로 몰래 맞고를 치고 있던 시우는 너무 놀라 핸드폰을 그대로 떨어뜨렸다.

"어, 그, 그래. 무슨 일이지?"

"의류 매장들 돌아보러 갈 시간이에요. 서류는 다 보셨죠? 아까 열심히 보시는 것 같던데. 아예 지금 나가서 퇴근할 때까지 돌아보죠. 차 대기시킬까요?"

다행히 핸드폰으로 고스톱을 치고 있던 건 안 걸렸나 보다. 하긴 아무리 현주라도 소머즈가 아닌 이상 핸드폰의 조그마한 액정까지 볼 수는 없을 것이다.

"그래, 그러도록 하지."

"그럼 퇴근 준비해서 나오세요. 그나저나 실장님, 정말 많이 달라지신 것 같네요. 앞으로도 계속 그런 모습 기대할게요."

싱긋 웃으면서 말하는 현주의 모습은 순간 시우의 눈에 너무 예뻐 보였다. 한 번도 현주가 자신에게 저런 식으로 웃어준 적

이 없었던 것 같은데, 주홍에게만 지어주던 그 미소를 자신에게
도 지어주었단 생각에 괜스레 기분이 좋아지는 시우였다. 현주
가 실장실 문을 열고 닫고 나갈 때까지도 시우는 정신을 못 차
리고 있었다. 자꾸만 눈앞에 현주의 미소가 맴돌아 두근거리는
심장이 멈추지 않았다. 그리고 심장의 두근거림과 함께 시우는
크나큰 죄책감이 찾아왔다. 하루 종일 핸드폰 맞고와 씨름하느
라고 서류는 제대로 읽어보지도 않고 대충대충 사인만 했기 때
문이다. 뭐, 들키지만 않는다면 괜찮을 것이다. 시우는 애써 죄
책감과 두근거림을 가라앉히며 생각했다.

"오늘은 일단 백화점 위주로 돌아보구요, 내일은 이대나 명동
옷가게 위주로 돌아보자구요. 그리고 쇼핑몰도 한 번씩 살펴보
면 괜찮을 거예요. 그나저나 모토는 정하셨어요?"

백화점에 들어서면서 현주가 진지한 표정으로 시우에게 묻는
다. 모, 모토라니…… 도대체 무얼 묻는 걸까?

"모토?"

"오늘 실장님이 열심히 읽은 서류들이 기획팀 직원들이 낸 모
토에 관한 의견이었잖아요. 꽤 괜찮은 의견들이 많던데 맘에 드
시는 게 없으셨어요?"

정말 미치고 펄쩍 뛸 노릇이었다. 현주 앞에선 서류를 열심히
읽는 척을 했으니 뭐라고 대답은 해야 할 텐데 읽은 건 하나도
없으니 모토가 뭔지조차도 잘 모르겠는 시우였다.

“글쎄…… 별로 마음에 드는 건 없던데…….”

“그럼 뭐 특별히 따로 생각하는 거라도 있으세요?”

“응? 아…… 아직. 그걸 생각해 내기 위해 의류 매장을 돌아보는 거 아니겠어? 자, 천천히 돌아보자구.”

살짝 의심스러운 눈빛을 자신에게 쏘아보내는 현주였지만 시우는 애써 태연한 척했다. 여기서 걸리면 말 그대로 끝장이었기에…… 아침에 지각한 것까지 해서 한꺼번에 다다다닥! 귓구멍이 터질 때까지 현주한테 잔소리를 들어야 할지도 모른다.

“일단 여성 의류 매장부터 돌아보죠. 실장님이 특별히 정하신 게 없다니 전체 의류 매장을 다 돌아봐야겠네요. 정장, 캐주얼, 스포츠, 아동 의류까지. 그리고 가격대도 정해야 해요. 물론 D.H 이미지에는 고가 브랜드가 맞긴 하겠지만 여태까지의 이미지를 좀 탈피할 겸 중저가 브랜드로 나가도 괜찮을 것 같아요.”

“으응. 그래…… 그것도 괜찮을 거 같군.”

시우는 말 그대로 머리가 빙글빙글 돌 지경이었다. 도대체 현주가 무슨 말을 하는지 하나도 이해되지 않았다. 솔직히 ‘현주를 쫓아내자!’ 라는 의지로 시작한 일이었다. 하지만 의지도 많이 약해진 지금 의류 기획안이고 뭐고 간에 시우는 다 귀찮을 뿐이었다. 그저 현주의 지겨운 잔소리를 듣기 싫어 열심히 일하는 척하는 것뿐이었다.

“신중하게 결정하시려는 거죠? 그래도 의류 기획안 제출일까진 시간이 많이 남은 게 아니니까 적어도 다음 주까진 기본적인 것들은 결정해 주셔야 해요."

"응, 그래야지."

따분한 현주의 이야기에 하품을 애써 참으며 대충대충 의류 매장을 살펴보던 시우는 한 옷 매장 앞에서 걸음을 멈췄다. 벌써 겨울의 막바지여서 그런지 화사한 봄 정장을 입혀놓은 마네킹. 마네킹에 걸려 있는 옷을 현주가 입으면 무척이나 잘 어울릴 것만 같았다.

"현주 씨, 잠깐만…… 이 매장 한번 들어가 보자."

"왜요? 뭐 살 거라도 있어요?"

"옷을 제대로 파악하려면 한번 입어보기도 해야 할 거 아니야. 현주 씨가 한번 입어봐. 들어가자구."

시우는 현주가 뭐라 대답할 틈도 주지 않고 현주를 이끌고 매장 안으로 들어갔다. 현주는 당황한 표정으로 그런 시우에게 끌려 그대로 매장 안으로 들어갈 수밖에 없었다.

"시, 실장님, 안 입어봐도……."

"저 옷 좀 보여주세요."

현주의 말을 딱 자른 채 시우는 점원에게 말했다.

"아, 저 옷이요? 요즘 반응 참 좋은데. 여자 분께 잘 어울리겠어요."

싱글벙글 웃는 얼굴로 봄 정장을 들고 온 점원은 현주에게 옷을 내민다. 여전히 당황한 표정의 현주는 그 옷을 받아 들고 멀뚱멀뚱한 표정을 지은 채 서 있기만 했다.

"뭐 해? 한번 입어봐."

"그러세요, 입어보세요."

막무가내로 현주로 탈의실로 몰아넣는 매장 직원과 시우의 시선에 현주는 어쩔 수 없이 탈의실에 들어가 옷을 입어볼 수밖에 없었다. 그리고 사실 현주도 옷 디자인이 참 마음에 들어 나중에 따로 와서 한번 입어볼까, 생각하던 참이기도 했다. 파스텔 톤의 노란색 봄 정장. 정말 입으면 기분까지 확 화사해질 것만 같았다. 어쨌든 자의 반, 타의 반으로 봄 정장으로 갈아입은 현주는 왠지 머쓱해져 주춤주춤하면서 탈의실 밖으로 나왔다.

"어머! 정말 너무 잘 어울리시네요! 미인이신 데다가, 옷 맵시까지 잘 사니까 정말 딱 이 여자 분을 위한 옷이란 생각밖에 안 들어요. 웬만하면 남자 친구 분이 사주세요~ 이럴 때 애인 분한테 점수 따셔야죠!"

상술이 섞인 점원의 오버스러운 말에 현주의 눈살은 잔뜩 찌푸려졌다. 이시우랑 자신을 애인으로 보다니! 이게 도대체 말이 되는가? 봄 정장 때문에 잠시 밝아졌던 기분이 순식간에 우중충해지는 것 같았다.

"음…… 이 카드로 저 옷 계산해 줘요."

별말없이, 별 표정의 변화없이 현주를 지켜보던 시우는 갑자기 자신의 카드를 점원에게 내밀며 말했다. 순간 현주의 커다란 눈은 더욱 커다랗게 떠졌다.

"실장님! 지금 뭐 하시는 거예요?"

"옷 갈아입고 나와. 나 먼저 나가 있을게."

현주의 말은 또다시 철저히 외면한 채 자신이 하고 싶은 말만 하고 카드 영수증에 사인하고 매장 밖으로 나가 버리는 시우. 이미 카드까지 받아서 나가 버렸기에 환불조차 받을 수 없었다. 도대체 이시우가 왜 저러는지 이해가 되지 않는 현주는 서둘러 옷을 갈아입고 시우를 뒤따라 나갔다.

"뭐예요? 이 옷을 왜 사요? 실장님이 입으시게요? 아니, 내가 사달라 그랬던 것도 아니구……."

"누가 현주 씨 준데?"

현주는 시우의 말에 확 민망함이 몰려왔다. 정말이지 쥐구멍이 있다면 그대로 숨고 싶을 정도로…… 생각해 보니 시우가 이 옷 자신한테 준다고 한 적도 없는데, 완전 혼자 오버해서 난리 부르스를 떨었던 것이다.

"아, 아니요. 쓸데없이 여자 옷을 사니까……."

"샘플로 가져가는 거야. 옷이 잘 만들어진 것 같아서. 원단 좀 살펴보려구. 현주 씨 너무 오버하는데?"

그래 오버했다! 물론 자신이 오버한 건 사실이지만 저렇게 얄 밉게 꼭 짚어서 얘기하다니! 시우가 너무너무 얄밉게 보였다. 일 열심히 하게 돼서 그나마 좀 인간답게 봐주려고 했더니만 어 째 인간성은 일 안 할 때보다 더 더러워진 것만 같았다. 차라리 무식하고 단순해도 다루기 쉬운 예전의 이시우가 훨씬 나았다.

"그, 그럴 수도 있죠. 얼른 얼른 매장 돌아봐요. 아, 바쁘다, 바빠."

시우 때문에 열받아서 열이 오르는지 손 부채질을 해가며 말하는 현주의 모습. 시우는 이상하게 그런 현주의 모습에 웃음이 날 것만 같았다. 마녀라고 생각했던 현주에게서 가끔 저렇게 인간적인 모습을 볼 때마다 이상하게 기분이 즐거워졌다. 현주랑 있는 게 점점 즐거워지는 시우였다.

"오늘 수고하셨어요. 저는 여기서 바로 퇴근할게요. 실장님, 들어가세요."

백화점 의류 매장을 다 돌아보고 난 현주는 백화점에서 나오자마자 시우에게 말했다. 오늘따라 너무 얄미운 이시우와 한시라도 빨리 헤어지고 싶었다.

"아직 퇴근까지 한 시간 정도 남았는데 밥 먹고 가지. 오후 내내 고생했잖아."

하지만 시우의 제안은 현주의 귀에 그리 유쾌하게 들리지 않았다.

"아니에요. 그냥 갈게요."

"출근 시간은 엄격하게 따지면서 퇴근 시간은 우습게 아나 보군. 내가 조금만 늦어도 그 난리를 치면서."

으악! 현주는 자신도 모르게 저 열받음의 탄성이 입 밖으로 나올 뻔했다. 도대체 저 인간이 뭘 잘못 먹고 저러는 것인지 도저히 이해가 되지 않았다.

"알았어요, 알았어요. 밥 먹으러 가요! 내일부터 지각만 해봐. 절대 가만 안 있을 거예요!"

투덜투덜거리는 현주의 말에 시우는 묵묵히 다시 백화점 안으로 들어갔다. 아마 백화점 식당가에 갈 생각인가 보다. 시우와의 시간이 제발 쏜살같이 빨리 가길 기도하면서 애써 찌푸린 인상을 펴며 시우의 뒤를 따라 걷는데 앞서 걷던 시우가 걸음을 그대로 멈추는 게 보였다. 그리고 시우의 시선을 따라간 그곳엔 쇼핑을 했는지 쇼핑백을 주렁주렁 들고 있는 아영의 모습이 보였다.

"시우 씨? 그런데 왜 둘이서……."

놀란 듯이 시우를 보다가 현주 쪽으로 시선을 돌려 견제의 눈빛을 쏘아대는 아영. 어색한 공기가 세 사람 주위를 맴돌았다.

"아, 아영아, 강 비서 저번에 본 적 있지? 강 비서랑 같이 외근 나왔어."

약간 긴장한 표정으로 아영에게 현주를 소개하는 시우였다. '강 비서'라는 딱딱한 표현이 현주에겐 참 낯설게 들렸다.

"그래? 안녕하세요, 유아영이에요. 저번에 한 번 뵌 적 있죠? 우리 시우 씨 잘 부탁해요."

시우의 팔짱을 끼며 시우에 대한 소유욕을 팍팍 나타내는 아영의 모습에 현주는 어색한 듯 고개 숙여 인사를 했다.

"아, 네…… 반갑습니다. 두 분 이렇게 만나셨으니 전 이만 퇴근하겠습니다. 실장님, 저녁은 아영 씨랑 드십시오."

이제 아영까지 나타났으니 퇴근 시간 운운하며 자신을 붙잡을 일도 없을 것이다. 그런데 이렇게 생각되면서도 현주는 알 수 없는 허전함이 느껴졌다.

"둘이 같이 저녁 식사하려고 했나 보죠? 시우 씨, 공적인 자리면 내가 그냥 빠질게. 회사 일이면 내가 끼어선 안 되는 거잖아."

이렇게 말하면서도 아영의 얼굴은 자신감으로 빛나고 있었다. 아무리 회사 일이 급하더라도, 아무리 공적인 일이라 하더라도 절대 시우가 자신을 그냥 돌려보낼 리가 없었다.

"그럴래? 오늘은 강 비서랑 회사 일 때문에 저녁 하는 거니까 우린 내일 만나자. 아영아, 내가 내일 전화할게."

전혀 예상치 못한 시우의 말. 그 말에 현주는 당황한 표정을 지었고, 아영의 얼굴은 순간 일그러졌다.

"그, 그래? 회사 일이면 할 수 없지. 갈게. 가볼게요, 그럼 수고하세요."

일그러진 표정을 애써 펴며 아영이 딱딱하게 인사했다. 그리고는 시우와 현주가 인사할 틈도 주지 않고 찬바람을 쌩쌩 일으키며 두 사람에게서 멀어져 갔다.

"중요한 회사 일 있는 거 아니잖아요. 그냥 아영 씨랑 식사하시지 그러셨어요? 기분 상하신 것 같은데."

"현주 씨가 내 연애사까지 관리할 필요는 없어. 아무리 내 비서라지만 말야."

인간이 왜 이렇게 점점 더 재수 꽝으로 변해가는지 모르겠다. 거만한 표정으로 현주를 쏘아보며 하는 시우의 말에 현주는 입을 다물고 속으로만 구시렁거렸다. 무언가 아영과 시우 사이에 냉랭함이 느껴졌지만 시우 말대로 그 일은 자신이 신경 쓸 일이 아니었다. 저 재수 꽝 이시우가 애인이랑 싸우든 말든 현주 자신이 상관할 필요는 없었다.

"식사나 하러 가죠. 식사하던 중간이라도 퇴근 시간 되면 그냥 일어설 거예요. 그 잘난 퇴근 시간만 지키면 되는 거죠?"

"까탈스러운 거 하나는 알아줘야겠군. 그래그래, 일어나든지 말든지 알아서 하고 배고프니까 얼른 밥이나 먹으러 가자구."

도대체 더 까탈스러운 게 누군데 저러는지 모르겠다. 신경질적으로 성큼성큼 걸어가는 시우의 뒷모습을 노려보며 현주도 총총걸음으로 시우 뒤를 따르기 시작했다. 어서 퇴근 시간이 다가오길 간절히 바라면서.

영 마음에 안들었다. 식사를 하는 내내 핸드폰 시계를 뚫어져라 쳐다보는 현주의 모습에 시우는 기분이 팍 상했다. 자기와 밥 먹는 게 정말 싫다는 식의 의사 표시를 저렇게 대놓고 하다니. 사실 아까 아영을 만났을 땐 현주를 돌려보내고 아영과 함께 식사를 했어도 됐다. 하지만 어제 일의 아영에 대한 앙금도 다 안 풀렸고, 현주가 저렇게 싫다는 식으로 대놓고 의사 표현을 하니 시우는 왠지 자꾸만 심술이 난 것이다.

"만날 남자가 있는 것도 아니면서 그렇게 퇴근 시간을 애타게 기다리는 이유가 뭐야? 핸드폰 뚫어지겠군."

핸드폰을 뚫어지게 쳐다보던 현주의 눈은 이제 시우에게 향해져 시우를 뚫어질 듯 노려본다.

"그러는 실장님은 만날 여자가 있음에도 불구하고 저를 이렇게 붙들고 있는 이유가 뭔데요?"

"재밌으니까."

"재미요? 뭐가요?"

"그냥. 현주 씨 놀리는 거."

장난기 어린 미소를 지으며 말하는 시우의 말에 현주는 경악한 표정을 짓더니 뚫어지게 시우를 노려보던 것마저 멈춰 버렸다. 그리고는 다시 고개를 푹 숙이고 핸드폰 시계만 똑바로 쳐다볼 뿐이었다.

"그래도 재미있어져서 좀 다행이야. 처음엔 나도 현주 씨 끔찍하게 싫어서 회사 나오기조차 싫었다구."

차라리 그냥 시우가 쭉 자신을 끔찍하게 싫어해 주었으면 고맙겠는 현주였다. 자신을 보며 재밌다 운운하는 게 마치 만만하다는 말처럼 들렸으니까.

"전 아직도 실장님이 끔찍하게 싫은데 어떡하죠?"

"알고 있어. 현주 씨의 표정에 다 나타나니까. 현주 씨도 나처럼 나한테서 무언가 매력을 찾아보라구. 그럼 훨씬 즐거워질 테니까."

"글쎄요. 그런 거 찾을 날이 올지 모르겠네요."

현주가 대놓고 비꼬는대도 시우는 뭐가 그리 좋은지 입에서 미소를 떠나보낼 줄 모른다. 분명 오늘 이시우는 상당히 이상한 구석이 있었다. 죽을 때가 다 되면 사람이 변한다는데, 현주는 실없는 시우가 은근히 걱정이 되었다.

손톱을 깨물며 생각에 잠긴 아영의 얼굴은 초조해 보였다. 시우의 행동이 갑자기 이렇게 확 바뀐 건 무엇 때문일까? 그리고 현주의 모습도 예전과는 너무 달라져 있었다. 그 우스꽝스러운 뿔테 안경 뒤에 그렇게 예쁜 얼굴이 숨겨져 있을 줄은 몰랐다. 평생 자신밖에 모를 거라 생각했는데 혹시 현주한테 시선이 가는 걸까? 시우의 마음이 절대 바뀌지 않을 거라는 확신에 내키는 대로 행동해 왔던 아영이었지만 이젠 더 이상 예전처럼 멋대로 행동을 해선 안 될 것만 같았다. 확실히 시우는 예전과는 많이 달라져 있었다. 예전에 사귀었을 때만 해도 아영이 그런 식으로 화내고 가면 아영의 기분을 어떻게든 풀어주려고 애를 썼을 텐데 이번엔 아예 자신이 화냈다는 사실조차 잊어버리고 있는 것 같았다.

잠시 고민하던 아영은 핸드폰을 들어 시우의 번호를 눌렀다.

신나는 댄스 음악의 컬러링이 흘러나오길 잠시, 무덤덤한 시우
의 목소리가 컬러링을 대신했다.

[어, 아영아.]

"시우 씨, 어디야? 아직도 밥 먹어?"

[아, 아냐. 집에 가는 길이야.]

"그럼 잠깐 만날래, 시우 씨? 나 시우 씨 보고 싶은데."

[……그래. 어디로 갈까?]

"예전에 자주 가던 그 커피숍 갈까? 어떻게 변했는지 가보고
싶은데. 시우 씨, 기억나?"

아영이 말하는 커피숍은 예전에 시우와 아영의 가장 많은 추
억이 어려 있는 곳이었다. 아영과 시우가 처음 만난 곳이었고.
그곳에 간다면 조금 돌아서던 시우의 마음도 다시 되돌릴 수 있
을 것만 같았다.

[기억나지. 알았어. 한 시간 뒤에 거기서 보자.]

"응! 시우 씨, 이따 봐."

조금 자존심이 상하긴 했다. 항상 먼저 만나자는 쪽은 시우였
건만…… 하지만 이런 긴장감이 도는 것도 그리 나쁜 것만은 아
닌 듯하다. 시우를 만나는 게 별로 재미없던 자신이었는데 이젠
좀 시우를 만나는 게 재미있어진다. 누군가를 정복한다는 거,
그것엔 색다른 묘미가 있는 것 같았다. 그리고 이시우는 정복할
만한 가치가 있는 사냥감이었고. 그런 웃기지도 않는 비서에게
시우를 뺏길지 모른다는 위기감을 느낀다는 건 기분 나쁜 일이

긴 했지만 말이다. 다른 날보다 훨씬 정성 들여 화장을 하며 시우를 향한 정복욕을 불태우는 아영이었다.

커피숍 앞에 도착한 시우의 표정은 부드럽게 변해 있었다. '클래식'이라는 이 커피숍에서 오 년 전 우연히 아영을 처음 만났을 때가 생각나서, 그때의 설렘이 다시금 떠올라서 시우의 기분을 묘하게 만들고 있었다.

그때 아영의 모습이 얼마나 예뻤던지…… 정말 천사같이 해맑고 예쁜 그 모습에 순간 세상 모든 것이 그대로 정지하는 듯한 충격을 받았었다. 그래, 아영의 상상 속에 시우 자신이 완벽한 사람이었듯이 자신의 상상 속의 아영도 완벽한 여자였나 보다. 어쩌면 지극히 인간적인 모습을 보여준 아영이었는데…… 아영과 다른 현주의 모습이 떠올라 어제 자신도 모르게 아영에게 실망하고 말았던 것 같았다. 옛 추억에 젖어 커피숍을 돌아보던 시우는 커피숍 문을 열고 들어오는 아영의 모습에 또다시 심장이 두근거렸다. 한동안은 잊고 있었던 아영에 대한 설렘이 다시금 살아나는 걸 느꼈다.

"시우 씨? 일찍 왔네. 아님 내가 너무 늦은 건가?"

시우를 보며 화사하게 웃는 아영의 모습은 정말이지 너무 예뻤다. 영화관에서 안 좋았던 감정이 눈 녹듯이 사라져 버리는 듯했다.

"아니야. 근데 왜 이렇게 예쁘게 하고 나왔어? 다른 날보다 더 예쁜데?"

"어우~ 시우 씨도 참."

수줍다는 듯이 살짝 시우를 노려보는 아영의 모습에 시우는 부드럽게 웃어준다.

"정말 예뻐서 그래."

"그만 띄워줘. 근데 시우 씨, 그날 많이 화났니? 그러려고 그런 건 아닌데 순간 시우 씨가 그 할아버지 편을 드는 것 같아서 좀 서운해서 그랬어. 난 시우 씨가 내가 아무리 잘못을 해도 감싸 안아줄, 내 편인 사람이라고 생각했거든."

미소를 멈추고 풀이 죽은 표정으로 말하는 아영의 모습에 시우는 미안함이 앞섰다. 생각해 보니 아영의 말이 맞는 것 같기도 했다. 그 순간엔 낮에 현주의 모습과 너무 비교돼서 자신도 모르게 감정적으로 나갔던 것 같았다. 어쨌든 시우 자신의 애인은 현주가 아닌 아영인데 현주와 아영을 왜 비교했던 건지.

"내가 많이 서운하게 했나 보구나. 앞으론 안 그럴게. 미안해, 아영아."

"아냐. 나도 감정적으로 행동 안 하도록 노력할게. 근데 식사는 잘했어? 중요한 얘기였나 봐?"

"아, 응. 새로운 프로젝트 때문에……."

"그 비서랑 꽤 친해 보이더라. 시우 씨 예쁜 여자 좋아해서 좀 위험한데~ 그 여자한테 사심 품은 건 아니지?"

약간 새침한 표정으로 묻는 아영의 물음에 시우는 왠지 모르게 뜨끔한 느낌을 받았다. 현주한테 사심이라니…… 그런 일이 절대 없는데 왜 이렇게 찔리는지 모르겠다.

"마, 말도 안 돼!! 그 마녀 같은 여자한테 사심은 무슨."

"아니면 아니지 왜 그렇게 팔짝 뛰어? 진짜 사심있는 거 아냐?"

집요하게 물어오는 아영의 말에 시우는 더욱 당황하기 시작했다. 정말 시우 자신도 왜 이렇게 민감하게 반응하게 되는지 그 이유를 잘 모르겠고…….

"진짜 아니야. 내가 왜 그렇게 그 프로젝트 열심히 하는 줄 알아? 내가 강 비서 진짜 싫어하거든. 그만두게 하고 싶은데 아버지가 그 강 비서에게 어찌나 신임이 두터운지 말도 못해. 이번 프로젝트를 성공시켜야 강 비서를 자르겠다잖아. 그것 때문에 요즘 머리가 쑤셔온다. 그 프로젝트 꽤 복잡하거든."

"진짜? 비서도 그 사실 알아?"

"알면 난리나지, 그 성격에. 어쨌든 그런 의심 하지 말라고 말해주는 거야. 나한테 너밖에 없다는 거 알면서 그런 의심이나 하고……."

"미안. 그냥 시우 씨 점점 멋있어지니까 불안해서."

이제야 밝게 웃는 아영이었다. 시우는 그 미소를 보고 안심하느라고 아영의 밝은 미소와 함께 의미심장하게 빛나는 그녀의 눈빛은 느낄 수가 없었다. 그저 아영의 오해를 풀어줬다는 사실에 기뻐하는 시우였으니까.

시우가 아영을 만나는 같은 시각, 현주는 갑작스럽게 걸려온 주홍의 전화에 놀라 주홍이 술을 마시고 있다는 포장마차로 달려들어 가고 있었다. 술에 취해 회사 근처 포장마차에 혼자 있다는 주홍의 목소리가 너무 어두워 현주는 피곤함도 잊고 주홍을 찾아온 것이다.

현주가 그곳에 도착했을 때는 이미 소주 두 병이 비워져 있었고 세 병째 소주병을 들고 컵에 술을 따르고 있는 주홍의 모습은 굉장히 힘겨워 보였다. 포장마차로 들어오는 현주를 발견하지 못했는지 깊은 한숨을 내뱉는 주홍의 모습은 현주의 마음을 아프게 했다.

"주홍 선배."

"아…… 현주 왔구나. 미안해, 피곤할 텐데 나오라고 해서."

살짝 풀린 혀로 현주에게 말하는 주홍의 눈은 빨갛게 충혈되어 있었다.

"무슨 일이야? 세상 다 산 사람처럼 혼자 이게 뭐야? 뭔 일 있어?"

"그냥…… 나 너무 힘들어서. 한 잔 할래?"

"아니야. 선배도 그만 마셔. 뭐가 그렇게 힘든데? 신정이랑 무슨 일 있니?"

신정이란 이름을 듣자마자 더욱 어두워지는 주홍의 얼굴이 대답을 대신하고 있었다.

"왜? 신정이한테 고백했어? 거절당한 거야?"

"……고백이라도 하고 거절당했으면 맘이라도 편했을 텐데. 갑자기 너무 차가워졌어. 고백은커녕 조금도 다가갈 틈을 주지 않아."

그럴 리가 없었다. 주홍의 이야기를 꺼낼 때 신정의 표정은 사랑의 빠진 여자의 표정이었다. 그런데 갑자기 주홍한테 차가워지다니? 도대체 무슨 일인지 감이 오지 않는 현주였다.

"무슨 말이야? 신정이가 갑자기 그런다고?"

"어. 다음 주에 신정 씨 생일 때 용기 내서 고백하려고 했는데…… 벌써 다 준비해 두었는데. 내 감정 눈치챘나 봐. 신정 씬 내가 싫은가 봐."

"말도 안 돼. 뭔가 오해가 있는 거 아니구?"

"오해를 살 일이 뭐가 있냐? 이제야 좀 친해졌다 싶은데…… 다시 나보고 민 대리님이래. 그것도 예전처럼 다정하게 그렇게 부르는 게 아니라 아주 차가운 표정으로 그러더라. 난 단지 너의 친한 선배일 뿐이래. 나 어떡하냐, 현주야? 나 어떡하지?"

현주는 가슴이 아파왔다. 자신이 너무 사랑하는 남자가 자신의 앞에서 다른 여자의 이름을 부르면서 힘겨워하는 모습을 보는 건 현주에게 너무 가혹한 일이었다. 하지만 너무 사랑하는 사람이었다. 이 사람이 아픈 건 보고 싶지 않았다. 어차피 자신의 사람이 될 수가 없다면 주홍이 행복해졌으면 하고 바랐건만. 신정의 행동이 갑자기 변한 것엔 분명 무슨 이유가 있을 것이다. 혹시…… 혹시 자신의 감정을 눈치챈 것일까? 최근에 자신에게 무슨 말을 꺼내려다 말던 신정의 모습이 자주 보였었다. 현주가 신정의 감정을 눈치챘듯이 신정 역시 자신의 감정을 눈치챈 것일까? 그것 말고는 다른 이유가 없었다.

"내가 알아볼게, 선배. 그러니까 힘 좀 내. 이러고 있는 선배 모습 보기 싫다."

"미안하다. 그냥 누구한테든 넋두리하지 않으면 견디지 못할 거 같아서. 이 순간 떠오르는 게 너밖에 없더라."

어찌 보면 참 잔인한 주홍이었다. 현주의 감정을 안다면 절대 이러지 못했겠지만…… 잔인하지만 이럴 때라도 주홍이 자신을 찾아주었다는 사실에 현주는 위안을 삼았다. 어쨌든 주홍에게 힘이 될 수 있다는 사실에 애써 위안을 삼는 현주였다.

가뜩이나 주홍과 신정 일 때문에 머리가 복잡한 현주인데 이시우 이 인간까지 현주의 속을 박박 긁는다. 일은 열심히 하는 것 같은데 오늘도 역시 출근 시간에 맞춰 오지 않는 시우였다.

도대체 자신과의 약속을 뭘로 아는 건지…… 현주는 신경질적으로 시우의 책상을 정리하며 아홉 시 반을 가리키고 있는 탁상시계를 노려보았다. 아마 지금 시우가 이 자리에 있었다면 저

매서운 눈빛은 시우가 받았을 것이다. 어제 현주가 넘겨준 의류 기획안 자료는 제대로 읽긴 읽었는지 모르겠다. 꽤 괜찮은 의견이 많았는데 이번 기획안엔 생각이 많은지 기획실 직원들의 의견은 별로 수렴할 생각이 없는 듯했다.

그런 생각에 서류를 들쳐 보던 현주는 서류 위 결재란에 사인을 해놓은 걸 보고 깜짝 놀랐다. 결재가 필요한 서류가 아니라고 분명 현주가 서류 제일 뒷장에 써두었건만.

이 인간 습관적으로 서류에 결재 사인을 했나 보다. 아니, 그렇게 보기엔 이상한 점이 많았다. 습관적으로 서류 하나 정도엔 실수로 결재 사인을 할 수도 있다지만 왜 모든 서류에 결재 사인을 한 걸까? 혹시 제대로 서류를 읽어보지도 않고 사인만 대충대충 한 게 아닐까? 분명 어제는 컴퓨터도 안 하고 졸지도 않고 조용히 서류를 보는 듯했는데…….

서류 더미를 정리하면서 의심의 눈초리를 짓는 현주의 눈에 제일 마지막 서류 밑에 깔려 있는 책 한 권이 들어왔다. '카리스마있는 상사 되기' 제목부터 아주 유치찬란한 게 영 마음에 들지 않았다. 요즘 이런 걸 읽고 있는 걸까? 대충 눈으로 쑥 훑으면서 지나가는데 시우가 읽다 말았는지 접혀져 있는 부분이 눈에 들어왔다. '버릇없는 부하 직원 길들이기' 역시나 유치한 소제목이 달려 있는 페이지.

천천히 그 페이지를 읽던 현주의 얼굴은 차갑게 굳어갔다. 어제 보였던 시우의 이상한 행동들이 친절하게 적혀져 있고 행동

Tip까지 나와 있는 그 페이지를 읽는 순간 짜증이 확 솟구쳐 코웃음이 났다. 인간이 개과천선한 줄 알았더니만 그건 현주의 완벽한 오해였나 보다. 그래, 오늘도 이 책 믿고 이렇게 느긋하게 온다 그거지? 솟구치는 분노를 억누르며 차가운 표정으로 책을 책상 위에 올려둔 현주는 차분한 표정으로 실장실 밖으로 나갔다. 그리고 역시나 침착한 표정으로 자신의 자리에 앉아 이시우가 저 문을 열고 들어올 때 어떻게 요리할까, 하는 계획을 세우기 시작했다.

탁!

이런 현주의 분노를 아는지 모르는지 너무나 태연한 모습의 시우가 그 순간 사무실 문을 열고 들어오는 게 보였다.

"현주 씨, 커피 좀 부탁해. 어제 늦게까지 기획안에 대해서 생각하느라고 잠을 잘 못 잤더니 피곤하군."

뻔뻔! 의 극치인 시우의 말에 현주는 신경질이 확 올라오는 걸 애써 가라앉히고 커피를 타러 들어갔다. 저 뺀질 대마왕 이시우는 곧 자신의 거센 공격에 무너지게 될 테니 그때까지만 분노를 억누를 생각이었다. 카리스마? 진정한 카리스마가 무언지 오늘 똑똑히 보여줄 테다. 다시는 이시우가 이런 식으로 잔머리 굴리지 못하도록.

현주의 무서운 표정에 시우는 왠지 모르게 긴장이 되었다. 커피를 들고 들어와서는 왜 저렇게 살벌한 눈빛으로 자신을 노려보는 것일까? 이럴 땐 더욱 강하게 나가야 저 시끄러운 여자가 조용해지겠지. 시우는 애써 당황한 눈빛을 숨기고 현주와 똑같이 살벌한 눈빛으로 현주를 쳐다봤다.

"무슨 일 있나? 표정이 왜 그래?"

"글쎄요. 일 제대로 안 하는 상사 밑에 있다 보면 다 저같이 될걸요?"

"무슨 소리야? 가뜩이나 요즘 기획안 때문에 민감해 죽겠는데."

"버릇없는 부하 직원 길들이느라고 민감하신 건 아니구요?"

현주의 물음에 시우는 심장이 덜컥 내려앉는 기분이 들었다. 깜빡하고 그 책을 그대로 두고 갔었나 보다.

"그것도 민감한 부분이긴 하지. 현주 씨 버릇없는 건 사실이잖아. 상사 알기를 우습게 알고."

"그런 소리 실장님한테 처음 들어봐요. 제가 누누이 말했지만 상사가 똑.바.로. 하면 제가 그렇게 버릇없이 나가는 일은 없을 거라 그랬죠? 실장님은 비지니스 쪽 머리는 꽝인데 잔머리만 발달하셨나 봐요?"

잔뜩 비꼬는 현주의 말에 시우의 기분은 팍 상했다. 정말 보자 보자 하니까 상사한테 못하는 말이 없었다.

"이 책 때문에 그런 거야? 저런 책 보는 것도 잔머리에 속하는 건가? 강현주 씨가 바란 상사가 저 책에 나오는 그런 상사 아니야?"

"그렇죠. 잔머리만 발달한 상사가 아니라 정말 일 열심히 하고 카리스마있는 상사라면 저도 두 팔 벌려 환영하죠.”

“도대체 뭐가 불만이야? 내가 서류 결재를 밀린 것도 아니고! 어제 결재도 다 해줬는데 또 무슨 트집을 잡으려고?”

시우는 입꼬리를 씨익 올리며 웃는 현주의 표정을 보고 자신이 무언가 엄청난 실수를 했다는 것을 깨달을 수 있었다. 지금 현주의 표정은 사냥감을 획득한 거친 맹수와 같은 표정이었다.

“그러게 제가 대충대충 결재만 하시다간 큰일나신다고 했죠? 서류 뒤에 제가 친절하게 결재할 필요 없는 서류라고까지 일일이 적어놓았는데…… 설마 머리를 너무 안 써서 한글까지 잊어먹은 건 아니겠죠? 하긴 저딴 책 읽으면서 순간 순간 위기를 넘기는 사람이 한글을 모르진 않을 텐데.”

“뭐, 뭐라고?”

“모토가 뭔지 알아요? 어떤 방향으로 나아갈지 제대로 생각이나 해보셨냐구요!! 스스로 생각할 능력이 없으면 능력있는 부하 직원들 의견이라도 제대로 수렴해야죠!! 저 서류 오늘 다 읽어놓으세요. 그리고! 앞으로 절대 지각 안 돼요. 한 번만 더 지각하면 앞으로 실장님의 연애전선에 먹구름이 끼게 될 테니 각오하라구요.”

“이, 이봐…… 현…….”

시우가 무슨 말을 꺼내기도 전에 문을 쾅 닫고 나가 버리는 현주였다. 또다시 마녀 부활이었다. 잠시잠깐 숨죽이고 있던 마

녀가 이번엔 훨씬 더 살벌한 모습으로 부활한 듯했다. 제길! 이
럴 줄 알았으면 서류 하나라도 제대로 읽어볼 걸 그랬다. 하필
이면 결재가 필요없는 서류일 게 뭐란 말인가! 시우는 산더미같
이 쌓인 서류를 읽을 생각하니 눈앞이 노래지는 거 같았다. 아
울러 마녀로 변신할 현주를 상대할 생각을 하니 끔찍해지기도
했다.

chapter. 8

고양이와 개, 키스를 하다

"현주 너랑 정말 오랜만에 차 마시는 것 같아."

요 며칠 감기 때문에, 그리고 외근 때문에 회사에 붙어 있을 틈이 없었던 현주의 휴식 요청에 신정은 반가운 얼굴을 하며 말했다.

"그러게. 그 개망나니 상사 때문에 괜스레 바빠 죽겠다. 전무님은 출장 갔다며?"

"응. 막상 할 일이 없어지니까 심심하다. 잡생각도 많이 나고."

잡생각이 많이 난다는 신정의 얼굴은 어딘가 모르게 쓸쓸해 보였다.

“주홍 선배 생각?”

정곡을 찔러 묻는 현주의 질문에 쓸쓸하던 신정의 표정은 순간 당혹감으로 바뀌었다.

“무, 무슨 소리야?”

“주홍 선배 감정 눈치챘니? 선배가 너······.”

“현주야. 아, 아니야. 내가 민 대리님 생각을 왜······.”

“나 때문이니?”

또다시 정곡을 찌르며 묻는 현주의 말에 신정은 아예 입을 다물었다. 하지만 하얗게 질린 신정의 얼굴이 현주의 질문에 긍정을 나타내고 있었다.

“내 감정도, 주홍 선배 감정도 다 눈치챈 거야? 그래서 선배한테 갑자기 차가워진 거니?”

“현주야······.”

“내 친구 진짜 바보다. 네가 그런다고 선배 나 안 봐. 그리고 선배가 나한테 너에 대한 감정 말한 순간 내 감정 다 접었어, 이 바보야. 넌 선배한테 차갑게 대하는 게 나에 대한 배려라고 생각했을지 모르지만 그거 오히려 나한테는 더 상처다.”

감정을 접었다는 건 현주의 거짓말이었다. 하지만 신정이 눈치채지 못하게 애써 담담한 표정으로 말하는 현주였다.

“무슨 말 하는 건지 모르겠다. 현주야, 나는······.”

“네 감정까진 속이지 마. 네가 내 감정 눈치챘듯이 나도 네 감정 다 아니까. 우리가 몇 년 친군데 내가 그런 것도 모르겠니?

네 감정 이끄는 대로 해. 나 말이야, 나 좋다는 사람도 있어. 그 사람 알지? 영화배우 임종화. 그 남자가 나 좋대. 그런 멋진 남자가 나 좋다는데 주홍 선배가 눈에 보이겠니? 내 감정 신경 쓰지 마, 신정아.”

“나…… 나 들어가 볼게. 머리가 아프다. 미안, 차는 나중에 마시자.”

신정은 마시다 만 커피를 휴게실 테이블 위에 올려두고 서둘러 일어서서 휴게실 밖으로 걸어나간다. 단도직입적인 자신의 말에 많이 당황한 듯한 신정의 뒷모습을 지켜보는 현주의 표정은 많이 어두워져 있었다. 저 바보 같은 친구가 자신의 말이 거짓인 것을 다 알아버린 걸까? 하지만 신정과 주홍이 잘됐으면 하는 건 진심이었다. 주홍이 힘들어하는 것도 보기 싫었고, 그나마 주홍의 선택이 신정처럼 멋진 여자라는 사실에 안도감을 느끼고 있는 현주였으니까.

“연기력이 좀 많이 부족한데?”

씁쓸하게 신정의 사라진 자리를 지켜보고 있던 현주의 눈에 갑자기 종화의 모습이 들어온다. 저 남자가 지금 여기에 왜 있는 건지…… 현주는 좀처럼 상황이 정리가 되지 않았다.

“임종화 씨?”

“진짜 나 때문에 그 남자가 눈에 안 들어와? 후후. 거짓말이라도 기분 좋다, 참.”

“뭐예요? 언제부터 거기 있었어요?”

당황하며 묻는 현주의 질문에 종화는 싱글벙글 웃음만 짓는
다.

"다 들은 거예요?"

"현주가 이리로 들어가는 거 보고 슬쩍 따라왔는데 말이야.
너무 진지한 분위기여서 조용히 숨어 있었지."

"……미안해요. 종화 씨 이름 팔아서."

현주는 방금 전 신정에게 한 자신의 말이 떠올라서 얼굴이 잔
뜩 붉어졌다.

"노노. 괜찮아. 그런 식으로 내 이름 파는 거면 얼마든지 팔아
도 돼. 듣던 중 반가운 소리니까. 그리고 이왕이면 그 거짓말이
진실이 될 수 있게 나랑 만나주면 더 더욱 좋고."

"그건 좀 곤란하네요. 나중에 밥 한 끼 살게요. 종화 씨 이름
판 값으로."

"밥 말고 딴 거 해주면 안 될까? 나 현주랑 꼭 가고 싶은 데가
있는데."

종화의 말에 현주는 어리둥절한 표정으로 종화를 쳐다봤다.

"스키 타는 거 좋아해? 나한테 콘도 여행권이 생겨서 말이
야."

물론 스키 타는 건 아주 많이 좋아하는 현주였지만 종화와 콘
도 여행은 확실히 부담스러웠다.

"별로요. 종화 씨랑 그런데 갈 만큼 절친하다 생각하지 않는
데요."

“쿡. 뭐야? 내가 덮치기라도 할까 봐?”

직접적인 종화의 표현에 현주의 얼굴은 더욱 새빨갛게 달아올랐고 그런 현주의 반응이 귀여운지 종화는 낮은 웃음을 터뜨렸다.

“물론 그러고 싶은 마음은 굴뚝같지만 그랬다간 본전도 못 찾을 테니 포기하지. 우리 둘만 가자는 건 아니야. 시우네 커플이랑 같이 가는 건 어때?”

“뭐라구요? 싫어요. 그 커플이랑 왜 같이……”

“그럼 우리 둘이 가?”

“미쳤어요?”

“나 현주가 같이 안 간다면 방금 그 친구 만나서 다 말할 거야. 현주는 나랑 만날 생각 눈곱만큼도 없다고.”

“임종화 씨!”

“그럼 가는 거다. 단둘이 가기엔 나도 자제력이 없어져서 안 될 것 같으니 시우네 커플이랑 같이 가는 걸로 하지. 이번 주 주말 비워둬.”

정말 막무가내인 남자다. 친구끼리 어쩜 저런 얄미운 잔머리만 닮았는지 모르겠다. 게다가 하필이면 종화 이름을 파는 순간 그걸 종화한테 걸리고 말다니. 운이 지지리도 없다고 생각하며 절망하는 현주였다.

“뭐? 스키 여행?”

갑작스럽게 회사에 들이닥쳐서 스키 여행을 제안하는 종화의 말에 시우는 깜짝 놀라 반문했다.

"응. 콘도 예약했으니까 넌 아영이랑 와."

"난 아영이랑 간다지만 넌 누구랑 가냐? 혹시…… 저 마녀는 아니겠지?"

불안하게 현주가 앉아 있는 바깥쪽을 쳐다보며 묻는 시우의 말에 종화는 싱긋 웃었다. 그리고 그 미소가 긍정의 표시란 걸 시우는 단번에 알아챌 수 있었다.

"진짜냐? 저 마녀랑 같이 가는 거야?"

"정말 어렵게 잡은 기회이니 네가 좀 도와줘라."

"야! 미쳤어! 회사에서 저 여자 보는 것도 끔찍한데."

"친구 한번 도와주는 셈치고 가자. 단둘이는 절대 안 가겠대. 현주 알잖아?"

"싫어, 인마. 절대 싫어! 아, 그렇게 쳐다봐도 안 돼!"

애절한 눈빛을 쏘아대는 종화를 외면하며 시우는 말했다. 오늘 아침에 현주가 했던 말들이 앙금이 되어서 남아 있는데 현주랑 같이 가는 스키 여행이 즐거울 리가 없었다. 한 며칠은 현주 놀리는 재미로 즐거웠었지만 이제는 상황이 또다시 완벽하게 역전되어 재미고 뭐고 강현주란 여자가 그저 끔찍하게 생각되는 시우였다.

"자꾸 그러면 재미없다, 이시우. 너의 화려했던 연애사가 그대로 아영의 귀에 들어가는 수가 있어. 아무리 아영이가 지금 널 사랑한다지만 너의 그 엄청난 연애사를 들으면 너한테 질릴 지도 모르지.”

“임종화!”

“거짓말 아니야. 나 이번 스키 여행 못 가면 두고두고 너를 원 망할 것이다.”

왜 다들 자신의 연애전선에 훼방을 놓으려고 난리인지 모르 겠다. 지금 시우에 최대 약점이 아영이란 걸 누구보다 잘 아는 두 사람이 이젠 아주 쌍으로 협박을 해댄다.

“완전 사랑 앞에선 우정도 없구나. 종화 너 다시 봤다.”

“그러니까 내가 우정으로 호소할 때 같이 가자, 인마. 너도 아 영이랑 같이 여행 가는 건 좋잖아.”

정말 변해도 너무 변한 종화였다. 도대체 현주에게 어떤 매력 을 느끼기에 종화가 이렇게까지 변하게 된 건지 시우는 참으로 궁금해졌다.

“아, 몰라, 몰라. 가더라도 각자 노는 거다. 난 아영이랑만 오 붓하게 놀 테니까.”

“물론! 그게 내가 바라는 바다. 고맙다, 이시우~”

자신의 트레이드 마크인 꽃미소를 날리며 웃는 종화인 반면 시우는 잔뜩 인상을 쓰며 그 웃음에 답했다. 현주와 함께 가는 스키 여행이 시우는 정말 달갑지 않은가 보다.

“그럼 귀염둥이, 내일모레 보자구! 아침 열 시에 집 앞으로 모시러 갈 테니 준비하고 있어. 알았지?"

현주는 얼굴 가득 미소를 담고 말하는 종화를 보며 인상을 찌푸린 채 고개를 끄덕였다. 종화와 시우와 함께 가는 스키 여행. 상상만 해도 끔찍했지만 차라리 맘을 깨끗하게 비우기로 결심했다. 어차피 눈 구경도 제대로 못한 올 겨울, 눈 실컷 보고 스키나 실컷 타며 짜증을 떨쳐 버리기로. 뭐, 어쨌든 꼭 가야 하는 일이라면 이왕이면 즐겁게 가는 게 나을 것만 같았다.

"그럼 오늘도 수고하라구. 전화할게."

"됐어요, 전화는 무슨. 그냥 토요일에 봐요."

"하여튼 차갑다니까. 뭐, 그게 현주의 가장 큰 매력이기도 하지. 갈게."

살짝 윙크를 하고 실장실 밖으로 사라지는 종화의 모습을 보며 현주는 온몸에 돋아난 닭살을 털어내느라고 바빴다. 그리고는 시우와 종화가 마신 찻잔을 치우기 위해 쟁반을 들고 실장실 안으로 들어섰다. 들어서자마자 자신의 노려보는 시우의 차가운 시선을 당당히 맞서며 현주는 찻잔을 치웠다.

"도대체 무슨 생각으로 그 얼토당토않는 여행을 허락한 거야?"

현주의 눈빛이 자신보다 더 매섭다는 걸 안 시우는 재빨리 현주의 눈에서 시선을 피하며 물었다.

"그러는 실장님은요? 그렇게 가기 싫었으면 실장님이라도 거절하시지 그랬어요?"

"거절 못할 이유가 있으니까 그렇지!"

"저도 마찬가지라구요!"

시우와 현주의 눈빛은 또다시 팽팽히 맞섰다. 그러다 둘 다 깊은 한숨을 내쉬며 팽팽히 맞서던 시선을 거둔다. 둘이 이렇게 아웅다웅해 봤자 무슨 소용이겠는가. 둘 다 가고 싶어서 가는 것이 아닌 종화에게 약점 아닌 약점을 붙잡혀서 가게 된 여행인데.

"정말 끔찍한 여행이 되겠군."

"서류나 열심히 읽으시죠. 내일 그 서류에 나오는 내용 물어봐서 대답 못하시면 그 끔찍한 여행마저 못 가는 수가 있으니까요."

"잘됐군. 서류도 읽기 싫고, 여행도 가기 싫으니."

"여행 안 가는 대신 주말 내내 저와 함께 그 서류에 대한 토론을 하고 싶으시다면 공부 안 하셔도 상관없어요."

정말 세상에서 제일 끔찍한 말이었다. 적어도 시우의 귀엔 그렇게 들렸다. 현주의 저 말은 마치 '지옥에나 떨어져라' 이런 뜻 같았다. 차라리 여행을 가면 아영과 함께 있을 수라도 있지. 시우는 인상을 잔뜩 찌푸리며 내팽개쳐 두었던 서류를 열심히 읽어 내리기 시작했다. 현주는 그런 시우의 모습을 보며 몰래 미소를 지었다. 자신과 함께 공부하는 것이 이시우에겐 정말 끔찍한 일이긴 한가 보다. 나름대로 시우는 꽤 괴롭히는 재미가 있는 남자였다.

“내일 퇴근 시간까지 완벽하게 마스터하길 바라요. 수고하세요, 실장님.”

생긋생긋 웃으며 말하는 현주의 예쁜 얼굴이 시우의 눈엔 무척이나 사악하게 보였다. 어제까진 정말 현주를 놀리는 재미가 쏠쏠했던 자신이었는데, 이젠 상황이 완벽하게 역전되어 버린 것 같았다. 다시금 자신이 승리의 깃발을 꽂는 그날이 하루 빨리 돌아왔으면 하고 바라는 시우였다. 그날이 과연 언제 올지는 모르겠지만.

“스키 여행?”

[응. 저번에 본 강 비서 있지? 종화가 사실 그 강 비서 좋아하거든. 그런데 둘이 가기 어색하다고 우리보고 같이 가자네. 솔직히 난 별로 달갑지 않은데 아영이 너랑 여행 가본 적 한 번도 없는 거 같고 해서…… 어때? 주말에 스케줄 괜찮겠어?]

현주와 종화, 그리고 시우와 자신이 같이 가는 스키 여행이라. 솔직히 시우가 그 현주라는 여자랑은 아무 사이 아니라고 펄쩍 뛰긴 했지만 그래도 못내 걸리는 게 있는 아영이었다. 이번 스키 여행을 계기로 하여금 시우가 자신을 얼마나 사랑하는지 현주에게 보여주는 것도 좋을 것 같았다.

“괜찮지 뭐. 시우 씨랑 같이 가는 여행이라는데 당연히 가야지. 안 그래?”

[그래. 그럼 가는 걸로 추진할게. 가서 재밌게 놀자.]

"시우 씨랑 하는 건 뭐든 다 즐겁고 재밌어. 조심해서 들어가,
시우 씨."
[응. 토요일 날 아침에 집 앞으로 데리러 갈게.]
"어. 그날 봐."
[응. 그럼 끊을게.]
핸드폰을 내려놓는 아영의 얼굴은 야릇한 미소가 걸려 있었
다. 당장 내일 스키복부터 사러 가야겠다. 스키장에서 현주보다
돋보이려면 패션이 중요할 테니 말이다.

하루 사이에 많은 일이 있었기에 잔뜩 지친 몸을 이끌고 집으
로 들어온 현주는 거실에 앉아 있는 엄마와 현민을 보고 깜짝
놀랐다. 스키복을 쫙 펼치고 신나게 수다를 떨고 있는 두 모자
는 굉장히 신나 보였다.
"엄마! 이게 뭐야?"
"어머! 현주 왔구나~ 너 토요일 날 임 서방이랑 스키장 간다
며? 임 서방이 이거 주고 가더라. 어쩜 이렇게 센스가 있니. 이
스키복, 너무너무 예쁘다!"
정말 가지가지 하는 남자다. 스키복까지 사서 자신에 엄마에
게 가져다 안기다니. 종화한텐 두손두발 다 들 지경이었다.
"뭐야? 그걸 왜 받아!"
"어때서 그러니~ 예쁘기만 하구만. 하여튼 우리 딸내미 복
터졌네. 완전 임 서방 하는 짓도 영화다, 영화. 영화 속에서 막

튀어나온 남자 같아."

"그러게! 매형 진짜 멋진 것 같아. 누나, 다음에 매형이 여행 가자면 나도 좀 데려가 줘라. 능력있는 매형 덕 좀 보자."

현주의 속도 모르고 잔뜩 신이 난 엄마와 현민의 모습에 현주는 뒷골이 다 아플 지경이었다. 종화랑 같이 스키장 가는 것만으로도 짜증이 솟구치는데 도대체 식구들까지 왜 이러는지 모르겠다.

"아, 몰라 몰라. 그 스키복 그렇게 좋으면 엄마 가지우. 난 필요없어. 하여튼 시키지도 않은 짓은 잘만 한다니까!"

"하여튼 배가 불러서 아예 터졌어. 잔말 말고 이 스키복 들고 가! 이렇게 신경 써서 사 왔는데 네가 안 입으면 임 서방 맘이 얼마나 상하겠니?"

"내 맘도 좀 생각해 줘! 임 서방 임 서방 하지 좀 말고! 들어가서 쉴래. 하여튼 담부터는 절대 그 남자가 사 오는 거 아무것도 받지 마!"

충분히 종화의 마음이 부담스러운 현주였다. 종화가 적극적으로 나올수록 부담감과 미안함이 자꾸만 커져만 갔다. 그런 자신의 속도 몰라주는 식구들이 참으로 야속할 뿐이었다.

시우와 현주. 두 사람 다 토요일이 더디게 오길 바랐다. 하지만 그 바람이 이루어지기는커녕 시간은 너무나 쑥쑥 잘 가서 어느새 토요일 아침이 되고 말았다. 시우의 서류 마스터도 완벽

했—그래도 현주와 남아서 공부하는 건 시우도 싫었나 보다—고 이
제 그저 두 사람은 토요일이 빨리 다가왔던 만큼 스키장에서의
주말도 후딱 지나가길 바랄 뿐이었다.

"왜들 표정이 그렇게 안 좋아? 이렇게 공기 좋은 곳에 와서
말이야."

콘도에 들어서는 현주와 시우의 표정을 보며 종화는 의아한
듯 물었다.

"아니야. 그냥 좀 피곤해서. 아영이 넌 안 피곤해?"

"응, 시우 씨. 오랜만에 스키장 오니까 좋네."

시우는 그나마 예쁘게 싱긋 웃는 아영을 보며 마음의 위안을
삼았다.

"현주도 피곤해서 표정이 그렇게 안 좋은 거야?"

"그렇죠. 황금 같은 주말을 이렇게 보내는 것도 좀 그렇구요.
제 방은 어디예요? 일단 방에 들어가서 좀 쉴래요."

4인실짜리 초특급 호화 콘도였기에 각자 방이 따로 있었다.
그나마 방이 각자 따로 있다는 사실에 현주는 위안을 삼았다.
잘 모르는 시우의 여자 친구와 같은 방을 쓰기엔 부담이 좀 되
었으니까.

"아, 여자들은 이층 방 써. 이층이 아늑하니 좋을 거야."

"그래요. 아영 씨, 어느 쪽 방 쓸래요?"

"아, 아무 데나요. 현주 씨가 결정해요."

솔직히 현주는 오른쪽이든 왼쪽이든 별 상관 없었다. 그저 빨

리 방으로 들어가 쉬고 싶을 뿐.

"그럼 제가 왼쪽 방 쓸게요. 저 먼저 들어갑니다. 다들 나중에 봐요."

"그래. 이따 방으로 찾아갈게, 귀염둥이."

스키장에 와서까지 특유의 느끼함을 버리지 못하는 종화의 말에 현주는 고개를 설레설레 저으며 이층 자신의 방으로 들어갔다.

정말 끔찍하게 오기 싫었던 여행이었지만 예쁜 방을 보니 조금 마음이 안정되는 것만 같았다. 방 옆으로 나 있는 커다란 창을 통해 눈으로 하얗게 뒤덮인 스키장 풍경이 한눈에 들어왔다. 역시 호화 콘도는 다르긴 다른가 보다. 욕실과 화장실까지 각 방에 겸비되어 있다니. 그냥 이렇게 전망 좋은 방에서 시간을 때우다 보면 시간이 금방금방 갈 것 같았다.

똑똑!

저렇게 문을 두드리면서 방해하는 사람만 없다면 더 좋았을 텐데.

"들어와요."

현주 자신의 예상대로 종화가 조심스럽게 문을 열고 들어오는 게 보였다.

"스키 타러 안 갈래? 시우랑 아영인 지금 나간다는데."

"전 그냥 방에서 좀 쉴래요. 스키는 있다가 오후에 타죠 뭐."

"그래? 그럼 나도 그냥 현주랑 같이 쉬어야겠다."

"아, 아니에요. 그냥 스키 타러 가요."

방에 종화랑 같이 있어야 한다는 사실이 현주는 왠지 모르게 부담스럽게 느껴졌다.

"또 내가 덮칠까 봐 걱정하는 거야? 걱정 말라고. 나 매너 하나는 예술이니까. 가끔 현주를 보면 덮치고 싶은 충동도 들지만."

"그런 말 할 거면 제발 스키 타러 가주세요. 혼자 있고 싶어요."

"싫어. 현주랑 파트너로 온 여행인데 파트너를 내팽개쳐 두고 그럴 순 없지. 커피 마실래? 커피 타 올게."

제발 좀 내팽개쳐 두고 나가줬음 하건만 전혀 그럴 기미가 보이지 않는 종화였다. 이미 현주의 대답도 듣지 않고 커피를 타러 밖으로 나가 버린 종화였으니까. 정말 사람을 부담스럽게 만드는 남자였다.

"종화 씨랑 현주 씨는 스키장 와서 스키를 왜 안 탄대? 같이 타면 좋을 텐데."

"글쎄, 뭐 둘이서 오붓하게 콘도에 있고 싶나 보지."

종화가 현주에게 정말 푹 빠졌다는 걸 시우는 스키장에 와서 확실히 깨달았다. 도대체 그 마녀 같은 여자에게 어떤 매력을 느낀 건지 그게 참 궁금해지기도 했다. 그리고 지금 콘도에서 무슨 일이 일어나고 있을지 그것도 이상하게 궁금했다. 종화와 함께 있는 현주를 보는 게 왜 이렇게 짜증이 날까? 늘 여자 앞에서 당당하던 종화가 현주 앞에서 빌빌거리는 걸 보는 것도 영 짜증이 났다. 그 마녀가 종화를 홀려도 단단히 홀렸나 보다.

"종화 씨가 진짜 빠지긴 했나 보더라. 나 종화 씨의 저런 모습 처음 봐."

"그러게. 도대체 그 여자 어디가 좋다고 그러는지."

"시우 씨는 그런 스타일 싫어? 현주 씨 예쁘고 매력있잖아."

"겉모습이 예쁘면 뭐 해, 성격이 얼마나 더러운데. 난 우리 아영이 같이 여성스럽고 차분한 여자가 좋아."

분명 자신을 칭찬하는 말임에도 불구하고 시우의 말에 약간 기분이 상하는 아영이었다. 현주가 예쁘다는 걸 분명 인정한다는 것이었으니까. 성격의 험담보다도 외모에 관한 험담을 듣고 싶었다. 아영은 항상 다른 사람들보다 자신이 돋보인다는 생각으로 살아왔었다.

"뭐, 그래도 종화 씨가 빠질 만한 매력이 있었겠지."

"톡톡 튀는 성격이 좋은가 보지 뭐. 그쪽 얘긴 그만 하자. 난 아영이랑 오붓한 여행을 즐기러 온 거라구."

종화와 현주의 관한 이야기를 하면 할수록 시우는 기분이 상해갔다. 도대체 자신의 기분이 왜 그런지 스스로도 잘 알 수가 없었다.

"도대체 언제까기 거기 앉아서 내 얼굴 보고 있을 거예요?"

　아예 자신의 방 침대까지 차지하고 앉아서 의자에 앉아 창밖을 보는 자신을 뚫어지게 쳐다보는 종화가 현주는 너무 부담스럽게 느껴졌다.

　"그냥. 현주가 나 쳐다봐 줄 때까지 보려고 했지. 스키 안 타도 좋다. 현주 얼굴을 이렇게 실컷 볼 수 있다니."

　"할 일 없으면 방에 가서 잠이나 자요."

　"싫어. 협박까지 해서 현주랑 황금 같은 주말을 같이 보내게 됐는데 잠자면서 날려 버리긴 너무 아깝잖아."

　종화는 정말 말이 안 통하는 남자였다. 이런 부담스러운 분위기로 방에 있으니 차라리 종화랑 스키 타러 나가는 게 나을 것 같다. 벌써 두 시간째 아무것도 안 하고 방에만 있자니 답답하기도 했고.

　"그냥 스키나 타러 가죠."

　"정말? 그럼 얼른 옷 갈아입고 나와. 나도 스키복으로 갈아입어야겠다. 꼭 내가 사준 걸로 입어야 해."

　어차피 현주는 종화가 사준 스키복밖에 없어서 다른 걸 입고 싶어도 입을 수가 없었다. 몇 년 전에 구입한 스키복은 엄마가 갖다 버렸는지 보이지도 않았다. 현주가 아침에 종화가 사준 스키복을 내버려 두고 나가자 엄마는 그런 그녀를 붙잡아 기어코 가방에 스키복을 넣어주었다.

　"알았으니까 일층에서 봐요. 금방 준비하고 나갈 테니."

　"좋았어! 현주랑 같이 스키 탄다니 훨씬 즐거울 것 같은데?"

샤방한 웃음을 날리며 나가는 종화의 얼굴은 어린아이마냥 잔뜩 신나 보였다. 저렇게까지 자신을 좋아해 주는 종화가 현주는 부담스럽기도 했고, 미안하기도 했다. 자신의 마음에 종화가 들어올 자리가 조금도 없었으니까. 나가는 종화의 뒷모습을 안타깝게 쳐다보던 현주는 짐을 풀르고 종화가 사준 스키복을 꺼냈다. 그래도 패션 감각이 뛰어난 배우여서 그런지 그가 산 스키복 디자인도 아주 세련되었다. 자신이 몇 년 전에 저렴하게 구입한 스키복과는 차원이 달랐다. 대충 보기에도 꽤 비싸 보이는 스키복이었다. 하여튼 시우나 종화나 정말 돈이 남아도는 인간들 같았다. 다른 여자들 같으면 얼씨구나 했을 선물인데도 현주의 머리 속엔 오직 '부담'이란 두 글자만 가득했다. 가벼운 소재의 스키복도 부담 때문에 무겁게 느껴질 정도였으니까.

"정말 예쁘다! 역시 현주한테 잘 어울릴 줄 알았다니까."

일층에 내려와서 종화를 본 후에야 현주는 종화와 자신의 스키복이 커플 스키복이란 걸 알 수 있었다. 종화가 스키복을 사왔을 때 짐작했어야 했는데 이렇게 하고 밖에 나가면 사람들이 종화와 자신을 커플로 볼 것은 당연지사였다.

"종화 씨…… 뭐예요?"

"이런 데 와서라도 커플 분위기 내야지. 비록 내 소망이긴 하지만. 안 그래?"

"그러다 스캔들이라도 나면 어쩌려구요? 나 그럼 종화 씨 다신 안 볼 거예요."

“걱정 마. 고글이 얼굴의 반 이상을 가려주는데 무슨 걱정이야. 그런 걱정 하지 말고 나가자구.”

“하여튼 정말 멋대로 하는 데 뭐 있다니까요.”

흘겨보는 현주의 시선엔 아랑곳하지 않은 채 종화는 싱긋 웃으며 현주의 손을 붙잡고 콘도 밖으로 나갔다. 종화의 손에 잡혀 있는 자신의 손을 빼려고 해도 어찌나 손을 꽉 잡고 있는지 절대 빠지지가 않았다.

“아파요! 손 좀 놔줘요.”

“가만히 있음 안 아플 거야. 그러니까 고집 그만 피워요, 아가씨.”

현주는 점점 스키 여행에 따라온 게 후회가 됐다. 푹 쉴 수 있는 주말에 도대체 이게 무슨 짓인지…… 현주는 종화가 괜히 얄밉게 느껴졌다.

“스키복 오늘만 입고 돌려줄게요. 비싼 것 같은데.”

“필요없으면 현주가 직접 버려. 그 스키복이 일억짜리라고 해도 아깝지 않을 거야. 현주한테 쓰는 돈 나 하나도 안 아깝다고. 누군가를 생각하면서 그 사람을 위해 무언가를 사는 게 얼마나 행복한 일인지 현주를 만나면서 알았어. 그러니 그 스키복의 주인도 현주라고.”

매스컴에 길들여져 있는 사람이라 그런지 정말 말 하나는 기똥차게 잘했다. 차라리 어리버리한 시우를 상대하는 게 훨씬 편하단 생각이 들 정도로 종화를 상대하는 건 현주에게 결코 쉬운 일이 아니었다. 그저 지금 현주가 바라는 건 주말이 쏜살같이 지나가 종화로부터 벗어나는 것뿐이었다.

스키장 정상으로 올라온 종화와 현주를 보는 아영의 큰 눈은 더욱 커져 갔다. 큰맘먹고 카드로 긁은 자신의 스키복보다도 훨씬 좋은 현주의 스키복이 아영의 눈에 들어왔기에 자존심도 와르르 무너졌다. 명품이라 불리는 프라다 스키복. 저 스키복이 무척이나 맘에 들었지만 엄청나게 비싼 가격 앞에 눈물을 머금고 포기한 자신인데…… 그 스키복을 현주가 입고 있으니 자존심이 상할 대로 상해 버린 아영이었다.

"여! 스키 많이 탔어?"

종화는 여전히 현주의 손을 꽉 붙잡고 아영과 시우에게 다가와 물었다.

"질리도록 많이 탔지. 이제 그만 들어가려는 참이었어. 아영아, 너도 피곤하지?"

현주의 손을 꽉 붙잡고 있는 종화의 손을 보며 시우가 눈살을 찌푸린 채 말했다.

"응. 시우 씨, 좀 많이 피곤하네."

이미 현주의 스키복 때문에 자존심은 무너진 아영은 더 이상 스키를 타고 싶지도 않았다. 자신의 집이 예전 같았다면 이런 일로 자존심이 무너질 일은 절대 없었을 텐데.

"그래, 우린 들어갈란다. 스키 잘 타다 와라. 강 비서도 재밌게 타. 둘이 아주 좋아 보이네."

좋아 보인다는 시우의 말과 다르게 시우의 표정은 아주 차가 웠다. 그리고는 아영에게 내려가자는 눈빛을 보내고 아영보다 먼저 스키를 타며 내려가 버렸다.

"재밌게 타고 와요. 스키복이 참 예쁘네요."

아영 역시 자기가 하고 싶은 말만 던진 채 시우의 뒤를 따라 스키를 타고 내려가 버린다.

"급하게도 내려가네. 피곤했는데 우리 둘 배려하느라고 콘도에 못 들어온 건가?"

"그런 거 같진 않네요. 그만 손 좀 놔주시죠, 스키 좀 타게."

시우의 비꼬는 듯한 표정에 왠지 모르게 기분이 상한 현주는 종화를 보며 차갑게 말했다.

"아! 미안, 미안. 아쉽지만 그만 놔줘야겠지? 스키 타자구."

여전히 싱글벙글 웃으며 자신의 손을 놔주는 종화는 쳐다보지도 않은 채 현주는 재빨리 스키를 타고 내려갔다. 그런 현주의 태도에도 기분이 안 상하는지 종화는 계속 웃는 얼굴로 스키를 타며 현주 뒤를 따랐다.

"시우 씨, 좀 천천히 걸어! 뭐가 그렇게 급해?"

뭐가 그렇게 화가 나는지 성큼성큼 큰 걸음으로 걷는 시우를 총총걸음으로 뒤따르며 아영이 묻는다. 그제야 자신이 너무 급하게 걸은 걸 안 시우는 미안한 표정으로 걸음을 멈췄다.

"미안. 내가 너무 빨리 걸었지. 그냥 좀 피곤해서 빨리 쉬고 싶어서…… 스키 이리 줘. 무겁겠다."

"시우 씨, 좀 이상하다. 뭐 기분 상하는 일 있니?"

"아, 아니야. 피곤해서 그랬다니까."

"흠. 왠지 현주 씨가 부러워지네. 종화 씨는 현주 씨 무지 챙기는 느낌이었는데. 시우 씬 나 내팽개치고, 피곤하다고 막 빨리 가버리고."

뾰로통한 표정으로 말하는 아영의 말에 양심이 시우는 양심이 콕콕 찔리는 느낌을 받았다. 솔직히 시우 자신도 종화와 현주만 보면 왜 이렇게 기분이 나빠지는지 알 수가 없었다.

"미안해. 삐친 거 아니지?"

"삐칠 것 같아. 근데 종화 씨 진짜 대단하다. 현주 씨 입고 있는 스키복 종화 씨가 사준 거겠지? 그거 무지 비싼 건데."

"비싸면 뭐 해. 그 여자한테 어울리지도 않는구만."

갑자기 백화점에서 자신이 사준 옷 부담스럽다면서 기겁을 하고 안 받던 현주의 모습이 생각나 시우는 또 한 번 기분이 상했다. 자신이 사준 옷은 그렇게 부담스럽다고 펄쩍 뛰면서 종화가 사준 비싼 스키복은 아무 부담 없이 입다니.

"그래도 나도 갖고 싶던 스키복이었는데."

"그럼 서울 가면 내가 사줄게. 너한테 그 정도도 못해줄까 봐? 갖고 싶었음 미리 말하지 그랬어. 그랬음 여기 오기 전에 사주는 건데."

시우의 무관심한 행동에 기분이 상했던 아영의 얼굴은 시우가 그 스키복을 사준다는 말에 금세 밝아졌다.

"정말? 정말 사줄 거야?"

"당연하지! 네가 입으면 그 여자보다 백배천배는 더 예쁠 거다."

"고마워, 시우 씨. 역시 난 시우 씨밖에 없어."

환한 얼굴로 자신의 팔짱을 끼며 말하는 아영을 봐도 시우는 별로 즐겁지가 않았다. 그저 자신의 머리 속을 헤집고 다니는 종화와 현주의 생각에 짜증만 더해질 뿐이었다. 이렇게 기분이 상하는 이유는 자신의 소중한 친구가 마녀한테 빠져 허우적대는 게 보기 싫을 뿐이라

스스로에게 자기 최면을 걸면서.

레스토랑에서 스테이크와 와인을 마시며 보내는 저녁은 네 사람이 처음 가져보는 평온한 시간이었다. 그러나 각자 머리 속으로 무슨 생각을 하는지 별로 말이 오가지 않은 저녁이었다. 그리고 숙소로 돌아와선 피곤하다며 현주가 먼저 빠지자 아영 역시 일찍 쉬고 싶다며 자신의 방으로 들어갔다. 결국 둘밖에 안 남은 두 남자 역시 맥주 한 잔씩 하며 밤을 맞이했다. 물론 이때까지만 해도 시우나 현주는 그 후에 일어날 엄청난 사건을 예감하지 못했다.

아영이 커다란 창이 있는 방이 좋다며 현주에게 방을 바꾸자

고 제안했다. 비록 현주도 창이 있는 방을 내주고 싶진 않았지
만, 아직은 어색한 아영의 부탁을 거절하기가 좀 그래서 흔쾌히
아영의 제안을 받아들였다.

"고마워요, 현주 씨. 시우 씨 얘기랑은 참 다른 거 같아요, 현
주 씨는."

"그래요? 실장님이야 저를 뭐 사악한 마녀라 생각하고 계시
니까요."

시우가 했던 말을 정확히 꼬집어 말하는 현주의 말에 아영은
어색한 미소만 지었다.

"그럼 쉬세요. 괜히 제가 방 바꿔달라는 바람에 푹 쉬지도 못
했겠네요."

"아니에요. 아영 씨도 푹 쉬세요."

이미 자신의 방에서 샤워까지 끝낸 현주였기에 간단한 자신
의 짐만 챙겨 아영의 방으로 옮겼다. 커다란 창문이 없다는 점
만 빼면 자신의 쓰던 방과 거의 비슷했기에 대충 짐을 풀어놓
고, 침대에 몸을 뉘었다. 나름대로 피곤했던 하루였기에 침대에
누운 현주는 금세 잠들었다. 너무나 포근한 단잠이 끔찍하게 증
오스러워질 줄은 현주는 미처 몰랐다.

피곤한 상태에서 마신 맥주여서 그런지 술이 강한 시우도 살
짝 취기가 올랐다. 그래서 그런지 이상하게도 아영이 너무 보고
싶어졌다. 아니, 머리 속에 돌아다니는 현주를 지워줄 사람은

아영밖에 없을 것 같았다. 오 년 전에 이미 아영과 키스를 한 시우였지만 다시 아영을 만나면서 아직 키스도 못해봤단 생각이 떠올랐다. 그러면서 아영과 키스를 하고 싶다는 충동이 거세게 일어 도저히 방에 가만히 있을 수가 없었다. 이미 밤은 깊었고 다들 잠든 것 같으니 조용히 아영의 방에 들어가 잠든 아영의 예쁜 입술에 입을 맞추고 싶었다.

　시우의 발은 어느새 방에서 나가 이층으로 걸어 올라가고 있었다. 분명 그 마녀 같은 여자가 왼쪽 방이랬으니까 오른쪽 방을 아영이 쓰고 있을 것이다. 조심스레 뒷발을 들고 아영의 방문이라 생각되는 문을 열고 시우가 들어가자 침대에서 새근거리며 자는 아영의 모습이 어슴프레 들어왔다. 불이 꺼져 있는 방엔 창도 없어 앞이 제대로 보이지 않았지만 서서히 어둠의 눈이 익숙해지자 아영이라 생각되는 여자가 침대에 누워 있는 게 확실하게 눈에 들어오기 시작했다.

　새근새근. 조용한 방 안 공기에 섞여 들리는 아영의 숨소리가 시우의 귀엔 참 기분 좋게 들려왔다. 조심스레 침대 앞에 무릎을 꿇고 앉은 시우는 살짝 손으로 아영의 부드러운 볼을 쓰다듬고 천천히 자신의 입술을 아영의 입술에 가져다 댔다. 부드러운 입술의 촉감. 그 촉감이 너무 좋아 시우는 저절로 기분이 좋아졌다. 아영의 입술이 이렇게 부드러웠나? 오 년 전 아득한 그 느낌을 생각하며 더욱 깊숙히 아영의 입술을 공략하는데 갑자기 퍽! 소리를 내며 자신을 밀쳐 내는 손이 보였다. '꺄악' 하며 소리를 지르는 여자의 날카로운 비명 소리도 들렸고.

"아, 아영아, 나야. 놀랐어? 나 시우야."

"시…… 실장님?"

두려움에 떨며 시우 자신을 향해 묻는 목소리는 아영의 목소리가 아니었다. 그리고 자신을 실장님이라 부르는 여자는 이 콘도에 오직 현주 하나뿐이었다. 도대체 무슨 일이란 말인가? 분명 여긴 아영의 방인데 이 여자가 왜 이 방에서 자고 있는 거지? 이 기분 좋은 키스가 저 마녀와 한 키스란 건가? 시우의 머리 속은 급속도로 복잡해지고 있었다. 도저히 상황이 차분하게 정리되지 않는 시우였다.

"가, 강현주 씨? 현주 씨가 이 방에 왜……?"

충격을 애써 가라앉히며 시우는 차분하게 현주에게 물었다.

"아영 씨가 방 바꿔달래서 바꿔줬는데요. 실장님, 그럼 아영 씨 방인 줄 알고……."

"미안해, 현주 씨. 내가 착각해서…… 그, 그럼 푹 자라고!"

아영과 현주의 방이 바뀌었을 거라곤 꿈에도 상상하지 못했던 시우였다. 정말 아닌 밤에 홍두깨가 따로 없었다. 현주와 키스했다는 사실보다 시우를 더 끔찍하게 만드는 건 현주와의 키스가 너무나 달콤하고 짜릿했다는 것이다. 아영에게선 단 한 번도 느껴보지 못한 강렬한 느낌의 키스 때문에 시우의 머리 속은 더욱 복잡해지고 있었다.

머리가 복잡한 건 시우만이 아니었다. 시우가 방에서 나가고 시간이 꽤 흘렀건만 아직도 시우의 입술의 느낌이 생생히 남아 있는 입술만 매만진 채 멍하게 앉아 있는 현주였으니까. 깊게 잠에 들었음에도 불구하고 너무 선명하게 느껴지던 그 부드러운 감촉이 현주의 머리 속을 어지럽히고 있었다. 그 어떤 이끌림도 없었던, 세상에 남자가 이시우 하나밖에 안 남더라도 절대 시우한테는 이성적 끌림 따윈 느끼지 않으리라 자부하곤 했었다. 그런데 그 짧은 키스 하나가 현주의 그런 생각 자체를 크게 흔들어놓고 있었다. 애써 시우를 머리 속에서 털어내기 위해 머리를 세차게 흔들어봐도 시우의 입술 감촉이 머리 속에서 떠날 생각을 하지 않았다.

"휴……."

크게 심호흡을 하고 일어난 현주는 일단 방에 불을 키고 침대 옆에 놓여 있는 화장대 앞에 앉았다. 발그레 상기되어 있는 두 볼, 그리고 시우와의 키스로 인해 촉촉이 젖어 있는 입술이 화장대의 거울을 통해 선명히 현주 자신의 눈에 들어왔다. 왜 이러는 걸까? 도대체 왜 이러는 걸까? 그렇게 싫어하는 남잔데…… 실수로 한 키스 그냥 개에 물렸다 셈치고 기억 속에서 깨끗이 지워 버리면 되는데 왜 이렇게 머리 속에 계속 머무는 것일까? 잠이 쉽게 오지 않을 것 같았다. 시우만큼이나 현주도 머리 속이 복잡해지는 밤이었다.

chapter. 9

서 로 를 향 해 설 레 다

"뭐? 어디가? 많이 아픈 거야?"

아침 일찍 자신의 방을 찾아와 몸이 안 좋다며 먼저 돌아간다
는 현주의 말에 종화는 깜짝 놀라 물었다. 아닌 게 아니라 아프
다 말하는 현주의 얼굴빛이 어두운 게 별로 좋아 보이지 않았
다.

"머리가 좀 많이 아파서요. 미안해요. 터미널까지만 데려다
줄 수 있어요?"

"아니야. 그냥 내가 데려다 줄게. 아픈 사람을 어떻게 혼자 올
려보내! 기다려, 금방 준비할 테니까."

현주가 아프단 말에 정신이 번쩍 드는지 종화가 분주히 움직

이기 시작했다. 그런 종화를 보니 미안함과 부담감이 함께 찾아오는 현주였다. 종화까지 불편하게 할 생각은 아니었는데…… 그저 시우가 깨기 전에 스키장에서 벗어나고 싶을 뿐이었다.

"괜찮아요, 종화 씨. 나 그냥 혼자 갈게요."

"어차피 현주 가면 저 커플 사이에 끼어 있어야 되는데 그냥 같이 가는 게 낫지. 괜찮아. 스키장이야 언제든지 올 수 있는데 뭐."

싱긋 웃으며 말하는 종화의 말에 현주는 더 이상의 거절의 말을 할 수가 없었다. 종화 말대로 커플 사이에 종화만 두고 가는 것도 별로 좋은 생각이 아니란 걸 알았기에…… 냉랭하기만 한 자신에게 이렇게 잘해주는 종화에게 미안함이 더 커질 뿐이었다.

"고맙고, 미안해요."

힘없는 목소리로 말하는 현주의 사과에 종화의 눈은 즐겁다는 듯이 반짝였다. 아픈 현주의 모습에 걱정이 되기도 하지만 이렇게 순수히 자신의 말을 따르는 그녀의 모습이 의외의 신선함을 자아냈다. 정말 이런 모습도 저런 모습도 매력적인 여자였다. 그래서 더 더욱 포기가 되지 않는 것 같기도 했다.

"그런 말 들으니까 괜히 쑥스럽잖아. 여기까지 현주 끌고 온 것도 난데 끝까지 책임져야지. 방에 가서 짐 챙기고 있어. 금방 준비하고 올라갈게."

조심스럽게 고개를 끄덕이고 종화의 방에서 나온 현주의 얼굴은 더욱 어두워졌다. 오늘은 당장 이렇게 시우를 안 본다 하더라도 내일은 또 어떻게 시우의 얼굴을 봐야 할지. 그러게 그 인간은 도대체 왜 방을 잘못 찾아서 사람을 이토록 당황스럽게 만드는 걸까? 아니, 그것보다도 실수로 한 키스를 자신이 왜 이렇게 의식하는지 그것조차 너무 당황스러워 머리 속이 하얗게 질려가는 현주였다. 그저 빨리 종화가 준비를 마쳐 이 스키장에서 벗어나고 싶을 뿐이었다.

현주와 종화가 준비를 마치고 스키장을 벗어날 때쯤 시우는 시끄럽게 자신을 깨우는 아영의 목소리에 잠에서 깨어났다.

"시우 씨! 일어나 봐. 종화 씨, 현주 씨 몸 안 좋다면서 먼저 돌아갔어."

아니, 아영의 목소리가 시끄러운 것보다 아영의 입에서 나온 말에 더 놀라 화들짝 잠에서 깬 시우였다. 시우 역시 현주처럼 밤새 잠을 못 자고 뒤척이다가 새벽에 해가 뜰 때쯤 해서 잠이 든 것이었다. 그런데도 현주가 벌써 돌아갔다는 말에 잠이 또다시 확 깼다. 어젯밤 그 키스 때문일까? 하긴 시우도 밤새 다음날 현주 얼굴을 어떻게 볼까에 대해 고민하다가 잠을 못 이뤘었다. 현주 역시 자신과 마찬가지로 고민하다가 종화를 깨워 돌아갔나 보다.

"둘이 먼저 갔다고?"

잠에서 막 깨서 그런지 약간은 허스키한 목소리로 시우가 아영을 보며 물었다.

"응. 현주 씨 많이 아픈가 봐. 근데 시우 씨 어제 왜 내 방으로 안 왔어? 나 현주 씨랑 방 바꿨다고 문자 보냈는데."

"어? 그…… 그래? 어제 술을 너무 마셔서 일찍 잠들었거든. 미안, 기다렸어?"

"몰라! 새벽까지 기다리다가 시우 씨 안 와서 포기하고 잤지. 그래도 스키장에서의 로맨스를 살짝 꿈꿨는데 시우 씨 눈치없다~"

어젯밤 무슨 일이 있었는지 전혀 상상도 못한 아영이 살짝 투정 부리듯이 말했다. 하지만 그 말에 도둑이 제 발 저린다고 시우는 심장이 덜컹 내려앉는 기분을 느꼈다.

"미, 미안. 어제 너무 과음했나 봐. 대신 오늘 재밌게 놀자."

"진짜지? 알았어. 내가 얼른 아침 준비할게. 시우 씨는 얼른 씻고 나와. 맛있는 아침 기대하라구!"

평소 같으면 예쁘게 웃으며 말하는 아영의 애교가 사랑스럽게 느껴졌을 시우였지만 오늘은 그런 아영의 애교에도 아무 감흥이 느껴지지 않았다. 그저 낡은 비디오 테잎이 돌아가듯 어제 현주와의 키스 장면만 그의 머리 속에서 수도 없이 되풀이될 뿐이었다. 그 키스를 생각할 때마다 마구 뛰는 심장은 주체할 수 없을 만큼 시우를 버겁게 했다. 심장에 병이 났나 보다. 그 못된 마녀가 아무래도 자신한테 지독한 마법을 건 것만 같았다. 그렇지 않으면 그 별거 아닌 키스에 이토록 숨 쉬는 것조차 버거워질 리 없으니까. 정말 아무리 생각해도 현주는 마녀가 분명했다. 지독히도 매력적인 마녀.

"정말 고마워요, 종화 씨. 종화 씨 덕분에 편하게 왔어요."
스키장을 벗어나서 피곤한지 한 마디도 하지 않던 현주는 종화의 차가 자신의 집 앞에 들어서자 그제야 꾹 다물고 있던 입을 열었다.
"고맙긴. 현주가 이렇게 아플 줄 알았으면 그렇게 억지로 여행 가자고 하지 않았을 텐데…… 나 좋다고 피곤한 현주한테 괜히 어리광 부린 것 같아 미안하네."
자신이 아픈 걸로 알아서 그런지 오늘따라 느끼하게 굴지도 않는 종화였다. 그래서 그런지 현주의 미안함은 더욱 커질 뿐이었다.
"들어갈게요. 다음에 봐요."
"응. 푹 쉬라고. 내일 연락할게."
제대로 말할 기운도 없어 현주는 가볍게 고개만 끄덕였다. 그저 집에 들어가서 푹 쉬고 싶었으니까. 차라리 잠이라도 왔음 좋겠다. 푹 자고 나면 그 키스에 대한 강렬한 느낌도 이 이상한 기분도 조금은 사라지지 않을까? 아니, 제발 그 키스에 대한 기억이 깨끗하게 사라졌으면 좋겠다.
축 처진 어깨로 집으로 들어가는데 걱정스러운 얼굴로 엄마와 현민이 현주를 반겼다.

“괜찮아, 현주야? 많이 아픈 거니?”

“누나! 얼굴색이 많이 안 좋아 보여. 약 사뒀으니까 얼른 먹어.”

자신이 아프다는 말도 안 했는데 어떻게 알았는지…… 이렇게 눈치 빠른 식구들이 아니었는데 참으로 이상했다.

“뭐야? 어떻게 안 거야?”

“어떻게 알긴. 임 서방이 거기서 출발하기 전에 연락해서 알았지. 너 아파서 일찍 돌아가니까 잘 좀 챙겨달라고.”

“매형이 걱정 많이 하더라고. 누나, 얼른 들어가서 쉬어.”

임 서방, 매형. 매번 이런 어이없는 호칭으로 종화를 부르는 엄마와 현민은 현주가 아무리 화를 내도 저 호칭을 바꿀 생각을 하지 않는다. 하지만 오늘은 도저히 피곤해서 화를 낼 힘조차 없는 현주였다. 저 식구들이 하루 빨리 저 호칭을 버리길 마음속으로 바라볼 뿐이었다.

“그럼 나 들어가서 좀 쉴게. 밥 생각 없으니까 나 자고 있으면 그냥 깨우지 마. 알았지?”

“그래, 알았다. 에구~ 얼마나 아프면 우리 딸 얼굴이 반쪽이 됐네, 반쪽이.”

씻지도 않은 채 방으로 들어간 현주는 그대로 침대에 몸을 눕혔다. 하지만 침대에 눕자마자 또다시 시우와의 키스가 떠올라 현주는 몸을 확 일으켜 앉았다.

“으악! 왜 자꾸 생각나는 거야! 왜!”

　신경질적으로 소리를 내지르는 현주의 말을 밖에서 듣고 있던 현우와 엄마는 깜짝 놀랐다. 아프다는 현주의 목소리치고는 너무 우렁찼기에 놀랄 수밖에 없는 두 모자였다.

　"니네 누나 도대체 왜 저런다니? 혹시 스키 타다가 머리를 다친 게 아닌지 걱정되네."

　"그런 것보다 매형이랑 뭔 일 있었던 거 아닐까? 스키장에서 피어오른 남자여자의 로맨스! 캬~"

　"어머!! 혹시 그럴지도 모르겠다. 올해 안에 나이 꽉 찬 딸내미 하나 치우겠네. 그것도 아주 멋진 사위한테 말이야."

　두 모자는 또다시 아무것도 모른 채 헛다리를 짚고 있었다. 정말 현주가 알면 기가 막혀할 상상의 나래를 마구 펼치면서 말이다.

　"하나도 재미없다! 시우 씨 괜히 따라왔어."

　피곤하다며 그만 돌아가자는 시우의 말에 아영은 입을 잔뜩 내밀며 말했다. 그도 그럴 것이 정성스럽게 차린 아침도 먹는 둥 마는 둥 영 시큰둥한 반응을 보였고, 스키를 타러 가자는 아영의 말에도 고개를 설레설레 내젓더니 기어이 집에 가자는 말이나 하는 시우가 예쁘게 보일 리가 없었다.

　"미안. 종화 자식 때문에 너무 컨디션 안 좋을 때 와서. 다음 번엔 좀 더 좋은 곳 데려갈게. 기분 풀어라, 아영아."

　힘없는 목소리로 자신의 기분을 풀어주려는 시우의 태도가 가상했는지 아영은 살짝 미소를 지었다.

"그럼 다음 번엔 유럽 여행 데려가 줄 거야? 나 유럽도 한 번 가고 싶은데. 유학 가서는 공부하느라고 제대로 여행을 못했거든."

"우리 아영이가 가자고 하면 가야지. 그러니까 오늘은 그만 돌아가자."

"약속한 거다! 그때도 이렇게 기운없는 모습으로 가면 나 시우 씨 정말 미워할 거야!"

유럽으로 여행 간다는 약속에 아영은 금세 기분이 풀렸는지 밝게 웃는다. 하지만 그런 아영의 말도 아영의 웃음도 시우의 눈과 귀엔 제대로 들어오지 않았다. 그저 기계적으로 기계를 끄덕이고 어서 빨리 현주와의 키스의 기억이 있는 이 콘도를 벗어나고 싶을 뿐이었다. 이 콘도만 벗어난다면 머리 속을 어지럽게 하는 현주의 생각이 조금은 사라질 것만 같았다.

"알았어. 특별히 오늘만 용서해 주지! 금방 준비하고 나올게. 시우 씨도 얼른 준비해."

"그래. 미안해, 아영아."

"미안한 줄 알면 앞으로 잘해! 한눈 팔지 말고!"

장난기 가득한 목소리로 하는 아영의 말에 시우는 순간 움찔했다. 한눈이라…… 이상하게 어젯밤 현주와의 키스 이후 확실하게 한눈을 팔고 있는 자신의 마음이 느껴졌다. 아영과 있어도 아무 감흥이 없다니. 키스하고 싶지도 않고, 안고 싶지도 않았

다. 오직 이 앞에 있는 여자가 현주면 어땠을까 하는 상상만이
들 뿐이었다. 정말 단단히 미쳤나 보다. 한겨울에 더위 먹을 일
도 없고 도대체 자신이 왜 이러는지 모르겠는 시우였다. 하지만
머리 속에 온통 차 오르는 현주의 생각을 막을 수가 없었다.

　월요일이 영영 오지 않길 간절한 시우와 현주의 바람에도 불
구하고 역시나 월요일 아침은 오고야 말았다. 평상시 같으면 출
근 시간보다 이삼십 분 빨리 회사에 도착해 서류 정리를 했을
현주였는데 오늘따라 회사에 출근하기가 너무너무 싫었다. 그
리고 오히려 평상시와 달리 회사에 일찍 출근한 시우는 초조하
게 생각의 잠긴 표정으로 실장실 안으로 들어가지도 못한 채 현
주의 빈 책상을 바라보았다. 차라리 매도 빨리 맞는 게 낫다고,
현주가 어서 회사의 출근했으면 좋겠는데 출근 시간이 임박한
이 시간까지 현주는 사무실 안에 모습을 드러내지 않고 있었다.
아프다더니 진짜로 병이 난 걸까? 설마 집으로 찾아가 봐야 하
는 걸까? 그러다 뺨이라도 맞으면 어떡하지…….
　그날 밤 현주가 당황해서 별말없이 넘어갔지만 아마 시우의
키스로 크게 분노해 있을 그녀임이 분명했다. 이래저래 현주가
와도 걱정이고, 이대로 오지 않아도 걱정인 시우는 정말 초조함
에 그대로 심장이 타서 죽을 것만 같았다. 이런 시우의 초조함
을 알았는지 조심스레 사무실 문이 열리면서 잔뜩 어두운 얼굴
의 현주가 드디어 모습을 드러냈다. 두근! 두근! 어두운 얼굴과

달리 무언가 청초한 분위기를 내는 현주의 모습에 새삼 시우의
심장은 거칠게 뛰었다. 오죽하면 그대로 심장이 튀어나갈 것 같
은 느낌을 받을 정도였으니까.

"느, 늦었네. 현주 씨?"

시우는 정말이지 자신의 목을 그대로 조르고 싶은 심정이었
다. 어렵사리 꺼낸 한 마디가 겨우 저런 말이라니!

"시, 실장님은 일찍 나오셨네요."

시우와 눈도 마주치지 않은 채 땅만 보며 말하는 현주의 태도
에 시우는 더욱 당황되기 시작했다. 차라리 현주도 별일 아니었
다. 실장님 다음부터 그런 실수하면 가만 안 둔다는 식으로 강
경하게 나왔다면 이 어색한 분위기가 조금은 나아질 텐데 현주
마저 저런 약한 모습을 보이니 시우는 도통 어찌할 바를 모를
지경이었다. 하지만 그런 마음과 함께 시우의 마음을 더욱 어지
럽히는 건 이런 현주의 반응이 신선하고 참 예뻐 보인다는 것이
었다. 정말 그 키스 이후로 자신의 머리가 어떻게 되어버렸나
보다. 이 끔찍하던 여자가 정말 끔찍하도록 매력적으로 보이다
니.

"그냥 눈이 일찍 떠져서…… 피곤해 보이는데 쉬엄쉬엄 해.
커피도 내가 알아서 타 마실 테니."

"……네. 그래 주시면 저야 고맙죠."

미묘한 공기가 감도는 사무실 분위기에 정말 시우와 현주 두
사람 다 미치고 팔짝 뛸 지경이었다. 누군가 이 분위기를, 이 분

위기를 깨줘야 할 텐데. 제발 누구라도 좋으니까 이 분위기를
좀 깨달라고!

탁!

두 사람의 애절한 마음이 전해졌는지 갑자기 사무실 문이 벌
컥 열리며 한 무더기의 사람들이 사무실 안으로 들어왔다.
KMS라는 방송국 마크가 찍혀 있는 카메라에 TV에서 자주 보
던 개그맨, 조명 기사, 그리고 스태프 등이 한꺼번에 사무실 안
에 쏟아져 들어와 시우와 현주를 깜짝 놀라게 만들었다.

"뭐, 뭐예요?"

놀란 현주의 물음에 대답도 해주지 않고 카메라는 현주와 시
우를 마구 찍어대는 게 아닌가? 그리고 시끄러운 개그맨이 두
사람 사이를 비집고 들어와 요란하게 떠들어대기 시작했다.

"네! '감동을 찾아서'의 유주석입니다! 두 분 아주 대단한 일
을 하셨던데요? 소아암에 걸려 급히 수술비가 필요한 윤후 어머
님께 그 자리에서 바로 오백만 원이라는 거금을 바로 빌려주셨
다면서요? 이 각박한 세상에 아직도 이런 천사 같은 분들이 계
시다니 정말 감동이죠!"

개그맨 유주석이 시끄럽게 떠드는 말에 현주와 시우의 눈은
더 크게 떠졌다. 저번에 병원에서 그 오백만 원 빌려준 이야기
를 하는 걸까? 가뜩이나 정신없는데 시우와 현주를 더욱 정신없
게 만드는 방송국팀이었다. 일이 어떻게 돌아가는 건지 누가 속
시원하게 설명해 주었으면 좋겠다고 생각하는 두 사람이었고.

　　현주와 시우가 너무 당황하자 촬영팀은 그제야 카메라를 끄고 두 사람에게 차분히 설명을 해주었다. 그러니까 그때 두 사람이 건네준 돈으로 무사히 아들의 수술을 마친 윤후 어머니가 너무 고마워서 방송국 감동 사연 프로그램에 두 사람의 이야기를 보낸 것이었다. 그래서 그 사연이 채택되고 촬영팀이 그때 병원에 왔다 간 현주의 자료를 통해 두 사람이 있는 곳으로 쳐들어왔다는 게 이 기습 스토리의 정점에 해당하는 이야기였다.

　　"정말 대단하십니다, 두 분! 아직 세상이 마르지 않았어요!"

　　두 사람을 이해시킨 유주석은 다시 촬영을 속행해 나갔고 얼떨결에 시우와 현주는 인터뷰를 하게 되었다. 그리고 병원에서보다 훨씬 안색이 좋아 보이는 윤후 어머니란 여자가 눈물을 흘리며 두 사람에게 모습을 드러냈다. 정말 그때 도와줘서 고맙다며, 덕분에 아들의 병이 많이 호전될 수 있었다며 감사의 뜻을 표현했다. 그리고 두 사람의 선행을 알리는 순금 메달이 두 사람의 목에 걸려졌고, 정말 정신없이 촬영을 끝마칠 수 있었다.

　　그렇게 촬영팀이 나간 다음에도 두 사람을 구경하려고 모여드는 회사 사람들 때문에 현주와 시우는 계속 정신이 없었고, 어느새 그날 밤의 키스는 두 사람의 기억 속에서 희미해지고 있었다.

　　"휴, 정말 정신없는 하루였네. 그렇지, 현주 씨?"

　　구경꾼마저 사라지고 난 후에야 시우가 힘겹다는 듯 한숨을 내쉬며 말을 꺼냈다.

“그러게 말이에요. 아무튼 수술이 무사히 끝났다니 다행이에요.”

“뭐, 난 얼떨결에 상 받은 건가? 착한 짓 할 생각은 전혀 없었는데 말이야.”

“쿡! 그러게요? 실장님, 저한테 한턱 쏘셔야 하는 거 아녜요?”

시우를 보며 장난기 가득한 목소리로 말하던 현주는 멍한 눈으로 자신을 바라보는 시우의 눈빛에 그제야 정신을 번쩍 차렸다. 방송국팀 때문에 너무 정신이 없어 키스에 대해선 완전히 까먹고 있었는데 시우의 멍한 눈빛을 보니 그제야 모든 기억이 또다시 떠올랐다.

“흠. 한턱 아니라 두세 턱은 쏴야지. 그날 밤 미안한 일도 있고…….”

슬쩍 키스에 대한 사과를 건네는 시우의 말에 현주는 어색한 미소를 지었다.

“미안한 줄 알았으면 됐어요. 뭐, 개에 물린 셈치죠.”

“뭐? 내가 개란 말이야?”

잔뜩 기죽어 있던 시우는 현주가 개 운운하는 말에 또다시 발끈하고 말았다. 아무리 그래도 그렇지 개는 좀 심했다. 자신은 현주와의 키스에 이렇게 가슴 떨려했는데 저 여자는 개에 물렸다는 생각밖에 안 했다니. 자신이 느끼고 있던 감정이 갑자기 창피하게 느껴지는 시우였다.

"개에 물린 거랑 마찬가지죠. 개도 갑자기 예고없이 물듯이 어이없이 벌어진 키스였으니까. 뭐, 박치기 수준인가요?"

"박치기 한 것보다 느낌이 더 안 좋더군! 무슨 여자 입술이 그렇게 푸석푸석해서야. 마치 사포에 대고 키스한 느낌이랄까?"

너무나 부드럽다 못해 녹아내릴 것 같던 현주와의 키스를 철저하게 깎아내리며 시우는 자기 방어 태세를 취했다.

솔직히 현주가 하는 말 하나하나가 상처가 돼서 박혔던 것이다.

"흥! 그러게 누가 그런 실수 하래요? 전 더 끔찍했다고요! 개에 물린 것보다 더 더 더!"

현주 역시 시우에 악담에 기분이 팍 상해 더욱 거칠게 말을 내뱉었다. 어느새 두 사람은 씩씩거리며 서로를 노려보다 둘 다 코웃음을 치며 고개를 팽 하고 돌려 버렸다. 어색한 분위기도, 화목한 분위기도 아닌 평상시에 개와 고양이 같던 앙숙의 분위기로 다시 원상복귀되었다.

"얼른 서류 검토나 좀 하시죠!! 모토에 대해서나 더 연구해 보라구요!"

"알았어, 알았어. 그새 기운 되찾아서 또 시작이구만. 차라리 아플 때가 더 낫다니까!"

"뭐라구요?"

잔뜩 화가 난 현주가 또 쏘아붙이기 전에 이미 실장실 안으로 들어가 문을 닫아버리는 시우였다. 그런 시우의 얼굴이 어찌나

살벌한지 누가 보면 큰일이라도 당한 사람 같았다. 아, 물론 큰
일을 당하긴 했었지. 하마터면 저 끔찍한 마녀한테 휘둘릴 뻔했
으니. 잠시나마 현주를 생각하며 가슴 벅차했던 자신이 시우는
너무 바보 같다 생각됐다. 저 마녀를 하루 이틀 겪어? 정신 차리
자, 이시우. 이제라도 마녀의 끔찍한 주술에서 벗어났으니 다행
이지! 애써 자신을 이렇게 위로하며 기분을 풀어보려 했지만 한
번 나빠진 기분이 쉽게 풀어질 생각을 하지 않았다. 시우는 현
주 때문에 이렇게 기분이 왔다 갔다 하는 자신이 정말 싫어졌
다.

"어이! 인기 스타!!"
휴게실에 들어오는 현주를 먼저 와 있던 신정이 환한 얼굴로
반기며 말했다. 어느새 시우와 현주를 취재한 방송국 이야기가
온 회사에 다 퍼졌던 것이다.
"어우! 너까지 놀리기야? 안 그래도 오늘 하루 종일 어찌나
놀림당했는지 몰라."
"놀림이 아니라 칭찬이지~ 근데 그 오백만 원 이시우 실장
손에서 나온 돈이야?"
"뭐, 내가 준다고 해도 절대 싫다고 했으니 이시우 실장 손에
서 나온 돈 맞지."
현주는 시우 얘기만 해도 열이 받는지 인상을 팍 찌푸리며 대
답했다.

"의외다! 우리 실장님한테 그런 면이 다 있었네?"

"뭐, 그 인간이 기분 좋게 했던 일은 아니야. 알잖아, 그 인간 성격."

기분 나쁜 듯 중얼거리는 현주의 말에 신정은 이상하게 웃음이 났다. 무슨 일이 있었는지는 몰라도 현주의 감정이 상당히 뒤틀려 있는 거 같았다.

"뭐야? 스키장 가서 이시우 실장이랑 뭔 일 있었어?"

농담식으로 물어오는 신정의 질문에 현주의 얼굴은 순간 뻣뻣하게 굳었다. 어쩜 농담을 해도 이렇게 정곡을 찔러오는 건지.

"무, 무슨 일은…… 아무 일도 없었어, 애. 난 종화 씨랑 붙어 다니느라고 정신없었지 뭐."

현주의 입에서 어색하게 종화의 이름이 나오자 이번엔 신정의 표정이 어두워졌다.

"현주 너…… 종화 씨에 대한 감정은 진짜야?"

"다, 당연히 진짜지! 종화 씨 처음엔 좀 느끼했는데 사람이 정말 괜찮아. 정말 이번 여행에서 감정이 더 커졌다고 하나? 아, 몰라. 그냥 막 종화 씨 보면 설레고……."

종화를 상상하면서 해야 하는 말임에도 불구하고 현주의 머리 속엔 시우의 모습이 떠올랐다. 시도 때도 없이 시우가 떠오르는 자신의 머리를 원망하며 현주는 애써 웃음을 유지한 채 말했다.

"그러면 다행이구. 하지만 현주야…… 만약에 나 때문에 거짓 말하는 거라면……."

"무슨 소리야! 으이구! 이 바보 같은 친구야~ 나중에 종화 씨 랑 같이 밥 한번 먹자. 그럼 내 감정 확실히 알 거 아니야! 알았 지?"

뭐, 그날은 종화가 아니라 자신이 연기자가 되어야 하겠지만 말이다. 차라리 정말 종화가 좋아져 버렸으면 좋겠다. 이렇게 마음을 복잡하게 만드는 사람이 시우가 아닌……!! 현주는 순간 주홍 대신 시우의 얼굴이 떠오르면서 그대로 그 자리에서 머리 를 쥐어뜯고 싶어졌다. 정말 단단히 미쳤다. 미친 게 분명했다. 오랜 시간 마음에 담아둔 주홍보다도 시우의 생각이 먼저 나다 니. 미쳤다, 미쳤어. 강현주 이제 갈 때가 된 거야! 현주가 스스 로를 원망하던 그때 휴게실로 들어서는 입구 쪽에서 두 사람의 대화를 엿들으며 역시나 자신 스스로를 원망하는 이가 있었으 니 그건 바로 시우였다.

현주에게 커피는 스스로 타 마신다는 실언을 내뱉는 바람에 간절한 커피 생각에 휴게실을 찾아온 시우는 본의 아니게 종화 를 좋아한다는 현주의 이야기를 듣고 말았다. 그런데 그 순간 자신을 감싸는 이 불유쾌한 감정은 뭐란 말인가? 심장 한쪽이 살포시 아려오면서 짜증이 확 솟구치는 느낌을 받았다. 종화 혼 자만 열심이고 현주는 종화에게 관심 따위 없는 줄 알았는데 그 게 아니었다니. 그래, 그게 아니면 다행인데…… 저런 마녀에게 종화가 좀 아깝긴 하지만 그래도 친구를 위해 잘된 일인데……
기분이 점점 더 가라앉아 갔다. 아니, 심각하게 나빠지는 기분
이 도통 주체가 되지 않는 시우였다.

『막상막하』제2권으로…